MARTIN BECK SERIES

BRANDBILEN SOM FÖRSVANN

MAJ SJÖWALL & PER WAHLÖÖ

ECUS
Publishing House

馬丁・貝克｜刑事檔案——05

失蹤的消防車

麥伊・荷瓦兒╳培爾・法勒——著
柯翠園——譯

木馬文化

目次

編者的話

故事，從一個名字開始

一九六五年，瑞典斯德哥爾摩的各書店內出現一本小說新書。書封上可見一名黑髮女子的影像。她雙眼緊閉，嘴唇微張，封面上大大寫著書名「Roseanna」一字。羅絲安娜，這是她的名字，她是一具河中女屍，剛被人從瑞典的運河汙泥中鏟起，而這部作品即將開啟犯罪推理小說的嶄新世紀。

當時，有不少過去習慣閱讀古典推理小說的年長推理迷在購書後回家一讀，大驚失色，紛紛回到書店抱怨，要求退書，理由是「這情節描述太寫實了」，讓他們飽受驚嚇。畢竟，在這之前，沒有哪部古典推理作品會以如此鉅細靡遺的冷靜文字，描述一具女性裸屍的身體特徵。然而，在此同時，這部作品俐落明快，描寫細膩，時而懸疑緊張、時而又可見詼諧的現代風格，卻在年輕世代的讀者之間廣受歡迎，大為暢銷。

這部以《羅絲安娜》為首，以社會寫實風格描述瑞典斯德哥爾摩的警探馬丁・貝克及其組員辦案過程的系列小說，便是在隨後十年連同另外九本後續之作，席捲北歐各國，熱潮繼之延燒至歐陸，進而前進英美等英語系國家的「馬丁・貝克刑事檔案」。

令人稱奇的事，如此成功的「馬丁・貝克刑事檔案」系列並非出自單一作者之手，而是一對傳奇創作搭檔的共同心血。

愛人同志，傳奇的創作組合

故事要從一九六二年說起。瑞典的新聞記者培爾・法勒，在這一年因緣際會認識了同樣從事新聞撰稿工作的麥伊・荷瓦兒，兩人進而相戀。荷瓦兒出身中產階級家庭，但性格非常獨立且獨特，年輕時常與藝術工作者往來，曾有過幾段短暫的婚姻關係，她在二十七歲認識法勒時，已育有一個女兒。曾在西班牙內戰時期遭法朗哥政權驅逐出境，因而返回瑞典的法勒較荷瓦兒年長九歲，已婚，同樣也有一個女兒，而且他在兩人相識時，已是頗富聲望的政治新聞記者。

兩人最初是在斯德哥爾摩一處新聞記者常聚集的地方因工作而結識，當兩人開始彼此產生感情，便刻意避開其他同業，改到其他地方相會。法勒當時在新聞工作外亦受託創作，每晚都會在兩人飲酒相聚的酒吧附近的旅館內寫作。相處一年後，法勒離開妻子，轉而與荷瓦兒同居。之後陸續有了兩個孩子，但兩人始終沒有進入婚姻關係。

荷瓦兒與法勒在共同創作初期，便打算寫出十本犯罪故事，而且，也只寫十本。這十部作品每本皆為三十章，都是由兩人各寫一章、以接龍方式合力創作而成；只不過，讀者很難從文字判斷各章分別出自誰的手筆。因為法勒與荷瓦兒在創作之初，就刻意不設定偏向哪一方的筆法，而是討論出最適合讀者及作品的行文風格，傾向能雅俗共賞——馬丁．貝克的形象於焉誕生。

疲憊警察，馬丁．貝克形象的誕生

有別於過往古典推理作品中，那些邏輯推演能力一流，幾乎全知全能的「神探」與「英雄」形象，荷瓦兒與法勒筆下這個警察辦案系列小說雖是以馬丁．貝克為名，但當中並沒有突顯誰是主角或英雄。這是一組平凡的警察小組成員，憑藉實地追查線索，有時甚至是靠著機運，才能偵破案件的故事。

這些警察一如所有上班族，各自有其獨特個性和煩惱——寡言、疲憊、婚姻失和、嗜好是組模型船，又有胃潰瘍問題的馬丁．貝克；身形高胖卻身手矯健，為人詼諧，擅長分析，有時又顯魯莽的柯柏（Lennart Kollberg）；愛抽菸斗、準時下班、每天要睡滿八小時、記憶力驚人的米蘭德（Fredrik Melander），以及出身上流階層，卻自願投入警職，個性古怪挑剔，永遠要穿上高級西裝的剛瓦德・拉森（Gunvald Larsson，第三集開始出現），和最不顯眼、任勞任怨至任命，原住民身分的隆恩（Einar Rönn），當然還有其他在故事中穿針引線的甘草人物角色。若是以交響樂團比喻這個辦案團隊，馬丁・貝克絕非站在高台上的指揮家，他更像是第一小提琴手，與其他樂手共同合奏出十首描述人性與黑暗的樂章。

荷瓦兒與法勒塑造的這種具有七情六慾、會為生活瑣事煩惱的凡人警探形象，在當年的推理小說世界實屬創新之舉，現代讀者或許早已習慣目前大眾影視或娛樂文化當中的警察形象，殊不知，這些角色的原型其實正脫胎自荷瓦兒與法勒在六〇年代創造出的這位寡言而平凡的北歐警探。

馬丁・貝克系列故事之所以廣受讀者喜愛，不僅在於這些故事背景就在日常當中，就在斯德哥爾摩實際存在的街路上、公園裡，與讀者生活的時空相疊合，而且讀者隨著角色之間的互動和對話，更是能逐漸清晰建構出這些人物的性格及形貌的具體想像，就像真實生活中認識的朋友。隨著每本劇情獨立、但又巧妙彼此牽繫的故事演進，讀者在這段時間軸中，也將見證到他們的個性變化和聚散離合，甚至，突如其來的死別。

長銷半世紀的犯罪推理經典

從一九六五年到一九七五年，荷瓦兒與法勒兩人在這短暫的十年間，以一年一本的速度，完成了馬丁．貝克刑事檔案全系列——《羅絲安娜》，《蒸發的男人》，《陽台上的男子》，《大笑的警察》，《失蹤的消防車》，《薩伏大飯店》，《壞胚子》，《上鎖的房間》，《弒警犯》，以及最終作《恐怖份子》。

故事背景的六〇、七〇年代還沒有網路，沒有手機，沒有DNA鑑識技術，而且人人都在抽菸，隨時隨地；雖然這些細節設定如今看來略有懷舊時代感，但系列各作探討的問題卻是歷久彌新，沒有隔閡，你甚至會拍案驚嘆：「這些社會案件和問題現今依然存在，當前警察組織面對的各種犯罪和無力感也毫無不同。」

荷瓦兒及法勒在當年同為社會主義者，潛伏在這十個刑事探案故事底下的，是他們對於資本主義社會和龐大的國家機器的批判。他們看到了當時瑞典這個福利國美好表象底下的真實面貌。故事裡一樁樁的刑事案件，其實是他們對社會忽視底層弱勢的控訴，以及對投機政客的勾結貪枉，警界管理層的權力慾和顢頇導致基層員警處境艱困和社會犯罪問題惡化的喝斥。

然而，在荷瓦兒與法勒筆下的馬丁．貝克世界裡，在正義執法與心懷悲憫之間，人世沒有全然的善，也沒有絕對的惡。這些故事裡的行凶者往往也是犧牲者，只是形式不同。他們因為精神狀態、經濟能力、社會制度等種種原因，淪為遭到社會剝削、被大眾漠視的無助邊緣人，而他們的犯案動機有時甚至可能只是對體制和壓迫的無奈反撲。因此，馬丁・貝克和其警隊成員在辦案執法的同時，往往也流露出對於底層人物的悲憐，不論他／她是被害者抑或加害者，而每件刑案也是難以二分的灰色地帶。

短暫而光燦的組合，埋下北歐犯罪小說風靡全球風潮的種籽

一九七五年，法勒因胰臟問題病逝，他在先前已預感自己大限將至，於是將此生對於社會關懷的炙熱理念，盡數灌注在最終作《恐怖份子》當中，得年四十九。從一九六二年初識，第一本《羅絲安娜》在一九六五年出版，到最終作《恐怖份子》在一九七五年推出，這對獨特的創作搭檔在這十三年裡的無間合作，為後世留下了一系列堪稱經典的推理之作。

當年，這股馬丁・貝克熱潮一路從瑞典、芬蘭、挪威等北歐各國開始，繼而延燒至歐陸德國，而後進入美國等英語世界國家，不僅大量改編為電影、影集、廣播劇等形式，書中以社會寫實情節為本的創作風格，更是滋養了《龍紋身的女孩》史迪格・拉森（Stieg Larsson），賀寧・

曼凱爾（Henning Mankell），以及尤．奈思博（Jo Nesbo）等眾多後繼的北歐新一代犯罪小說創作者，為北歐犯罪小說在二十一世紀初橫掃全球、蔚為文化現象的風潮埋下種籽，預先鋪拓出了一條坦途。

同樣的，在亞洲，日本角川出版社從一九七五年起，也以英譯本進行日譯工作，推出馬丁．貝克探案全系列作品，並在二〇一三年陸續再由瑞典原文直譯各作，讓新一代的讀者得以更貼近這部傳奇推理經典的原貌。值得一提的是，常透過小說關注日本社會及時事問題的直木賞及日本推理大賞得主佐佐木讓，於二〇〇四年更是以《笑う警官》一書，向荷瓦兒與法勒筆下創造出來的這位北歐探長致敬，而這部作品也分別在二〇〇九及二〇一三年改編為同名電影及劇集，廣受稱道。

儘管這段合作關係已因法勒辭世而告終，但馬丁．貝克警探堅毅、寡言的形象，早已永遠存活在每個讀者的想像當中，以及藏身在每個後續致敬之作和影劇中的警探角色背後。一九七一年成立的瑞典犯罪作家學院（Svenska Deckarakademin），更是以這個書中角色為名，設立「馬丁．貝克獎」，每年表彰全世界以瑞典文創作，或是有瑞典文譯本的犯罪、推理類型傑出之作。

且讓我們開始走進斯德哥爾摩這座城市，加入馬丁．貝克探長和其組員的刑事檔案世界。

導讀

我們最幸福

——關於《失蹤的消防車》

幾年前，拜「世界幸福報告」之賜，北歐曾是台灣人熱烈討論的焦點，「北歐模式」蔚為風潮。我則因為某位朋友遠赴芬蘭的於韋斯屈萊（Jyväskylä）實習，一時間也對北歐產生濃厚興趣。大家都很好奇，為什麼他們這麼幸福？

彼時的台灣正因為社會長期面臨低薪和失業問題而展開激辯，人們不再一味追求高成長，而開始注重公平分配。於是仿效北歐的呼聲四起，改革教育、醫療、工時的方案紛紛排上議程，甚至付諸公投。

然而當世界進入新冷戰的結構之後，北歐也漸漸淡出公眾的視野，社會又開始出現檢討「北歐模式」的聲音。不過很有意思的是，恰恰是這個時候，「馬丁・貝克刑事檔案」再度在台灣出版。

現代主義，而非極權主義

熟悉馬丁・貝克系列的讀者應該知道，作者除了是罕見的雙人創作組合，同時也是馬克思主義者，因此文中不乏對資本主義的批判。對照這系列的出版時間（一九六五至一九七五年），當時正是主張國家必須背負國民「從搖籃到墳墓」之社會責任的瑞典社民黨長期執政時期（一九三二年至一九七六年），也就不難理解作者的創作背景。

不熟悉瑞典歷史的話，很可能會單純地認為瑞典屬於極左派的極權主義國家。這就得回過頭，從二次大戰的局勢說起。一九三九年歐戰爆發，德國為了避免瑞典的鐵礦被盟軍阻擋，決定入侵丹麥和挪威，並往法國推進。同時間，英國攻占冰島，蘇聯也併吞了波羅的海三國。蘇德戰爭爆發後，芬蘭也被捲入戰爭。姑且不論私底下與納粹德國和西方的聯繫，瑞典是北歐五國唯一保持中立的國家。

未受戰火波及的瑞典，在一九六〇年代迅速發展經濟，國家財富急遽增加，結合工會與大公司達成的社會保障與公共健康體系，瑞典逐步走上「高所得、高稅收」的福利國家道路。因此，斯堪的納維亞研究學者Henrik Berggren和Lars Trägårdh認為，要理解瑞典，最好的切入點不是社會主義，而是盧梭思想。盧梭主張極端平等主義，反對一切依賴的行為。

此特點尤其可在馬丁・貝克系列中不斷看到。六、七〇年代的瑞典社民黨似乎有個終極目標，那就是切斷公民的傳統束縛：妻子與丈夫、孩子與父母、勞工與老闆、老人與家庭。瑞典政府的理想是，每位公民都是一顆獨立的原子，能在集體中找到個人的位置。

這項社會工程與瑞典人喜歡獨處的個性不謀而合。他們多數獨居，離婚率高，單親家庭多，嚮往一切「現代」的事物——反對民族主義，破除蒙昧的習俗，強調經濟與性別平等。普選是現代的，離婚也是現代的，多元和接納移民是現代的，而Henrik Berggren和Lars Trägårdh提出、認為強勢的政府與個人的自由之間並非互斥，國家的干預反而可增強個人自主性的「國家個人主義」（Statist individualism），當然也是現代的。

做人的自由

有個關於北歐的老笑話：一個瑞典人、丹麥人和挪威人遭遇船難，被困在荒島上。這時，瑞典人撿到一枚神奇的貝殼，能滿足他們每人一個願望。瑞典人和丹麥人許完願、離開荒島後，輪到挪威人。挪威人想了一下才說：「我在這裡太孤單了，你讓他們兩個人回來吧。」

當然還有其他笑話，它們的共通性就是挪威人總扮演傻瓜的角色。對瑞典人來說，依賴就是傻瓜的行徑。所以他們不喜歡互相幫助，要求妻子不依賴丈夫，孩子應儘早獨立，老人不該接受贍養。瑞典人也相信，唯有兩人獨立平等，才可能有真正的友情和愛情。

這一切都是為了追求「做人的自由」。與追求「做事的自由」的美國人不同，瑞典人的國家個人主義，彷彿在追求近乎冷酷無情的獨立性。為了能各自休假、定期做牙齒保健、自由地決定自己的晚餐，他們寡言靦腆，總是默默接受，寧願走樓梯而不和別人一起坐電梯，甚至連女人在生產的時候也盡量不呻吟。

這個信念促使每個瑞典人成為主宰自己生活的人，如此一來，才能實現真正而持久的幸福。免費而且高質量的教育體制，讓他們有極大的自由追求自己想過的生活，做自己想做的事，成為自己希望成為的人。也因此，瑞典的社會流動比其他國家高得多，對移民的態度也相當正面。

然而作為一個文化多元的現代工業社會的典範，瑞典並非毫無缺點。正如同現在面臨人工智慧與機器人所帶來的第四次工業革命，六、七〇年代的瑞典也苦於資本密集工業技術造成的社會問題。二戰期間，勞動力湧入城市，再加上戰後嬰兒潮、歐洲的調整與產業的變革，少年的組織犯罪越加猖狂。

後工業社會的犯罪

一般而言，後工業社會代表著多數勞動力離開農業或製造業，進入服務業。隨之而來的，則是人才需求的改變。律師、醫師、工程師、科學家等受過高等教育的專業人才，成為社會的中堅份子。知識和技術取代資本，居於社會運轉的核心樞紐。反過來說，在教育階段就被排擠的人，將被社會拋棄。

這些無處容身的少年多半會加入犯罪的行列，比如偷車、販賣毒品等，在本書中也不例外。值得一提的是，作為主要場景之一的馬爾摩，接受了龐大的移民，人口激增之後，造船等工業連帶高速發展，使得馬爾摩成為最工業化的城市之一。當然，也造就了新型態的犯罪。

瑞典的統計資料證明*，大批勞動力在工業化初期移入城市，是對社會秩序最大的破壞。來到城市的勞工被大量物質與財富頻繁刺激之後，相對被剝奪感油然而生，助長了犯罪的動機。因應新社會需求而誕生的現代化交通工具，使得人們能在國境之間自由流動，跨國組織犯罪在資本主義國家大幅增加。

---

* Louise I. Shelley, *Crime and Modernization: The Impact of Industrialization and Urbanization on Crime*, 1981.

組織犯罪因為所需的犯罪技能不同（比如偷竊、偽造和銷贓），因此多半不是由當地居民所構成。而馬爾摩是瑞典所有城市裡面，「非」斯堪的納維亞人比例最高的，尤其與哥本哈根僅隔松德海峽互望——頻繁的跨國流動，加上失業問題與社會分化，成了跨國組織犯罪的溫床，馬爾摩甚至被視為瑞典的芝加哥。

瑞典像太陽，是我們的榜樣

丹麥人流傳著一個說法：「哥本哈根的酒鬼都是瑞典來的。」由此可知，瑞典和丹麥的淵源有多深。瑞典帝國崛起之後，丹麥的領土迅速萎縮。一六五八年，羅斯基勒條約簽訂，丹麥將馬爾摩和斯堪尼地區割讓給瑞典。因此更正確地說，馬爾摩是丹麥建立的。

兩國的關係始終非常微妙，而且存在一種競爭關係。比如丹麥人在哥本哈根建了市政廳，瑞典人就要在斯德哥爾摩也建一座市政廳，而且必須比哥本哈根的高一米。丹麥人也反過來嘲笑瑞典人，明明連國旗都抄襲他們的，卻要瞎掰出一個「金色十字架橫越青空」的傳說。

兩國之間的敵意，也體現在宜家家居一款以丹麥城鎮Viskinge命名的腳踏墊上。此外，瑞典人對丹麥語也很有意見，時常與挪威人一同開丹麥語的玩笑。雖然和瑞典語及挪威語同屬北歐日耳曼語，但丹麥語算是最不合群的一支，無法溝通的時候，就只能以英文彌補不足。關於這點，作者在書中也有著墨。

但話說回來，不只是台灣，北歐其他國家對瑞典取得的經濟成功，也懷著景仰之意，雖然他們很勉強才會這麼承認。當其他國家還在努力平衡收支、為了社會福利改革爭執不休的同時，瑞典已經藉由社會投資和堅定推行自由貿易，完成了退休金的改革，減少政府支出占比，並降低企業稅率。毫不意外瑞典人被困在荒島時會許下這樣的願望：「我想回到寬敞又舒適的家裡，那個有富豪汽車、錄放影機和宜家傢俱的房子。」

只不過，瑞典人或許也羨慕其他國家的生活。最新的「世界幸福報告」出爐，芬蘭、丹麥、挪威、冰島包辦了前四名，瑞典則是北歐五國「最不幸福」的，只拿了第七名。有一說認為，瑞典社民黨在改良社會體制的同時，也窒息了人民的雄心與活力。包括馬丁．貝克在內，瑞典人有自己的問題要面對。

• 張渝歌

陽明醫學系畢。曾任診所醫師，現為專職作家。出版作品：《只剩一抹光的城市》（2014）、《詭辯》（2015）、《荒聞》（2018）。

4號
警察總局
仁肯斯丹
登公園
盾牌街火災現場
1公里

斯德哥爾摩大區圖

1.

死者躺到鋪疊整齊的床上之前，先脫下了夾克和領帶，掛在門邊的椅子上。他接著解開鞋帶，將鞋放在椅子下，腳套進黑色的皮拖鞋內。他抽了三根帶濾嘴的菸，將之捻熄在床邊小桌上的菸灰缸內。隨後，他仰躺在床上，對著口內開槍自盡。

結果可不怎麼整齊。

離他最近的鄰居是一個去年因為獵麋鹿而導致臀部受傷，因此提前退休的陸軍上尉。他在意外之後患了失眠症，夜裡常常起身獨自玩著撲克牌。那天，他才剛將牌拿出來，就聽到牆後傳來槍響，於是立刻報警。

兩名警察接到無線電通報，破門而入的時間是三月七日凌晨三點四十分，當時床上的男人死亡已有三十二分鐘之久。警察沒多久就釐清案情，幾乎可確定死者是因自盡而死。他們在回警車以無線電回報這起死亡事故前，將整間公寓察看一遍，儘管他們其實不該這麼做。這間公寓除了臥室之外，還有客廳、廚房、走廊、浴室及更衣間。他們找不到任何字條或遺書。唯一可見的字跡是寫在客廳電話旁的便箋上的四個字。那四個字構成一個人名，一個這兩名員警再熟悉不過的人名：

馬丁・貝克。

•

那一天是歐蒂麗亞的命名日。

上午十一點剛過，馬丁・貝克便離開南警局，到旋轉木馬場的國營酒店前排隊買酒。他買了一瓶Nutry Solera*。在往地鐵站的途中，又買了一打紅色鬱金香和一罐英國起司餅。他母親受洗時領受的六個名字中有一個是歐蒂麗亞，今天他就是要去恭賀她的命名日。

她住的老人之家很大，也很古老；根本就太老舊、太不方便了，那兒的工作人員這麼說。馬丁・貝克的母親一年前搬進老人之家，倒不是因為無法自理生活——雖然已經七十八歲，她依然活力十足，身體也相當硬朗——她只是不想成為這個獨子的負擔。因此，她先前早就在這裡預訂了一間房。當某個她屬意的房間空出來，也就是前一個房客過世之後，她便把身邊的東西處理好，搬了進來。自從馬丁・貝克的父親十九年前過世後，這兒子便是唯一供養的她的人。他偶爾會因為未能親自照顧母親而良心不安，但在內心深處，他很感激她先前完全沒有徵詢他的意見，就自己打點好了這件事。

這裡有幾處死氣沉沉的小客廳，他從沒看過有人坐在那裡；他走過其中一間，順著陰暗的走廊繼續往前，然後敲敲母親的房門。他進門時，她驚訝地抬起頭。她有些耳背，沒聽到他輕輕的敲門聲。她喜逐顏開，放下手上的書打算起身。馬丁．貝克輕快地走上前，親吻她的臉頰，輕輕地將她推回椅子上。

「別又開始為我忙東忙西的。」他說。

他把花放在她膝上，酒及餅乾則放在桌上。

「恭喜啊，親愛的媽媽。」

她解開花束的包裝紙，讚嘆道：

「哇，這花真美，還有餅乾！啊，那是葡萄酒還是什麼來著？噢，是雪利酒。我的天！」

她不顧馬丁．貝克的抗議，起身走向櫥櫃，從中拿出一只銀色花瓶，到洗手台裝水。

「我還沒老到走不動，」她說，「你自己倒是坐下吧。我們喝雪利酒還是咖啡？」

＊ Nutry Solera：雪利酒的一種。

他掛好帽子和外套後坐下。

「看你愛喝什麼。」他回道。

「那喝咖啡好了，」她說，「這樣我可以把雪利酒省下來，分一點給其他老太太喝，藉機炫耀一下我的好兒子。令人快樂的東西總得留著慢慢享受。」

馬丁・貝克靜靜坐著，看她打開電動咖啡壺的開關，量好水和咖啡。她個子小小的，看似弱不禁風，每次他見到她，總覺得她個子又更小了些。

「媽，你住這裡會不會無聊？」

「我？我從沒無聊過。」

這回答來得太快又太順，所以他不相信她說的是實話。她先將咖啡壺放在電熱板上，花瓶擺到桌上，而後才坐下來。

「你不必為我擔心，我能做的事情可多著了。讀書、跟其他老太太閒聊、打打毛線什麼的。有時我會進城，什麼都不做，就只是看看。不過，他們把東西都給剷平了，真可怕。以前你爸公司所在的那棟建築也拆了。你有看到嗎？」

馬丁・貝克點點頭。他父親曾經在在克萊拉區有一間小小的運輸公司，但那地方如今已被一座由玻璃和混凝土構成的購物中心取代。他看著她床邊衣櫃上他父親的相片。相片是二〇年代中期拍的，當時他自己不過才幾歲大，而他父親仍然年輕，目光清澈，側梳的頭髮充滿光澤，下巴透著堅定和頑強。據說馬丁．貝克長得很像父親，但他自己從不覺得，而且，就算兩人有相似之處，也僅止於外表。他記得父親是一個直率、快活，討人喜愛的人，很容易和人開玩笑，鬧成一片。馬丁．貝克認為自己內向害羞，相當無趣。拍攝這張相片時，他父親是個建築工人，但幾年後就碰上經濟大蕭條，持續失業了好幾年。馬丁．貝克猜想，母親從沒真正走出那幾年的貧困與焦慮，因為即便後來他們的經濟狀況大為改善，她還是會為錢憂心。除非絕對必要，她依然絕對不買任何新東西，而她的衣物以及少少幾件從老家帶過來的家具，用了這些年，也都非常老舊了。

馬丁．貝克不時想給她錢，而且主動要支付老人之家的費用，但是她既驕傲又固執，堅持要當個獨立的人。

咖啡煮滾後，他將咖啡壺拿過來，讓母親倒。她對兒子期望甚高，當他還小的時候，她甚至根本不准他幫忙洗碗或自己鋪床。直到長大後發現自己笨拙到連最簡單的家事都做不好，他才發現，母親這麼過度保護是不對的。

馬丁．貝克看到母親喝咖啡前先丟一塊方糖到嘴裡含著，覺得既驚奇又有趣。他從沒見過母親含著方糖喝咖啡。她看到他的眼光，說道：

「唉呦，等你活到我這把年紀，就會活得比較率性了。」

她放下杯子，往椅背上一靠。細瘦的手布滿老人斑，輕輕交握著，擱在膝上。

「好啦，」她說，「說說我那些孫子最近都在幹嘛。」

這些日子以來，馬丁・貝克在跟母親談到孩子時，總是小心翼翼地只挑好的說，因為她認為自己的孫子比別的小孩聰明、出色，而且好看。她常抱怨說他不懂得欣賞自己孩子的優點，甚至指責他不夠理解孩子，對他們太過嚴厲。他認為自己其實能以持平的心來看待孩子，認為他們和其他小孩沒有太大差異。他和十六歲的英格麗關係最好，這孩子活潑、聰明，對她來說，學校的功課輕而易舉，和同學也相處融洽。洛夫快十三歲了，他的問題比較多。他很懶，又內向，對學校的任何事物都沒興趣，而且也沒有特別的興趣或天分。馬丁・貝克對兒子無心學習感到憂心，他希望這只是兒子成長期的過渡階段，有朝一日，他會克服自己的懶散態度。因為眼下他實在找不出任何洛夫的好話可說，就算說了實話，母親也不會相信，他只好選擇逃避這個話題。當他跟她報告過英格麗最近在學校的表現後，他母親突然出乎他意料地問：

「洛夫畢業後會不會進入警界？」

「應該不會吧。更何況，他還不到十三歲，現在就開始擔心這種事未免也太早了。」

「如果他想，你千萬要阻止他。」她說，「我一直都不懂你為何那麼堅持要當警察。這行業現在一定比你當年加入時更糟糕。馬丁，你當年為什麼會去當警察？」

馬丁．貝克驚訝地盯著她。的確，二十四年前，她曾經反對過他的職業選擇，但他沒料到現在她會再度提起此事。他不到一年前才剛升任凶殺組的組長之職，現在的工作環境與年輕時擔任巡警那時的狀況已迥然不同。

他傾身向前，拍拍她的手。

「媽，我現在挺好的。現在我大多坐在辦公室。不過，老實說，我也常問自己同樣的問題。」

的確。他常問自己為什麼會成為警察。

當然他可以回答說，那在戰時是躲避兵役的好方法。因為肺病，他獲緩徵兩年，之後體檢結果顯示他已痊癒，不能再免役，這是他走入警界的一個重要原因。在一九四四年那個年代，所謂的良心反戰者是得不到同情的。許多跟他採取同樣方式避開兵役的人後來都轉行走了，但他這些年來卻一路擢升到組長的位置。這應該表示他是一個好警察吧，但他自己不是那麼確定。警界裡有幾個位居高處的人可不是什麼好警察。他甚至都不確定自己是不是想當一個好警察，如果好警察的定義包括恪守職責、不能有絲毫違背規定之處的話。他想到柯柏許久之前說過的一句話：

「我們周遭多的是好警察，一些笨得要死的好警察。還有許多辦事不知變通，視野短淺，態度強硬，自以為是的，也都是好警察。我寧可警界多點好人，而不是所謂的好警察。」

他母親陪他出來，一起在公園裡走了一會兒。融雪的雪地很難走。冰冷的風在高大的枯枝間呼嘯作響。在踉蹌滑行了十分鐘後，他陪她走回前廊，吻了她的面頰告別。他走下斜坡，轉身時看到她仍站在入口處對他揮手。佝僂的小小身影，還有灰白的頭髮。

他搭地鐵回到位於瓦斯貝加路的南警局。

在走往自己辦公室的途中，他朝柯柏的辦公室瞥了一眼。柯柏是位偵查員，也是馬丁・貝克的助手及最好的朋友。辦公室裡沒人。馬丁・貝克看了一下錶，一點半。當天是星期四。他無需費心思索便知道柯柏會在哪裡。有那麼一會兒，他甚至想端著自己的豆子湯去找他，但他隨即想到自己的胃，便打消了這個念頭。因為被母親強迫推銷喝下數不清的咖啡之後，胃早已吃不消了。

他的記錄簿上留有一則關於當天早上自殺的那個男人的簡短訊息。

那人的姓名是恩司特・席古・卡爾森，四十六歲。他未婚，最近的親戚是一位住在玻堯斯的老姨媽。他從週一起就向任職的保險公司請假，理由是得了流感。根據公司同事所述，他為人孤僻，而且就大家所知，也沒什麼親密的朋友。他的鄰居說他為人安靜不鬧事，在固定的時間來去，罕有訪客。筆跡鑑定結果顯示，電話旁便箋上的「馬丁・貝克」字跡確實是他所寫。他死於自殺是相當明確的事。

這起案件除此之外就沒什麼好說的了。恩司特．席古．卡爾森自殺身亡，因為在瑞典自殺不算犯罪，警察也不能多做什麼。所有疑點都已獲解答，唯獨一點除外。撰寫調查報告的人也問了相同的問題：不知貝克探長與此人是否有任何關係？貝克探長能否在報告中補充些什麼？

馬丁．貝克不能。

因為他從沒聽過恩司特．席古．卡爾森這個人。

2.

剛瓦德．拉森在夜裡十點半離開位於國王島街的警局辦公室時，壓根兒沒準備會成為英雄；畢竟，回到他位在波莫拉的住處，沖個澡，換上睡衣睡覺不會是什麼了不起的行為。剛瓦德．拉森一想到他的睡衣就開心。那是當天剛買的全新睡衣，若是聽到那件睡衣的價格，他大多數的同事絕對不敢置信。他在回家路上有點小事要處理，但估量最多花上五分鐘就能打發。他邊想著自己的睡衣，邊掙扎著穿上他的保加利亞羊皮外套，熄燈，用力關上門，然後離開。通往他們單位的老舊電梯一如既往地運轉不順，他得狠狠朝地板踱個兩腳，電梯才又動起來。剛瓦德．拉森個頭十分高大，不穿鞋也有六呎二吋高，體重二百多磅，當他跺起腳，那效果是相當可觀的。

外頭很冷，還刮著風，間雜著乾燥的雪一陣陣席捲而來，但他只要走幾步就能到車子旁，無需顧慮這天氣。

他開車越過西橋，視線漫不經心地掠向左方。他看到市政廳的黃燈投映在塔頂尖端的三頂金冠上，還有成千上萬個他無法辨識的其他燈光。過了橋，他繼續直行到鹿角廣場，左轉鹿角街，然後在仁肯斯丹地鐵站旁右轉。他沿著環狀路往南只開了五百碼左右便煞車停住。

那兒雖然仍位在斯德哥爾摩市中心，卻幾乎沒有任何建築物。街道西邊，高低起伏的坦托朗登公園迤邐展開，東邊則是岩丘，有一座停車場及加油站。這裡叫做盾牌街，但其實根本稱不上街道，只能說是一截路，是都市規劃者在莫名的狂熱驅使下破壞的眾多都市景觀之一，它原有的價值和特性如今早已被剝奪得蕩然無存。

盾牌街是條長不及三百碼的彎路，連接著環狀路及玫瑰園街，有些計程車司機常會來這裡，偶爾也有迷路的警車在這兒休息。夏天時，路旁繁茂的樹叢讓這裡有如城中的綠洲；儘管環狀路車行擁擠，而且火車就在五十碼外沿著盾牌街轟隆駛過，一些童年並不快樂的當地中年人，還是會帶著酒、香腸及油膩膩的紙牌，不受干擾地在樹蔭下打發時間。但冬天可就沒人會想來這裡了。

然而，在一九六八年三月七日這個特別的夜裡，卻有人站在這條街南邊光禿禿的樹叢間凍得發僵。他的注意力顯然無法完全集中，只是偶爾朝街上一棟老舊的木造二樓住宅望去。不久前，該建築物二樓的兩個窗口仍透出燈光，他也能聽到音樂聲、喊叫聲，及偶爾的大笑聲，但現在燈火已滅，唯一能聽到的只剩風聲和遠處傳來的車聲。樹叢間的這個男子不是自願站在那裡的。他是警察，名叫薩克里森，他衷心希望自己此時能身在別處。

剛瓦德．拉森下車，拉高外套領子，也把氈毛帽拉低蓋住耳朵。接著他逕直走過寬廣的馬路，越過加油站，蹣跚地走過泥濘的融雪。公路局顯然不認為這一小段沒用的街道值得他們浪費路鹽。房子位於前方約七十五碼處，略微高出路面，與路面呈尖銳的角度。他在屋前停住，環顧四周，輕聲喚道：

「薩克里森？」

樹叢間的男子打起精神走了出來。

「壞消息，」剛瓦德．拉森說，「你得再站兩小時。艾薩克森請病假。」

「要命啊！」薩克里森叫了一聲。

剛瓦德．拉森打量四周。然後，他面帶不悅地說：

「你若是站在斜坡上會好一點。」

「是啊，如果我想把屁股凍僵的話。」薩克里森不悅地回答。

「那樣視線會好一些。有沒有觀察到什麼？」

薩克里森搖搖頭。

「什麼都沒有，」他說，「方才上面辦了某種派對。不過，現在看來他們都躺下來睡了。」

「麥姆呢？」

「也一樣。他已經熄燈三個小時了。」

「他一直都獨自一人？」

「好像是。」

「好像？有人離開這房子嗎？」

「沒看到。」

「那你看到什麼？」

「我來之後，有三個人進入，一男二女，搭計程車來的。我想他們是來參加那個派對的。」

「想？」剛瓦德・拉森逼問。

「呃，不然要怎麼想？我又沒有……」

他的牙齒打顫得厲害，連說話都有困難。剛瓦德・拉森眼神嚴苛地看著他，問道：

「你沒有什麼？」

「透視眼。」薩克里森苦惱地回道。

剛瓦德・拉森為人嚴厲，對人性的軟弱沒有同情心。身為一個長官，他人緣甚差，許多人都非常怕他。如果薩克里森對他稍有了解，自然不敢這麼跟他說話；但即使是剛瓦德・拉森，也無法漠視眼前的事實：這個人又累又冷，隨後這幾個鐘頭，他的情況以及觀察能力絕對不可能改善。他知道該採取什麼措施，但可不想因此就放過薩克里森。他不悅地哼了一聲，問道：

「你冷嗎？」

薩克里森乾笑一聲，抹去睫毛上的結霜。

「冷？」他語帶諷刺，「我感覺就像是有三個人擠在烈燄燃燒的火爐裡咧。」

「你是來辦事，可不是來玩的。」剛瓦德．拉森回道。

「是的，對不起，可是——」

「你的工作也包括穿上足夠的衣服保暖，偶爾走動一下，否則，一旦有狀況發生，你卻像個死雪人一樣動彈不得，那麼事後追究起來……可就一點都不好玩了。」

薩克里森開始領會到他似乎話中有話。他笨拙地發著抖，語帶歉意地說：

「是的，當然，那沒關係，可是——」

「那可是很有關係。」剛瓦德．拉森生氣地說。「我正好是這個行動的負責人，我可不想整個行動被一個保安組的菜鳥給搞砸。」

薩克里森才二十三歲，是一個普通的保安警員，目前隸屬第二區的市民保護組。剛瓦德．拉森比他大二十歲，是斯德哥爾摩凶殺組的偵查員。薩克里森張嘴想再回答，剛瓦德．拉森舉起他巨大的右手，粗暴地說：

「廢話少說，謝謝。回玫瑰園街的警局去喝杯熱咖啡什麼的，半小時後精神抖擻地準時回來報到。馬上就去！」

薩克里森離開後，剛瓦德看看手錶，嘆了口氣，自言自語道：「菜鳥。」

他隨後右轉，穿過樹叢，開始爬上斜坡。他邊爬邊喃喃咒罵，因為腳上的義大利鞋的橡膠底甚厚，在結冰的石頭上完全無法著力。

薩克里森說的沒錯，那片岩丘上完全沒有任何地方可遮擋冷竣無情的北風，但拉森說這裡是最佳的觀察地點也沒錯。房子就在正前方稍低處。那棟建築物或周遭若有任何動靜，都逃不過他的眼睛。所有窗戶都被冰所覆蓋，或全部、或部分，窗後毫無燈光。唯一的生命跡象是煙囪冒出的煙，但這些煙還來不及讓寒冷著上顏色，就先被風撕扯成了碎片，像棉絮般捲入無星的夜空。

岩丘上的剛瓦德不時兩腳交互動著，包在羊皮內襯手套裡的手指也不時伸屈運動。剛瓦德·拉森在成為警察之前是名水手，起先是海軍裡的一般水手，後來改跑北大西洋的商船，無數冬夜在空曠艦橋上站崗的經驗讓他學會了保暖之道。他也是這類行動的專家，雖然現在他偏好、而且通常也只負責規劃工作。在岩丘上站了一會兒後，他看到二樓靠右的窗子後有火光微微晃動，彷彿有人擦亮了一根火柴要點香菸或是看時間。他反射性地看了一下錶，十一點零四分，薩克里森已經離開崗位十六分鐘。他現在應該正坐在瑪麗亞警局的福利社裡，邊喝著咖啡，邊向沒值勤的警察抱怨；這只是短暫的愉悅，因為再過七分鐘，他就得動身趕回來了——如果他不想被罵到臭頭的話，剛瓦德．拉森悶悶地想著。

然後他想著，此時此刻，那棟公寓裡可能會有多少人。這棟老建築裡有四間住戶，樓上樓下各兩間。樓上左邊住著一名三十來歲的單身女子，帶著三個小孩，全是跟不同的男人生的。他對那女人的所知僅限於此，但也夠了。在她樓下，也就是一樓左邊，住的則是一對老夫妻。他們七十來歲，在這裡已經住了將近半個世紀，不像樓上那樣老是換房客。老先生愛喝酒，雖然年高卻不德劭，是瑪麗亞警局拘留所裡的常客。樓上右邊那戶的房客也很出名，但他犯的是比週末喝酒鬧事還嚴重的刑案。他才二十七歲，卻已被判過六次刑，刑期長短不一。罪名由酒駕、破門行竊到傷害罪不等。他名叫羅斯，找那一男二女來開派對的就是他。他們現在已經關掉唱機，也熄了燈，不是在睡覺，就是在以別種方式享樂。那根火柴就是在這間房裡點燃的。

在這房子下面，也就是一樓右邊，住的是剛瓦德．拉森監視的對象。他知道此人的姓名，也知道他的長相。但說來奇怪，他不知道為何要監視此人。

事情是這麼來的：剛瓦德．拉森一向被好渲染的報紙稱為「緝兇者」，但因為目前並無兇手需要緝查，所以他放下手頭正忙著的工作，被外借到別部門負責這項行動。他們湊合著派了四名人員給他，並對他下達簡單的指令：確保受監視者不會消失，不會出事，並記下與他會面者的名單。

他連這是什麼案子都懶得問。想來不外乎跟毒品有關吧？現在幾乎任何事都跟毒品脫不了關係。

目前為止，監視行動已進行了十天，但受監視者除了曾召妓一次，以及上了兩次酒吧各喝下半瓶酒之外，什麼事都沒發生。

剛瓦德・拉森低頭看錶。十一點零九分。就剩八分鐘了。

他打了個哈欠，舉起雙手在身體四周拍打。

就在這時，房子爆炸了。

3.

先是一聲震耳的巨響，接著火就燒了開來。一樓右邊住家的窗子炸開，建築的山牆幾乎整個崩離，同時，冰藍色的長長烈焰從破窗熊熊湧出。剛瓦德．拉森站在小丘上，雙臂大張，好似一尊救世主雕像，愣愣地看著路那一端發生的事情。但他只愣了一下，就馬上採取行動。他迅速地邊滑跤、邊咒罵著衝下岩坡，奔過馬路，朝屋子跑去。在他奔跑之際，火燄顏色和性質都起了變化，成為橘色，貪婪地順著牆板往上燃燒。他感覺房子右邊的天花板似乎開始塌陷，有部分的支撐基柱似乎已被炸開。一樓住戶已經陷入火海數秒，在他跑到前門的石階之前，就連樓上的房間也著了火。

他用力推開前門，隨即發現已經太遲。前廳靠右的門被炸離原先固定的鉸鍊，正好擋住樓梯。整片門像一根燃燒的巨木，火正沿著木樓梯向上蔓延。一陣高溫的熱氣朝他襲來，中人欲焦，令他一陣踉蹌，視線模糊，倒退走下門外的石階。屋裡傳來痛苦、恐懼的絕望叫喊。據他所知，這棟建築物裡至少有十一個無助的人被困在這個再真實不過的死亡陷阱裡，有幾個或許已經死了。火舌像發燄機一般，不斷由一樓的窗戶往外冒。

剛瓦德・拉森快速地四處打量，想看看是否有救生梯或其他東西可用，但毫無所獲。

二樓有個窗子被推開，透過煙霧和火燄，他隱約看到後頭有個女人或女孩，正歇斯底里地尖叫著。他將手圈在嘴邊大叫：

「跳下來！往右跳！」

她已經到了窗台，卻猶豫著。

「跳呀！快！跳越遠越好！我會接住你。」

那女孩縱身跳下，直直朝他飛來，他右手插入她雙腿之間，左手則環住她的肩膀，將這掉落的人體接個正著。她不重，約莫在一百到一百一十磅之間，他接得很有技巧，因此她連碰都沒碰到地面。他一接住她，就往右翻轉，以身體護住她不受火燄侵襲，接著後退三步將她放在地上。這女孩看來不超過十七歲，全身赤裸，頭左右搖晃，邊尖叫邊全身顫抖。除此之外，他看不出她身上有受到損傷。

他再度回頭時，窗邊站著另一個人，是名男子，身上圍了條床單。火勢更猛烈了，濃煙順著屋脊往外冒，右手邊的火燄也開始穿過屋瓦。要是該死的消防車再不來就完了，剛瓦德心中暗忖，同時盡可能走近火場。燃燒的木材發出吱吱聲響，無情的火花掉落在他臉上及羊皮外套上，在他的外套上慢慢燒出洞來，而後被這貴重的皮料掩息、消滅。他盡力大叫，好讓那男子在熊熊火聲中能聽清楚他的喊話。

「跳下來！盡量跳遠些！往右跳！」

那人跳下的同時，火燒到他裹著的床單。他跳下時發出一聲刺耳尖叫，掙扎著要撕開著火的床單。這次的著地就沒那麼成功了。那男子比女孩重得多，加上他扭動著身體，因此他的左手臂先打到剛瓦德．拉森的肩膀，接著自己的肩膀先著地，撞到地上凹凸不平的鵝卵石。在這最後一刻，剛瓦德．拉森巨大的左手好險接住他的頭顱，他才沒有撞得頭骨碎裂。剛瓦德．拉森將這人放在地上，撕掉他身上著火的床單，在這過程中，他的手套也燒壞了。男子除了手上的一只黃金婚戒外，同樣全身赤裸。他痛苦地呻吟，間歇夾雜著喋喋不休的自言自語，像頭低能的猩猩。剛瓦德．拉森將他推離幾碼，讓他躺在雪地上，多少避開那些塌落的燃木。他轉過身時，第三個人，一個穿著黑色胸罩的女子由右邊上頭火勢正旺的公寓縱身躍下。她的紅髮燃燒著，跌落在很靠近牆壁的地方。

剛瓦德．拉森衝到燃燒的厚板跟木柴間，將她拖離危險區，以雪撲滅她髮上的火燄，讓她躺在地上。他看得出她受到嚴重灼傷，她痛苦地尖叫，像蛇一般扭動著身體，而且顯然跌得不輕，一條腿與身體呈現極不自然的角度。她比另一名女子略為年長，大約二十五歲左右，紅色頭髮，連兩腿間的毛髮也是紅的。她腹部的皮膚完好無損，看來蒼白而鬆弛。她的臉、雙腿以及背部遭到大片燒傷，胸部也是，因為胸罩著火，把皮膚都燒壞了。

他最後一次抬頭看那公寓時，看到一個鬼魅般的人形正像火炬般燃燒著，可憐地旋轉著，雙手高舉頭上，隨後消失在視線之外。剛瓦德・拉森推斷那是派對裡的第四個成員，也知道他已完全無可挽救。

頂樓也起火了，屋瓦下的梁木也是。濃煙不斷湧出，他聽到燃燒的木造建築發出激烈的爆裂聲。二樓最左邊的窗子被推開，有人正大聲求救。剛瓦德・拉森迅速跑過去，看到一位穿白色睡衣的女子探過窗台，胸前緊緊抱著一個包袱。那是一個小孩。煙不斷由敞開的窗口冒出，但顯然還沒燒到這間房內，至少還沒燒到這女子所在的房間。

「救命！」她絕望地大叫。

因為房子這一邊的火勢還沒太猛烈，他可以站得非常靠近牆壁，幾乎就在窗下。

「把孩子丟下來！」他叫道。

那女子毫不遲疑地將小孩一把丟下，令剛瓦德・拉森吃了一驚。他看到包袱對著他直直落下，在最後一刻伸出雙手將它接起，就像守門員接住踢過來的足球。那孩子很小，稍稍抽咽了幾聲，但沒有哭泣。剛瓦德・拉森將他抱在手裡站了幾秒鐘。他對小孩毫無經驗，甚至想不起來自己到底有沒有抱過小孩。有好一會兒，他不太確定自己是不是太過粗暴，而把小孩壓碎了。接著，他離開房子，將那包袱放在地上。他還彎著腰時，聽到了跑步聲。他抬起頭，看到薩克里森，喘著氣，滿臉通紅。

「怎麼了？」他問道，「怎麼會……」

剛瓦德．拉森瞪著他，問道：

「他媽的消防車呢？」

「應該到了才對呀……我是說，我在玫瑰園街看到這裡起火……我就跑回去打電話……」

「看在上帝的面子上，再跑一次！去叫消防車和救護車……」

薩克里森轉頭就跑。

「還有警察！」剛瓦德．拉森在他身後大叫。

薩克里森的帽子掉了，他停下來撿。

「白痴！」剛瓦德．拉森大叫。

然後他回到房子那裡。整棟建築的右邊像是怒吼的煉獄，頂樓的地板似乎也著火了。那個穿睡衣的女人所站的窗口冒出更多濃煙，這回，她手裡抱著另一個小孩，是個大約五歲的金髮男孩，身上穿著有印花的藍色睡衣。那女子跟上次一樣，迅速、出乎意料地將小孩往下拋，但這次剛瓦德・拉森較有心理準備，將小孩安穩地接進手裡。奇怪的是，那男孩似乎毫不害怕。

「你叫什麼名字？」男孩高聲地問。

「拉森。」

「你是消防隊員嗎？」

「看在上帝的面子上，閉嘴好嗎！」剛瓦德・拉森將那男孩放到地上。

他再度抬頭時，被一片落瓦擊中頭部。瓦片燒得通紅，雖然他的氈毛帽減緩了瓦片的衝擊力道，他還是覺得眼前一片黑。他覺得額頭一陣炙痛，血流到臉上。穿睡衣的女子不見了。應該是去抱第三個孩子吧，他才正這麼想著，那女人又出現在窗口，手裡抱著一隻大大的瓷狗，迅速拋下來。狗掉到地上，碎成片片。接著，她自己縱身躍下，但結果並不順利。剛瓦德・拉森就站在下方，被她撞倒在地，那女人則跌在他身上。他的後腦和背部因此受到撞擊，但他很快就將那女人推開，站起來。那穿著睡衣的女人看起來完好無恙，但是眼神呆滯無光。他看著她，問道：

「你不是還有一個小孩嗎？」

她睜大眼睛看著他，然後拱起身子，像頭受傷的野獸開始嗚咽。

「快過去照顧那兩個吧！」剛瓦德・拉森跟她說。

火勢此時已經蔓延到整個二樓，火燄由那女子剛才躍下的窗口向外噴竄。但是兩位老年人仍在一樓左邊的房子裡。那兒顯然尚未著火，但兩個老人毫無動靜。也許那裡滿是濃煙，屋頂再過不了多久也會塌陷下來。

剛瓦德．拉森環目四顧，尋找可利用的工具，他看到數碼之外有塊大石頭。石頭凍結在地上，但他用力將它推開。這石頭至少有四、五十磅重。他將它高舉過頭，使盡全身力氣對著一樓房子最左邊窗戶的中間拋去，將窗框砸得粉碎，玻璃與木屑齊飛。他攀上窗台，用身體推開一片百葉窗，撞倒了一張桌子，然後踏上房間的地板，房裡的煙非常濃密，令人窒息。他咳著，將毛料圍巾拉高蓋住嘴巴，然後拆下百葉窗，四處張望。火在他身旁呼嘯著。透過閃爍的火光，他看到地板上有個癱成一團的人形，顯然是那位老太太。他抬起她軟弱無力的身軀，走到窗邊，叉住她的雙腋，小心地將人放到外頭的地上，她馬上靠著牆基縮成一團。她看來還活著，但是昏迷不醒。

他深深吸一口氣，回到房中，拆下另一扇窗戶的百葉窗，用一把椅子將窗戶擊破。煙勢稍微減弱了點，但是他頭頂上的天花板開始膨脹變形，橘色火舌開始包圍客廳的門口。他只花了不到十五秒就找到那老先生。他無法下床，但還活著，發出微弱、可憐兮兮的咳嗽聲。

剛瓦德．拉森一把拉開毯子，將老人架上肩頭，直直穿過房間，在漫天飛落的火花中爬出公寓的窗子。拉森咳得厲害，加上血一直由額頭上的傷口往下流，混合著汗水及淚水，幾乎令他無法視物。

他一邊肩上架著老人，一邊動手將老婦人由牆邊拖離，然後將兩人併肩放在地上。接著他檢查那名老婦人，看她是否仍有呼吸。確定她沒事後，他脫下身上的羊皮外套，拭掉上頭的一些火星，蓋在那仍歇斯底里、尖叫不已的赤裸女孩身上，將她帶到其他人那兒。他接著脫下身上那件斜紋軟呢布料的夾克，攤開來，裹住兩個小孩，然後把毛料圍巾給了那名裸體男子，那男子馬上拿來圍住自己的臀部。最後，他走向紅髮女子，拉她起身，把她帶到眾人聚集的地方。她身上散發出令人作嘔的焦味，尖叫聲則痛徹心肺。

他看著那棟建築物，現在已經完全燒起來了，火勢狂野、不可遏止。有些私人車輛在離街道不遠處停下，困惑的群眾開始下車探望。他完全不予理會。他脫下燒壞的氈毛帽，壓蓋在那穿睡衣的女子頭上，再次重覆他幾分鐘前問過的問題：

「你是不是還有一個小孩？」

「是的……克麗絲緹娜……她的房間在閣樓。」

說完，這女人開始無可遏抑地哭了起來。

剛瓦德・拉森點點頭。

身上沾滿血跡和煤煙，全身被汗水濕透，衣服也破損不堪，剛瓦德・拉森就這麼站在這群歇斯底里、受驚、尖叫、昏迷不醒、哭泣及瀕臨死亡的人之間，彷彿置身戰場。

這時，在火燄的怒吼聲中，終於傳來消防車抵達的第一道嗚嗚。

然後，所有人突然都一起趕來了。水車、雲梯、消防車、警車、救護車、騎機車的警察、還有搭乘紅色轎車的消防隊官員。

薩克里森也回來了。

他問道：「什麼……是怎麼發生的？」

就在這時，屋頂塌下來，整棟房子成了一座發出歡快爆裂聲的烽火台。

剛瓦德低頭看錶。從他站到岩丘上凍得半死到現在，時間過了十六分鐘。

4.

三月八日星期五下午，剛瓦德・拉森坐在國王島街警局的一間房裡。他身著白色套頭毛衣，外面套著一件斜口袋設計的淺灰色西裝。他雙手都紮上繃帶，而頭上的繃帶讓他鮮明地聯想到那幅描繪凡都博林將軍在芬蘭猶他斯之役的名畫。他的臉及脖子上也各貼著一塊紗布，後梳的金髮及眉毛都燒掉了一些，但清澈的藍眼在木然之中又透著不滿，一如既往。

這房裡還有另外幾個人。

例如馬丁・貝克和柯柏，他們是從瓦斯貝加的凶殺組被電召過來的，此外還有伊瓦德・哈瑪，他們的頂頭上司。在事情有進一步決定之前，哈瑪是此項調查工作的負責人。哈瑪身形龐大，隨著值勤日久，濃密的頭髮已幾乎全白。他已經開始扳著手指等退休了，所以認為每一起重大刑案都是在跟他過不去。

「其他人呢？」馬丁・貝克問。

一如以往，他將身體重心傾向一邊站著，離門口很近，右肘靠在檔案櫃上。

「什麼其他人？」

哈瑪雖然這麼問，但心裡其實很清楚，調查小組成員的選定權完全操在他手上。他的影響力足以讓他在整個警察系統裡要誰有誰，要他跟誰工作就跟誰工作。

「隆恩和米蘭德。」馬丁・貝克不慍不火地說。

「隆恩在南方醫院，米蘭德在火場。」哈瑪簡短地回答。

攤開的晚報就放在剛瓦德・拉森面前的桌上，他裹著繃帶的手生氣地翻著。

「什麼爛記者，」他將報紙推到馬丁・貝克面前，「你看看這張照片。」

那相片占了三個專欄的版面，上頭是一個身穿防水外套、頭戴窄邊帽、滿臉困惑的年輕人，手上拿著一根棍子，在盾牌街上還冒著煙的建築廢墟中挖掘。在他斜後方，相片左角處，是剛瓦德・拉森站在那兒傻傻地盯著鏡頭。

「你好像不怎麼上相，」馬丁・貝克說，「這個拿拐杖的人是誰？」

「他叫薩克里森，第二區派來的菜鳥。蠢得要死。你讀讀那個圖說。」

馬丁・貝克低頭閱讀。

今日英雄，鋼瓦德・拉森偵查員（圖右），在昨晚的大火中英勇地搶救了數條人命。相片中可見他正在檢視已燒燬殆盡的屋舍廢墟。

「這些混蛋不僅連左右都搞不清楚，」剛瓦德．拉森低聲抱怨，「他們還……」

他沒再說下去，但馬丁．貝克知道他指的是什麼，於是理解地點點頭。那記者連名字都寫錯了。剛瓦德．拉森厭惡地看著那張相片，然後用手臂將之推開。

「還把我照得一臉蠢樣。」他說道。

「出名有時是種累贅。」馬丁．貝克說道。

柯柏一向討厭剛瓦德．拉森，此時卻也忍不住朝攤開的報紙瞄上幾眼。相片幾乎全都說明錯誤，每個頭版醒目的頭條標題下都配著剛瓦德．拉森茫然的眼神。

英勇的行為、英雄，以及天知道什麼其他的，柯柏心想，忍不住沮喪地嘆了口氣。他彎身坐在椅子上，手肘擱在桌面，看起來一身肥軟。

「所以我們陷在一個不知道發生何事的奇怪情況？」哈瑪嚴肅地說。

「也沒那麼奇怪啦，」柯柏說，「我個人通常也都不知道發生什麼事。」

哈瑪嚴厲地瞪了他一眼，說道：

「我是說我們不知道這是不是一起蓄意縱火案。」

「為何一定是蓄意縱火？」柯柏問。

「你這個樂觀主義者。」馬丁・貝克說。

「當然是他媽的蓄意縱火，」剛瓦德・拉森說，「那房子就在我眼前炸開。」

「你確定起火點是在那個叫麥姆的房間？」

「沒錯，千真萬確。」

「你當時監視多久了？」

「大約半小時，是我親自監視的。在之前則是那個叫薩克里森的豬頭。喂，你問題太多了吧？」

馬丁・貝克以右手的拇指和食指按摩著鼻梁，接著問道：

「你確定那段時間內沒有人進出？」

「對，我他媽的非常確定。但在我到達現場之前的事就不知道了。薩克里森說有三個人進去，但是沒人出來。」

「這話可靠嗎？」

「不知道。他看起來不只是普通的笨。」

「你這話不是當真吧？」

剛瓦德·拉森生氣地看著他，說：

「問這些有的沒的到底在幹嘛？我人在那裡，那個見鬼的房子就突然起火。十一個人身陷火場，我救出八個。」

「是啊，我注意到了。」柯柏邊說邊斜眼看了一下報紙。

「你確定只有三人在這起火災中喪命？」哈瑪問。

馬丁·貝克從衣服內袋拿出一些報告細讀，然後說：

「似乎是。一個是那個叫麥姆的，還有一個住他上面、名叫肯尼士·羅斯的，以及克麗絲緹娜·莫迪。她的房間在閣樓，才十四歲。」

「為什麼她會住在閣樓？」哈瑪問道。

「不知道，」馬丁·貝克說，「這件事還有待調查。」

「有待調查的還他媽的多著呢，」柯柏說，「我們甚至不知道死者是不是只有那三個。還有，所謂十一個人不過只是假設，拉森先生，對吧？」

「那麼，自行逃生的人有哪些？」哈瑪問道。

「首先，沒有人是自行逃生的，」剛瓦德·拉森說，「人全都是我救出來的。要不是我剛好在那裡，他媽的，沒有人逃得出來。還有，我沒有記下他們的姓名。那時我有別的事要處理。」

馬丁・貝克意味深長地看了這個裹著繃帶的大塊頭一眼。剛瓦德・拉森的態度一向欠佳，但膽敢這樣冒犯哈瑪，那他要不是自大過頭，就是瘋了。

哈瑪皺起眉頭。

馬丁・貝克翻閱手上的報告，故意把話岔開：

「至少我這兒有名單。愛涅斯及賀曼・索德柏，兩人是夫妻，各為六十八及六十七歲。安娜凱莎・莫迪及她的兩個小孩肯特和克拉麗。這個媽媽三十歲，男孩五歲，女孩七個月大。然後是兩個女人，卡拉・伯格林和瑪德蓮・奧爾森，分別是十六歲和二十四歲，還有一個男的叫馬可斯・卡爾森，此人年紀我就不清楚了。最後這三個人不住在那棟房子裡，他們是去作客。也許是去被燒死的那個肯尼士・羅斯的住處。」

「這些名字我都毫無印象。」哈瑪說。

「我也是。」馬丁・貝克說。

柯柏聳聳肩。

「羅斯是個竊賊，」剛瓦德・拉森說，「索德柏是酒鬼，安娜凱莎・莫迪則是個娼妓。這沒有讓你們高興一點？」

電話鈴聲響起，柯柏拿起話筒，拉過便箋，從上衣口袋抽出一枝原子筆。

「噢，是你啊。好，請說。」

其他人都默默看著他。柯柏放下話筒，說：

「是隆恩打來的。最新消息：瑪德蓮·奧爾森也許救不活。她全身百分之八十燒傷、腦震盪，還有腿骨多處骨折。」

「她全身毛髮都是紅色的。」剛瓦德·拉森說。

柯柏狠狠瞪了他一眼，繼續說道：

「老索德柏和他老婆被濃煙嗆傷，但狀況還行。馬可斯·卡爾森百分之三十灼傷，沒有生命危險。卡拉·伯格林和安娜凱莎·莫迪都沒受傷，但是都受到極大的驚嚇，卡爾森也是。他們的現況都不適合進行偵訊。只有那兩個小孩安好無恙。」

「所以，那可能是尋常的火災吧？」哈瑪問。

「鬼啦。」剛瓦德·拉森不表同意。

「你是不是該回去睡一覺？」馬丁·貝克問他。

「你巴不得我回去是吧？」

十分鐘後，隆恩出現了。看到剛瓦德·拉森時，他吃驚地瞪大眼睛說：

「你在這裡幹嘛？」

「問得好。」剛瓦德・拉森回道。

隆恩責備地看著其他人。

「你們瘋了不成？」他說，「剛瓦德，咱們走。」

剛瓦德順從地站起來，走到門邊。

「等等，」馬丁・貝克說，「只問一個問題。你為何要監視葛朗・麥姆？」

「我哪知道。」剛瓦德・拉森說完就走了。

房間裡的人全都愣住了。

幾分鐘後，哈瑪在含糊不清地咕噥了幾句後離開。馬丁・貝克坐下來，拿起一份報紙開始讀。三十秒後，柯柏也跟進。他們就這樣坐著，默不出聲，直到隆恩回來。

「你怎麼處理他？」柯柏問，「把他送到動物園嗎？」

「什麼意思？」隆恩問道，「處理他？誰？」

「拉森先生啊。」柯柏說。

「如果你是指剛瓦德，他現在已經因為腦震盪在南方醫院就醫。醫院要他這幾天都不准說話或閱讀。這是誰的錯？」

「哦，不是我的。」柯柏回道。

「我偏說是你的錯。我真他媽的很想揍你一拳。」

「你少站在那裡對我咆哮。」柯柏說。

「我還嫌不夠呢。」隆恩回說，「你一向瞧不起剛瓦德，但這次實在太過分了。」

埃拿．隆恩來自北方，是個穩健、性情溫和的人，平常幾乎沒發過脾氣。在他們認識的這十五年來，馬丁．貝克從沒見過他發火。

「噢，是嗎，沒想到那傢伙居然還有一個朋友呢。」柯柏語帶譏諷。

隆恩握拳朝他走去。馬丁．貝克迅速起身擋在他們之間，轉身對柯柏說：

「萊納，你少說兩句，別把事情越弄越僵。」

「你也好不到哪裡去，」隆恩對著馬丁．貝克說，「你們兩個一樣差勁。」

「喂，你什麼……」柯柏站起身來。

「埃拿，別激動，」馬丁．貝克對隆恩說，「你說的沒錯，我們早該注意到他有些不對勁。」

「知道就好。」隆恩說。

「我倒是看不出來，」柯柏依舊冷言冷語，「大概得要智商跟他相當，才能……」

就在這時，哈瑪推開門走了進來。

「你們看起來全都怪怪的。怎麼了？」他說。

「沒事。」馬丁・貝克答說。

「沒事？」埃拿看來像隻煮熟的龍蝦，「你想打架是吧？請別動用警察暴力。」

電話適時響起。柯柏一把接起來，像是溺水的人抓住那根鼎鼎有名的稻草一樣。

隆恩的臉色慢慢回復正常，只剩鼻頭還紅紅的。不過，他的鼻頭本來就是紅紅的。

馬丁・貝克打了個噴嚏。

「我他媽的怎會知道？」柯柏對著話筒叫道，「你說的到底是什麼屍體？」

他用力掛上電話，嘆了口氣地說：

「醫檢室有個白痴想知道何時可移動遺體。有嗎？有遺體嗎？」

「我能否請教一下諸位，你們這幾位紳士可有任何人到過火場？」哈瑪不悅地問。

無人回答。

「去現場研究一下，不會有害處吧？」哈瑪說。

「我有很多公文要處理。」隆恩含糊地說。

馬丁・貝克動身朝門口走去。柯柏聳聳肩，也起身跟過去。

「絕對只是一場尋常的火災。」哈瑪固執地告訴自己。

5.

火災現場目前已全面封鎖，封鎖範圍很廣，一般人只能見到一群身著制服的員警圍在外圍。馬丁．貝克和柯柏一下車，就有兩個警察迎上前來。

「喂，你們兩個，來這兒幹嘛？」其中一個傲慢地說。

「不知道這裡不能這樣停車嗎？」另一個說道。

馬丁．貝克正想亮出證件，卻被柯柏擋下。他說：

「對不起，警官，能否告訴我你的名字？」

「關你屁事？」第一位警察問。

「快閃開，」另一位說，「不然恐怕會惹上麻煩。」

「我當然曉得，」柯柏說，「只不過，惹上麻煩的還不知道是誰咧。」

柯柏的壞脾氣顯然反映在他的外表上。他的深藍色風衣在風中飄揚，領口懶得扣上，領帶露在右口袋外，那頂亂七八糟的舊帽子則戴在頭後方。那兩名警察互相使了個眼色，其中一人朝前跨近一步。這兩名員警都有紅潤的雙頰和藍眼珠。馬丁·貝克知道他們認為柯柏神智不清，準備要逮捕他。他知道，若依柯柏目前的心情，這兩個人六十秒內就會被扁成肉泥，明早醒來搞不好還會發現自己丟了差事。但是今天他不希望見到有人倒楣，所以他快速拿出證件，伸到那個氣燄比較盛的警察鼻子下。

「你幹嘛？」柯柏生氣地說。

馬丁·貝克看看那兩名員警，息事寧人地說：

「你們要學的還很多呢。萊納，走吧！」

大火過後的廢墟十分淒涼。表面上看來，房子燒得僅剩地基、一個煙囪、一大堆燒焦的木板、燒黑的磚頭，以及散落的瓦片。所有東西全瀰漫著嗆鼻的煙味及焦味。有半打身著灰色工作服的專家正蹲伏在地上，小心翼翼地拿著棍棒或鏟子在灰燼中挖掘。院子裡架有兩個大篩子。消防水管仍在地上蜿蜒，路那頭停著一輛消防車，車前坐著兩名消防員，正在玩猜拳遊戲。

十碼之外站著一個容貌陰森的高個兒男子，他嘴裡叼著菸斗，雙手深深插在外套口袋。他是斯德哥爾摩凶殺組的斐德利克·米蘭德，是參與過數百件難解刑案的老手。一般人知道的是他邏輯清晰、記憶力超強，而且極端冷靜，不過，在同行的小圈子裡，他最聞名的一點是：想找他時，他總是有辦法賴在廁所裡。米蘭德倒不是全無幽默感，只不過極其有限；他很儉吝，無趣，不會有什麼出色的點子或突發奇想。簡單一句話，他是一流的警察。

「嗨。」他叼著菸斗說。

「進度如何？」馬丁．貝克問。

「很慢。」

「有什麼發現？」

「沒有。我們很謹慎，這需要時間。」

「為什麼？」柯柏問。

「消防車抵達時，整棟房子已經垮了，消防設備都還沒展開，這房子就已經燒得差不多了。他們大量澆水後很快就滅了火，但夜裡氣溫一降，這地方全結成了一大塊冰。」

「聽來還真是棒。」柯柏說。

「要是我想的沒錯，他們得把那堆東西一層層剝開來。」

馬丁．貝克咳了幾聲，問道：

「屍體呢？有沒有找到任何屍體？」

「一具。」米蘭德回道。

他抽出口中的菸斗，以斗柄指著燒燬的房子右邊。

「就在那裡，」他說，「我猜是那個十四歲的女孩。睡在閣樓的那個。」

「克麗絲緹娜・莫迪？」

「對，她就叫這名字。他們打算讓她先在那兒放過夜。天很快就要黑了，他們只肯在天還亮著時工作。」

米蘭德拿出菸袋，小心地填滿菸斗、點燃，然後問道：

「你們怎麼樣？」

「棒透了。」柯柏回道。

「的確，」馬丁・貝克說，「尤其是萊納。他先是差點跟隆恩幹架……」

「真的？」米蘭德的眉毛稍微挑高。

「對。然後他差點被兩個警察當成酒鬼逮捕。」

「是喲？」米蘭德平靜地說，「剛瓦德還好嗎？」

「人在醫院。腦震盪。」

「他昨晚真是幹得好。」米蘭德說。

柯柏環顧這大火過後的廢墟，打了個冷顫，說：

「是的，這點我得承認。媽的，好冷。」

「他沒多少時間。」米蘭德說。

「的確沒有。」馬丁·貝克說，「這房子怎麼會在這麼短的時間內燒得那麼快？」

「消防隊說他們無法解釋。」

「唔。」柯柏沉吟著。

他看著停在路邊的消防車，心中湧出另一個問題：

「那些傢伙幹嘛還在這裡？現場剩下唯一還能燒的，不就是消防車了嗎？」

「怕有餘燼復燃，」米蘭德說，「例行公事。」

「我記得小時候曾有一件有趣的事，」柯柏說，「消防隊的房舍著火，所有的消防車全在裡面燒光光，消防員只能眼睜睜站在外面看著。我不記得發生的地點。」

「呃，其實不完全是那樣子。這發生的地點是烏得瓦拉，」米蘭德說，「更正確的說，日期是——」

「喂，你就不能讓我好好保有我的童年記憶嗎？」柯柏不悅地說。

「他們認為起火原因是什麼？」馬丁·貝克問。

「完全沒解釋，」米蘭德答道，「還在等分析調查的結果。就是這樣。」

柯柏無精打采地環目四顧。

「要死咧，有夠冷，」他再次抱怨，「而且，這地方臭得跟挖開的墳沒兩樣。」

「這的確就是一個沒蓋上的墳。」米蘭德一臉正色地說。

「好了，走吧。」柯柏對馬丁・貝克說。

「去哪裡？」

「回家呀。不然我們留在這裡做啥？」

五分鐘後，他們坐在車裡往南開。

「那笨蛋真的不知道他為什麼要監視麥姆嗎？」車子行經稜堡關橋時，柯柏問。

「你是說剛瓦德？」

「對，不然還會有誰？」

「我認為他不知道。不過也不太確定。」

「拉森先生稱不上你說的聰明，但是……」

「但他這人是個行動派，」馬丁・貝克說，「那也是一項優點。」

「是，當然，但他居然不知道自己在幹什麼，實在令人受不了。」

「他知道他在監視一個人。對他來說，這也許就夠了。」

「他是怎麼介入的？」

「很簡單。葛朗．麥姆其實跟凶殺組毫無關係。他被別組的抓到，用來做釣餌。本來想讓他還押，但沒成功，他們只好把人給放了。他們不想讓麥姆就這樣消失，可是工作又多得分不出人手，於是就向哈瑪求助。哈瑪於是派了剛瓦德去組織這項監視任務，算是額外工作。」

「為何只找他？」

「史丹斯壯死後，剛瓦德公認是這方面的第一把交椅。事實也證明，這確實是天才之作。」

「你指的是哪一方面？」

「我指的是救了八條人命。你想想，在那種情形下，換作是隆恩或米蘭德，能救出幾個人？」

「當然，你說的對，」柯柏沉重地說，「也許我該跟隆恩道歉。」

「我想，你的確應該去道歉。」

南行的車陣移動得非常緩慢。過了一會兒，柯柏問道：

「是哪個部門要監視他的？」

「不知道，好像是竊盜組。他們一年要處理三十萬件的闖空門、竊盜以及諸如此類的案子，幾乎忙到連下樓吃個午餐的時間都沒有。我們週一得去查查，應該很容易就能查到。」

柯柏點點頭。車子往前爬行十碼後又停住了。

「我想哈瑪說的沒錯，」他說，「不過是一場尋常的火災。」

「不過，火勢來得太快，這點令人懷疑。」馬丁・貝克說，「剛瓦德還說——」

「剛瓦德是個笨蛋，」柯柏說，「而且想像力太過豐富。應該有許多合理的解釋。」

「例如？」

「例如爆炸啊。那些人裡有幾個是竊賊，家裡藏有高危險性的爆炸物；也有可能是瓦斯筒。那個麥姆不可能是大條的，不然他們不會放人。要是有人寧可拿十條人命去陪葬，只為了除去這種小角色，這點根本說不過去。」

「就算能證明這是縱火，也無法證明對象是麥姆。」馬丁・貝克說。

「的確不行，」柯柏嘆道，「看來，我今天是諸事不順。」

「是。」馬丁・貝克說。

「好吧，星期一再說。」

兩人的對話就到此為止。

馬丁・貝克在史卡瑪布林站下車，改搭地鐵。他不知道他比較討厭哪一樣：是擁擠的地鐵，還是塞車的公路？搭地鐵有個好處，速度較快——雖然他那個家也沒什麼好急著回去的。

萊納・柯柏就不同了。他住在帕連得路，有個賢妻名叫葛恩，以及才六個月大的女兒。他太太正趴在客廳地毯上研讀某種函授課程，嘴裡叼著一根黃色的鉛筆，攤開的講義旁放著一塊紅色橡皮擦。她的上衣是一件舊睡衣，赤裸的修長雙腿慵懶地移動著。她張著一雙棕色大眼看著柯柏，說：

「我的天，你看起來很沮喪。」

他脫下外套，扔在椅子上。

「波荻在睡覺嗎？」

她點點頭。

「今天真是諸事不順，」柯柏說，「每個人都跟我作對。先是隆恩，再來是兩個瑪麗亞分局的笨警察。」

她的眼睛閃亮亮的。

「你自己都沒錯嗎？」

「總之，我要到下週一才會回去上班。」

「我不會打你的。」她說，「你有什麼打算？」

「我想去吃頓好料，然後喝上五杯雙料酒。」

「我們負擔得起嗎？」

「可以。今天才八號。能找到人照顧小孩嗎？」

「我想烏莎應該可以。」

烏莎．托瑞爾是一位警察的遺孀，雖然她才二十五歲。她原本和柯柏的同事歐格．史丹斯壯同居，但史丹斯壯四個月前在公車上遭人槍殺。

地毯上的女子兩道濃眉低垂，用力地用橡皮擦擦著講義。

「還有一個變通辦法。」她說，「我們可以上床，比較便宜，也比較好玩。」

「凡德比特的龍蝦餐也很不賴啊。」柯柏說。

「你愛吃勝過愛老婆，」她抱怨道，「我們結婚才兩年耶。」

「才不是。不過，我有個更棒的主意。我們先去吃飯，然後喝上五杯雙料酒，再上床去。你現在就打給烏莎。」

電話本來就放在地上，連著一條二十呎的延長線。她伸長手將電話拉過來，撥了一個號碼，一下就接通了。

她邊說話、邊翻過身仰躺著，屈起膝蓋，讓雙足平貼在地毯上。上衣往下略略滑落了一些。

柯柏看著他太太，尤其是覆蓋在腹部下方一路往兩腿之間漸次轉稀的濃密黑毛。她邊聽對方說話，邊看著天花板。一會兒後，她將左腿舉高，搔搔足踝。

「好了，」她將聽筒掛回去，「她會過來。她過來是不是要一個小時左右？對了，你有沒有聽到最新消息？」

「沒有。你指什麼？」

「烏莎開始上女警的訓練課程了。」

「我的天！」他心不在焉地喚道。「葛恩……」

「什麼？」

「我想到另一個主意，比剛才那個更棒。我們先上床，再去吃飯，飯後再喝上五杯雙料酒，回家再來一次。」

「簡直是天才呢，」她問道，「就在地毯上嗎？」

「對，但先打去劇院酒吧訂位吧。」

「那你去查電話號碼。」

柯柏邊迅速翻電話號碼簿，邊解開襯衫釦子及皮帶。他找到號碼後，讓她打過去。打完後，她坐起來，將睡衣拉過頭頂，一把丟到地板另一邊。

「你要找什麼？我消失的貞潔嗎？」

「正是。」

「從後面來嗎？」

「隨你喜歡。」

她咯咯笑著，慢慢地、順從地轉過身，四肢撐起，雙腿大開，一頭黑髮垂下來，前額頂在前臂上。

•

三個小時後，在吃著薑味雪酪時，葛恩讓柯柏想起先前在看著馬丁・貝克走進地鐵站之後就沒再想過的事。

「那場可怕的火災，」她問道，「你認為是不是有人蓄意縱火？」

「不是，」他說，「我不這麼認為。事情總有個限度。」

他已經當了超過二十年的警察，對此應該有更深刻的了解才對。

6.

星期六是陽光普照的一天。

馬丁．貝克悠悠醒來，心中難得有一種滿足感。他靜靜躺著，臉深埋在枕頭間，想藉聽覺分辨現在究竟是早晨的什麼時間。他聽到窗外的樹間有畫眉鳴叫，間歇還有水滴聲重重落在陽台的融雪上。然後是車子駛過的聲音，以及遠處車站地鐵的煞車聲，鄰居的關門聲，水管中咕嚕作響的水聲，最後，牆後的廚房發出一聲巨響，令他迅速張開眼睛。他聽到洛夫的聲音叫道：

「可惡！」

接著是英格麗的聲音：

「你真是笨手笨腳。」

然後是英雅要他們安靜的噓聲。

他伸手去拿菸和火柴，同時以手肘撐起身體，在書堆下摸索，尋找菸灰缸。他昨晚躺在床上讀《對馬海峽之役》*直到清晨四點，菸灰缸裡滿是菸蒂和火柴。要是睡前懶得起床清理菸灰缸，他往往就將之藏在一本書下面，以免聽到英雅嘮叨地預言說全家人總有一天會因為他在床上抽菸而命喪火場。

他的錶指著九點半，但當天是週六，他不必值勤。他將獨自在公寓裡度過兩天，這等於是雙重放假，他心滿意足地想著，心裡同時也有一點自責。英雅和孩子要和她的弟弟一起到他在槳手大道的度假屋裡度假，週日晚上才會回來。馬丁・貝克當然也受到邀請，但能獨自在家實在是太罕有的樂事，他捨不得割捨，便藉口工作纏身來逃避。

他在起床前先抽了一根菸，再將菸灰缸倒進浴室裡的馬桶。他沒刮鬍子，套上卡其褲和燈芯絨布襯衫後，他將《對馬海峽之役》放回書架上，很快地將床歸位成沙發，然後踱進廚房裡。家人都圍坐在餐桌旁吃著早餐。英格麗起身，從櫥櫃裡拿出一只杯子，為他倒了一杯茶。

「爸，不能跟我們一起去嗎？」她說，「你看，天氣這麼好，少了你多無趣。」

「恐怕不行，」馬丁・貝克說，「雖然一定很好玩，但是——」

「你爸得工作，」英雅不悅地說，「一如往常。」

他的良心再度感到一絲不安。但他隨即想到，他不在場，大家應該會更快樂些，因為英雅的弟弟老是會拿他當藉口，喝得醉醺醺。英雅的弟弟在清醒時本來就是個乏善可陳的人，喝醉後更是令人難以忍受。不過，他倒是有一個優點，那就是原則上他從不獨飲。馬丁・貝克在這一點上想了一會兒後得到結論：他的缺席會令他的小舅子保持清醒，所以他說謊待在家裡其實是在做善事。

就在他剛做出這個有利的結論時，他的小舅子來按鈴了。五分鐘後，馬丁・貝克便開始慶祝他那令人羨慕的自由週末。

那個週末果然如他預期，過得十分愜意。英雅在冰箱裡留了食物給他，但他還是出門買晚餐，而且還買了一瓶上好的白蘭地，以及半打高酒精濃度的啤酒。週六的隨後一整天，他都在組「卡提沙克號」**模型的甲板，他已經有好幾個禮拜沒時間碰這艘模型船了。晚餐他吃冷的肉丸子、魚卵，以及搭著卡蒙貝爾乳酪的粗裸麥麵包，而且喝了兩罐啤酒。他也喝了點咖啡和白蘭地，看了一部電視上的美國黑幫老電影。然後，他將床拉出來準備好，躺在浴缸裡讀雷蒙・錢德勒所寫的《湖中女子》，間或啜飲一口白蘭地，酒就擱在放下來的馬桶蓋上，伸手可及。

他覺得很快樂，完全沒想到他的家人和工作。

洗完澡後，他穿上睡衣，關掉家中所有的燈光，獨留一盞書桌上的檯燈，就這樣繼續看書、

＊ 一九〇五年五月，日本海軍艦隊在對馬海峽大敗俄國波羅的海艦隊，是日俄戰爭中最具決定性的一役。

＊＊ 「卡提沙克號」為一八六九年蘇格蘭建造的快速帆船，原本專用於運送當時中國所產的茶葉。

喝白蘭地，直到睡意襲上眼簾才上床睡覺。

星期天他起得很晚，起床後就穿著睡衣坐下來繼續組模型船，直到下午才換掉睡衣。那天傍晚，家人回來後，他帶洛夫和英格麗去看了一部吸血鬼電影。

那實在是一個很棒的週末，因此，他在週一早上覺得精神抖擻，而且精力充沛，於是開始思索這個葛朗・麥姆究竟是何許人、他心裡到底在想什麼等問題。當天上午，他拜會了局裡好幾個同事，也到法院去短暫地拜訪了一下。當他回到局裡想和同事交流調查結果時，局裡卻空無一人，所有人全都出去吃中飯了。

他打到南警局總機，結果電話出乎他意料地居然直接通到柯柏那裡。通常他吃午餐都是跑第一的，尤其是在週一。

「你怎麼還沒出去吃飯？」

「正要去。」柯柏問道，「你到底在哪裡？」

「在米蘭德的辦公室。你過來這邊吃吧，這樣我才知道在哪裡跟你碰頭。等到米蘭德跟隆恩出現時，大家可以稍微研究一下葛朗・麥姆這個人。我是說，要是還在火場的米蘭德走得開的話。總之，我找到不少關於麥姆的資料。」

「好吧，」柯柏說，「我先去找班尼，跟他交代一下——如果他可堪交代的話。」他補上這句。

班尼・史卡基是他們的新進人員。兩個月前才加入凶殺組，補歐格・史丹斯壯留下的職缺。史丹斯壯死時才二十九歲，在他的同事、尤其是柯柏眼中，還是個蹣跚學步的嬰兒。班尼・史卡基比史丹斯壯還要小上兩歲。

在等候其他人時，馬丁・貝克拿出米蘭德的錄音機，將他從法院借調出來的錄音帶播來聽。他拿出一張紙，邊聽邊做筆記。

隆恩在一點鐘準時抵達。十五分鐘後，柯柏用力地開門走進來說：

「來，開始吧。」

馬丁・貝克把他的座位讓給柯柏，自己則靠著檔案櫃站著。

「本案跟汽車失竊案，以及贓車買賣有關。去年未偵破的竊車案急增，據信背後應該有一個、甚至好幾個頗有組織的集團在負責銷贓，也許還走私出國。麥姆可能是這個運轉機制中的一個環結。」他說。

「大尾還是小尾的？」隆恩問。

「我想應該是小尾的，」馬丁・貝克說，「甚至是非常、非常小尾的。」

「他為什麼被捕？」柯柏問。

「等等，讓我從頭說起。」馬丁・貝克說。

他拿起筆記，放在身旁的檔案櫃上，然後很輕鬆、流暢地開始述說：

「二月二十四日晚上十點左右，葛朗・麥姆在南鎮市北方約兩哩處被路檢攔下。那原本只是例行的交通檢查，他也只是剛好經過。當時他開的是一輛一九六三年的雪佛蘭羚羊車款。車子看來沒問題，但他們發現麥姆並非車主，他們將車子的註冊號碼比對失竊車單，發現果然有那個號碼，只不過，那號碼是屬於一輛福斯所有，而非雪佛蘭。顯然，這車號是偽造的，而且不知是出於失誤或巧合，居然與警方在追查的一個號碼相同。第一次被盤詢時，麥姆說這輛車是車主借他開的，而車主是他的朋友。車主的名字是柏堤・歐洛佛森。麥姆給的這個名字確實也印在車牌上。警方發現，歐洛佛森這名字還挺熟的。事實上，警方懷疑他從事這類盜賣車輛的勾當已有好一陣子。在麥姆被捕的幾個星期前，他們總算找到一些足以起訴歐洛佛森的證據，卻遲遲找不到他人，到現在也還找不到。麥姆堅稱車子是歐洛佛森借他的，因為他自己要出國，暫時用不到車。那些早就懷疑歐洛佛森、而且開始尋人的警察一聽到麥姆的事，得知他恰好落在警方手上，就想讓他還押。他們相信麥姆跟歐洛佛森是同夥。還押的嘗試失敗後——呃，他沒有還押的理由，你們待會就會聽到——他們就在哈瑪的同意下，找來剛瓦德監視麥姆，希望能藉此逮到歐洛佛森，再從歐洛佛森那裡挖出整個盜竊集團——如果確實有如此集團存在，而麥姆跟歐洛佛森也都是該集團成員的話。」

馬丁・貝克走過房間，將菸在菸灰缸裡捻熄。

「大致就是這樣。不對，我還沒說完。車子的登記證件跟行照當然都是偽造的，但非常逼真。」他說。

隆恩搔搔鼻子，問道：

「他們為何將麥姆開釋？」

「證據不足。」馬丁・貝克說，「你聽聽這個。」

他彎身去弄錄音機。

「檢方以麥姆有收贓的嫌疑，要求將他還押，主要也是因為擔心將他放了之後會影響整起案件的調查。」

他打開錄音機，將帶子快轉。

「就是這裡。這是檢方詢問麥姆時的錄音。」

檢：好，麥姆先生，你已經聽到我向庭上陳述今年二月二十四日傍晚發生的事了。現在，你是否願意自陳，當天是什麼情況？

麥：呃，事情正如你說的。我沿著南鎮市路開，看到那兒有警車，他們設了路障，我當然就停下來，然後……然後警察發現車不是我的，就把我帶進警局。

檢：好。麥姆先生，你怎麼會開著一輛並非你持有的車？

麥：呃，我要去馬爾摩探望一個朋友，因為柏仔——

檢：柏仔？你是指柏堤・歐洛佛森，對嗎？

麥：對，柏仔，或者歐洛佛森，把車借給我幾個禮拜。反正我本來就想去馬爾摩，所以就趁手上有車可用時開過去，這樣就不必搭火車了。所以我就這樣開車過去。我哪會知道那是一台贓車？

檢：歐洛佛森怎麼會把車借給你這麼久？他自己不需要嗎？

麥：不需要，他說他要出國，用不著。

檢：噢，是，他要出國。要出去多久？

麥：他沒說。

檢：你是不是打算一直用他的車，直到他回來為止？

麥：對，要是我有需要的話。不然，我就會把車停回他的車位。他住的公寓有附車位。

檢：歐洛佛森回來了沒？

麥：據我所知還沒。

檢：你知道他人在哪裡嗎？

麥：不知道，也許還在法國，或是任何他想去的地方。

檢：麥姆先生，你自己有車嗎？

麥：沒有。

檢：但你以前有過，是嗎？

麥：對，但那是很久以前的事。

檢：你以前常不時向歐洛佛森借車嗎？

麥：沒有，就這麼一次。

檢：你認識歐洛佛森多久了？

麥：大約一年。

檢：常碰面嗎？

麥：不常。偶爾才見面。

檢：偶爾是多久？一個月一次？一星期一次？還是什麼的？

麥：呃，大概一個月一兩次。

檢：所以你們彼此很熟？

麥：還算滿熟的吧。

檢：他都把車借你了，你們一定很熟才對。

麥：是的，沒錯。

檢：歐洛佛森的職業是什麼？

麥：什麼？

檢：歐洛佛森靠什麼維生？

麥：我不知道。

檢：你認識他至少一年了，怎麼不知道？

麥：不知道。我們從來沒談過這個。

檢：那你自己如何維持生活？

麥：目前沒什麼特定的……總之，目前沒有。

檢：那你通常都做什麼？

麥：不一定的。看找到什麼就做什麼。

檢：那你上次做的是什麼？

麥：我在黑堡一間車行做噴漆工。

檢：這是多久以前的事？

麥：呃，去年夏天。後來車行七月時關門了，我只好走路。

檢：然後呢？你有沒有找其他工作？

麥：有，可是都找不到。

檢：你這樣失業也有……讓我看看，八個月了。怎麼過日子？

麥：哎，是不怎麼好過。

檢：不過你好歹得有些金錢的來源吧？麥姆先生。你有房租得付，而且人總是得吃飯。

麥：呃，我有一點積蓄，然後這邊借一點，那邊挪一些，湊合著用。

檢：你原本打算到馬爾摩做什麼？

麥：找朋友。

檢：你說，在歐洛佛森把車借給你之前，你原本打算搭火車過去。不過你自己也說了，搭火車去馬爾摩可是相當貴的。你負擔得起嗎？

麥：這……

檢：歐洛佛森擁有那輛車多久了，那輛雪佛蘭？

麥：我不知道。

檢：但你們初次見面時，你一定注意過他開什麼車吧？

麥：我沒注意那麼多。

檢：麥姆先生，你那時從事汽車相關工作也有一陣子了，不是嗎？你自己也說了，你是汽車噴漆工。沒注意到你朋友開什麼車，不是很怪嗎？如果他換了車，你也會注意到的，不是嗎？

麥：沒，我沒注意那麼多。況且，我根本沒見過他的車幾次。

檢：麥姆先生，你是不是其實正要去幫歐洛佛森賣車？

麥：不是。

檢：但你知道歐洛佛森是從事贓車買賣的，對嗎？

麥：不，我不知道。

檢：好，就問到這裡。

馬丁・貝克將錄音機關掉。

「這檢察官還真是客氣。」柯柏邊打哈欠邊說。

「對，」隆恩說，「而且沒效率。」

「的確。」馬丁．貝克說，「後來他們就放麥姆走了，接著讓剛瓦德去監視他。他們希望透過麥姆逮到歐洛佛森。麥姆很可能是在替歐洛佛森做事，但從他的生活狀況看來，他辛苦工作的酬勞恐怕非常有限。」

「他也是個汽車噴漆工，」柯柏說，「經手贓車會需要這種人。」

馬丁．貝克點頭同意。

「這個歐洛佛森，」隆恩問道，「我們抓不到他嗎？」

「是，還沒找到他的行蹤，」馬丁．貝克說，「麥姆應訊時說歐洛佛森出國了，這很可能是真的。不過，他總會現身的。」

柯柏重重地朝椅子扶手擊了一拳。

「我真搞不懂拉森那傢伙，」他邊說邊斜睨了隆恩一眼，「我的意思是，他怎能說不知道他為何要監視麥姆？」

「他沒必要知道，不是嗎？」隆恩問道，「你別又在那裡找剛瓦德的碴了。」

「見鬼，他一定早就知道他要釣的是歐洛佛森。不然他盯麥姆有什麼用？」

「沒錯，」隆恩平靜地說，「等他好點你再問他，如何？」

「哼。」柯柏哼了一聲。

他用力伸了懶腰，扯得夾克的縫邊嘎嘎作響。

「好吧，」他說，「反正偷車那檔子事也輪不到我們頭痛。真是謝天謝地。」

7.

打從班尼．史卡基加入凶殺組後，這個週一下午似乎是他首度得獨自擔綱調查一起謀殺案的時刻。

或者說，一起重大傷害案。

當時他正在南警局的辦公室裡，忙著進行柯柏在前往國王島街前交辦的工作——要他在接聽電話的同時，也將各個報告歸檔。這個分類歸檔的工作他做得很慢，因為他在將各個報告歸檔前，都先仔細讀過一遍。班尼．史卡基很有野心，但也很清楚，即使他在警察學校時已學齊了所有凶殺案的調查方法，卻一直沒有機會能將知識真正運用到實務上。他期待有朝一日能在警界嶄露頭角，因此竭盡所能地要從這些前輩身上吸取經驗。其中一個方法，是盡量抓住機會，聆聽他們之間的對話——此舉已經讓柯柏快發狂了。另一個方法是閱讀舊報告，那正是電話響起時他在做的事。

這電話是同一棟大樓接待部門某名男子打來的。

「我這裡有個人說他要報案，」他的語氣中透露出些許困惑，「要叫他上去嗎？還是——」

「好。」助理偵查員史卡基迅速答道。

他掛下電話，然後到走廊等待這個訪客。他邊等邊想，剛才那接待員被他打斷時，原本要說的是什麼。「還是？」也許他想說的是，「還是送他去較適合的警員那裡？」史卡基是個敏感的年輕人。

他的訪客步伐不穩地慢慢踱上樓梯。班尼・史卡基為他拉開玻璃門，一陣混合著汗水、尿液和酒氣的惡臭撲鼻而來，他忍不住倒退一步。他趕到那人前頭走進辦公室，招呼他在辦公桌前的椅子上坐下。但那人沒有馬上坐下，而是等史卡基先坐下後才就座。

史卡基打量眼前這個椅子上的男人。他看來介於五十到五十五歲之間，身高頂多一百六十五公分，非常瘦，體重恐怕不到五十公斤。一頭稀疏的淡色金髮，眼睛則是很淡的藍色。他的雙頰及鼻子都可見紅色的微血管，雙手顫抖著，左眼眼皮跳個不停。他的棕色外套有污點，而且油膩膩的，針織背心上有各色毛料的補丁。這男子身上散發出酒氣，但看起來沒有酒醉。

「呃，你想報案？是什麼案件？」

那人低頭看著自己的雙手，緊張地在指間轉動著一只菸頭。

「想抽就抽吧。」史卡基把一盒火柴推過去。

那人拿起火柴，點燃菸頭，乾咳著，聲音沙啞，他抬眼看著史卡基。

「我殺了我老婆。」他說。

班尼．史卡基伸手去拿記事本，同時用自認為鎮定又有權威的聲音問道：

「是嗎？哪裡？」

他希望馬丁．貝克或柯柏此時能在場。

「頭上。」

「不，我問的不是那個。她現在人在哪裡？」

「噢，在家裡。丹士拜凡街十一號。」

「你姓什麼？」史卡基問。

「古德福理森。」

班尼．史卡基將名字寫在記事本上，雙手前臂靠在桌上，身體前傾。

「古德福理森先生，能否告訴我事情是怎麼發生的？」

那個古德福理森咬著下唇。

「呃，」他說，「呃，我回到家，她就開始嘮嘮叨叨，一直碎唸。我很累，不想跟她鬥，就叫她閉嘴，但她不聽，繼續唸個不停。我一時氣不過，就掐住她的脖子，她又踢又叫，所以我打了她的頭，接連好幾下，後來她就倒地了。一會兒後，我開始害怕起來，想把她弄醒，但她只是一直躺在地上。」

「你沒叫醫生嗎？」

那人搖搖頭。

「沒有，」他說，「我想，既然她都死了，叫醫生來也沒有用。」

他沉默地坐了一會兒，然後說：

「我不想傷害她的。我只是生氣，她不該那樣一直唸個不停。」

班尼・史卡基站起來，從門邊的衣架上拿下外套。他不太知道該怎麼處理這個人。他邊穿外套邊問：

「你怎麼沒去你們那一區的警局，而是跑來這裡報案？那裡離你家很近啊。」

古德福理森站起來，聳聳肩膀。

「我以為……我以為像這樣的事……涉及謀殺什麼的，所以就……」

班尼・史卡基打開通往走廊的門。

「你最好跟我走一趟，古德福理森先生。」

到古德福理森住處那條街區只需幾分鐘。他沉默地坐著，手劇烈顫抖。他帶頭走上階梯，史卡基由他手上拿過鑰匙，打開前門。

他們走進一間有三扇門的陰暗小門廳，三扇都關著。史卡基詢問地看向古德福理森。

「就在那裡面。」他指著左邊的門說。

史卡基向左走三步，打開那扇門。

門後沒有人。

那房間的家具寒傖，而且蒙著灰塵，但似乎都擺在原本的位置，房內沒有任何掙扎或打鬥跡象。史卡基轉身看著還站在大門邊的古德福理森。

「這裡沒有人。」他說。

古德福理森瞪著他，一邊慢慢走過來，一邊舉起手指著。

「可是，」他說，「她先前明明躺在那裡啊。」

他困惑地環目四望，然後直直穿越前廳，打開廚房門。廚房也是空的。

第三扇門通往臥室，但那裡同樣毫無異狀。

古德福理森摸著稀疏的頭髮。

「怎麼會這樣？」他說，「我明明看到她躺在這裡。」

「是的，」史卡基說，「你也許真看到了。但她顯然沒死。你怎會做出那樣的結論？」

「我有眼睛可以看啊，」古德福理森說，「她不動，也沒呼吸，而且全身冰冷，就跟屍體一樣。」

「也許她只是看起來像死掉而已。」

史卡基突然想到，或許這個人是故意搗蛋，整個故事都是杜撰的。也許他根本沒老婆。此外，他對他這個所謂老婆的死，她的復活，以及失蹤，似乎都相當無動於衷。他檢視古德福理森指稱那死去女人躺臥的地板處。但地板上既無血跡、也沒有其他特殊之處。

「總之，」史卡基說，「她現在不在這裡了。也許我們應該去問問鄰居。」

但是古德福理森試圖阻止他。

「不，不，別這樣，我們和他們不和。更何況，他們這時候也不在家。」

他走進廚房，在一把木椅上坐下。

「那女人到底死哪兒去了。」他說。

就在這時，前門打開了。走進來的女子又矮又胖，穿著一件連身圍裙及羊毛上衣，頭上綁著一條格子圍巾，一隻手裡提著一個細繩編成的提袋。

史卡基一時無言，那女人也默不出聲。女人輕快地走過他身邊，直直走進廚房。

「好呀，你這蠢材，居然還有膽給我回來？」

古德福理森瞪著她，張嘴想說些什麼。他老婆將袋子砰一聲扔在廚房桌上，喝斥道：

「那傢伙是誰？你知道你那些酒友是不准上門的。你們這些酒鬼最好死到別的地方去。」

「抱歉，」史卡基不太確定地說，「你先生以為你出了意外，所以——」

「意外，」她嗤之以鼻，「什麼意外？真是笑話！」

她呼一下轉過身，充滿敵意地看著史卡基。

「我不過是想嚇唬嚇唬他罷了。出去喝了幾天酒，醉醺醺回來還敢跟我吵。做人總該有個限度吧？」

那女人將圍巾解下。她下巴有個不甚明顯的瘀傷，除此之外似乎沒事。

「你還好吧？」史卡基問，「有沒有受傷什麼的？」

「我沒事！」她哼了一聲，「只不過他將我擊倒在地時，我想我乾脆躺著假裝昏死。」

她轉身面對那男人。

「你有點嚇到，對吧？」

古德福理森尷尬地斜睨了史卡基一眼，嘴裡喃喃說些什麼。

「你到底是誰？」那女人問。

史卡基看著古德福理森的眼睛，不悅地回道：

「我是警察。」

「警察！」古德福理森太太大叫。

她雙手架在臀上，彎身對著她老公，那男人縮在廚房椅子上，露出可憐兮兮的表情。

「你瘋了不成？」她大叫。「引條子上門！你這是幹嘛，請問？」她直起身，生氣地瞪著史卡基。「還有你。你這算哪門子警察？就這樣闖進無辜百姓家中。你要闖進無辜百姓的家之前，至少要先出示證件不是嗎？」

史卡基飛快拿出證件。

「哈，是個助理？」

「助理偵查員。」史卡基有氣無力地說。

「你以為你能在這裡找到什麼？我可沒犯什麼錯，我先生也一樣。」

她走到古德福理森身邊，把手放在他肩上，一副母雞護著小雞的架勢。

「他有拘捕令還是什麼的嗎？怎麼可以就這樣闖進我們家？」她問道。「路德，他有沒有對你出示任何證件？」

古德福理森搖搖頭，但什麼也沒說。史卡基上前一步，開口本想說些什麼，卻被古德福理森太太劈頭打斷。

「好了，你可以走了。我還挺想告你私闖民宅的。你最好在我生氣前離開，現在就走。」

史卡基看看那男子，但他只是定定盯著地板。史卡基聳聳肩，轉身離開這對夫妻，帶著些微受驚的心情回到南警局。

馬丁．貝克和柯柏還沒從國王島街回到南警局。他們都還在米蘭德的辦公室裡，他們又播了一次麥姆的錄音帶，這次是放給哈瑪聽的。他下午探頭進來問案情是否有任何進展。

馬丁．貝克的菸加上哈瑪的雪茄，菸氣氤氳如霧一般瀰漫了整個房間，柯柏將用過的火柴和空菸袋一起放在菸灰缸裡點火燃燒，使得空氣更顯污濁。隆恩則讓情形更惡化，他打開窗子，讓全北歐都市裡污染最嚴重的空氣吹了進來。馬丁．貝克咳嗽著說：「如果我們要將它當成縱火案來處理，目前所有證人全都在住院，無法接受問話，調查起來恐怕只會更加困難。」

「沒錯。」隆恩同意。

「目前，我還不認為那是蓄意縱火，」哈瑪說，「不過，在米蘭德檢查完火場以及檢驗報告出來之前，我們還是別妄下結論。」

電話響起。柯柏伸手拿起話筒，同時將一只空火柴盒丟進仍有東西在燃燒的菸灰缸內。他聽了約莫半分鐘。

「什麼？」他的語氣十分驚訝，其他人的注意力馬上集中過來。

他茫然地看著馬丁・貝克，說：

「各位，這真是天大的意外。葛朗・麥姆不是被火燒死的。」

「什麼意思？」哈瑪問道，「他不就在屋內嗎？」

「對，他整個人燒得幾乎跟床墊溶在一起。剛才是驗屍官打來的，他說，麥姆在起火前就已經死透了。」

8.

聽聲音就知道，負責剛瓦德·拉森那間病房的護士長是那種嚴厲、毫不妥協的人。

「你這個忙我幫不了，」她說，「我才不管事情多重要。讓拉森先生康復才是最重要的，如果你們一直打來吵他，他怎麼好得起來？他必須保持絕對安靜，這是醫生的吩咐。我跟柯柏先生也這麼說，他剛剛才打來，非常粗魯。你最快也得等到明天早上再打。再見。」

馬丁·貝克手裡還抓著被對方掛掉的電話，聳聳肩，將話筒掛回去。

他坐在自己位在南警局的辦公室裡，此時是週二早上八點半，柯柏跟史卡基都還沒來。不過，柯柏顯然已經出門了，應該隨時會到。

馬丁·貝克再度拿起話筒，撥到瑪麗亞分局找薩克里森。他不在，要下午一點才當班。

馬丁·貝克打開一包佛羅里達香菸，燃起一根，看著窗外。在他眼前的不是什麼生氣煥發的景致，只有一片沉鬱的工業區和一條通往市中心的高速公路，每條車道都擠滿發亮的車體，以蝸牛般的速度緩慢前進。馬丁·貝克非常厭惡汽車，只有在萬不得已的情況下才會開車。他不喜歡這個位於瓦斯貝加的臨時警局，他希望國王島舊警局的擴建工程能早日完成，這樣四散各地的各個部門才能再次齊聚在同一個屋簷下。

馬丁・貝克從那令人沮喪的景色中轉身，將手枕在頸後，邊思索、邊看著天花板。

葛朗・麥姆是何時死的？怎麼死的？又為何會死？他的死跟火災有何關聯？一個現成的理論是，有人在殺了麥姆之後放火燒屋，藉此毀屍滅跡。但若是如此，那兇手如何能在不被剛瓦德・拉森或薩克里森發現下進入那棟建築？

馬丁・貝克聽到史卡基行經他門口時故作輕快的腳步聲，不一會兒，柯柏也來了。他在馬丁・貝克的房門上重重敲了一拳，探頭打聲招呼，隨即消失。當他回來時，已脫掉外套和夾克，拉鬆了領帶。他坐在訪客椅上，說：「我打了電話想跟剛瓦德・拉森聊聊，但是沒談上。」

「我知道，我也打過。」馬丁・貝克說。

「不過，我倒是跟薩克里森談了。」柯柏說，「我今早打去他家。剛瓦德・拉森大約是在十點半抵達盾牌街，薩克里森隨即離開。他說他最後在麥姆家窗口看到的跡象，是七點四十五分時從窗口透出的燈光。他還說，除了羅斯的三名客人外，他沒看到前門有任何人出入。不過，誰曉得他是不是一直睜著眼。他也可能站著打盹。」

「是，這不無可能，」馬丁・貝克說，「但運氣要好到進出都沒被人看到，就有點不可思議了。」

柯柏嘆了口氣，摸摸下巴。

「是啊，這種想法的確難以置信。現在怎麼辦？」

馬丁．貝克連打了三個噴嚏，柯柏逐次祝他安好，馬丁．貝克也禮貌地向他道謝。

「我看我最好去跟病理學家談談。」他說道。

有人敲門，是史卡基。他走進來，站在房間中央。

「什麼事？」柯柏問。

「沒什麼，」史卡基說，「我只是想知道那場火災是不是有新消息。」

馬丁．貝克和柯柏都沒回答，他遲疑地繼續說：

「我的意思是，不知道有沒有我能幫忙的地方……」

「你吃過飯了沒？」柯柏問。

「還沒。」史卡基回答。

「那先從幫大家買咖啡開始吧。」柯柏說，「我要三個馬札林杯子蛋糕。馬丁，你要什麼？」

馬丁．貝克起身扣上外衣釦子。

「都不用，我現在要去一趟法醫部。」

他將那包佛羅里達香菸和火柴盒放進口袋，然後打電話叫計程車。

•

負責解剖的病理專家是位年約七十、滿頭白髮的教授。此人在馬丁・貝克早年仍是巡警時，就已在警界擔任醫官；馬丁・貝克在警察大學唸書時也曾是他的學生。他們從那時起就合作過許多案件。馬丁・貝克對他的經驗和知識都甚為敬佩。

這位病理專家的辦公室位在蘇納的法醫協會，馬丁・貝克舉手敲門，他聽到裡頭打字機持續的敲打聲，於是不待有人應門，便逕自開門進去。教授背對著門，正坐在窗前打字。他打完後將紙拉出，轉過身來，這才看到馬丁・貝克。

「你好。我正在為你打一份初步報告。最近還好嗎？」

馬丁・貝克解開大衣釦子，坐進訪客的座椅。

「馬馬虎虎。這場火災有點令人困惑。我又感冒了。不過，我心理上還沒準備好要看解剖。」

教授帶著研究的眼光審視他，然後說：

「你應該去看醫生。老是在感冒是很不對勁的。」

「醫生啊，」馬丁．貝克嗤之以鼻，「不是我不尊重你那些可敬的同行，不過他們還沒學會治療普通感冒的方法。」

他拿出手帕，用力擤起鼻涕。

「好，開始吧。我最感興趣的是麥姆。」教授說。

他摘下眼鏡，放在面前的桌上。

「你要看嗎？」他說。

「最好不要，」馬丁．貝克說，「你告訴我就夠了。」

「他真是燒得不成人形，」病理師說，「另外兩位也是。你想知道什麼？」

「他是怎麼死的。」

教授拿出手帕，開始擦拭眼鏡。

「這點恐怕我無法回答，大部分情況都已經告訴過你了。我能確定的是，他在起火前就已經死了。顯然是穿著整齊地躺在床上。」

「會不會是外力傷害致死？」馬丁．貝克問。

病理學家搖搖頭。「不太可能。」他回答。

「屍體上沒有任何外傷嗎？」

「有，自然會有一些。火的溫度非常高，他臉朝上仰臥，頭顱滿是裂痕，但那些都是死後才造成的。此外，他還有一些瘀傷跟挫傷，大概是被掉落的梁木或其他東西擊中所致，而且他的頭蓋骨還因為高溫而由內往外爆開。」

馬丁・貝克點點頭。他以前看過火災罹難者，知道外行人會認為這些傷口是死前造成的。

「你如何判斷他在起火前就已經死亡？」他說。

「首先，沒有跡象顯示他的身體被火燒到時，體內的循環系統仍在作用；其次，他的肺部和氣管中沒有任何煤灰或煙。另外兩具屍體的呼吸系統中都有些許煤灰，而且黏膜中都帶有明顯的血塊。因此，那兩人無疑是在火勢延燒後才死亡的。」

馬丁・貝克起身走向窗邊。他看著底下的街道，公路局的黃色工程車正在濕滑、幾近全融的灰雪上灑鹽。他嘆了一口氣，點根菸，轉過身來。

「有什麼理由讓你認為他是遭人殺害的？」教授問道。

馬丁・貝克聳聳肩。

「很難相信他在火災前就已自然死亡。」他說。

「他的內部器官都很健康，」病理專家說，「唯一不尋常的是，就一個並未吸入煙氣的人來說，他血液中的一氧化碳指數偏高。」

馬丁・貝克又待了半小時才回城裡。當他在北鐵廣場下了公車、吸進公車站受污染的空氣時，他心想，或許住在這城裡的每個人，或多或少都有慢性一氧化碳中毒的症狀吧。

他想了一會兒病理專家指稱死者血液中的一氧化碳含量偏高的事，最後認為這一點並不重要。然後，他朝著地鐵裡更髒的空氣走去。

9.

三月十三日，星期三下午，躺在南方醫院內的剛瓦德．拉森首次獲准下床。他勉強擠進醫院提供的便袍，看著鏡子中的自己，不悅地皺起眉頭。這件睡袍比他的身材小了好幾碼，而且褪色嚴重。他低頭看自己的雙腳。腳上穿的是木底黑鞋，這雙鞋若不是為巨人歌利亞訂作的，便是某個木屐工匠掛在門外當招牌用的。

他的零錢放在床邊桌上置物櫃的小格子裡，他拿出幾枚銅板，走往最近的病患專用公共電話。他撥了警局的電話號碼，心不在焉地拉拉那件令他非常反感的睡袍袖子，可惜袖子毫無增長半分。

「喂？」是隆恩的聲音。「是你嗎？還好嗎？」

「還好。我怎麼會在這裡？」

「是我帶你去的。你看起來很不對勁。」

「我最後記得的是，我坐著在看報上一張薩克里森的照片。」

「呃，」隆恩說，「那已經是五天前的事了。你的手還好嗎？」

剛瓦德・拉森看看自己的右手，試著動一動手指。他有一雙大手，覆蓋著金色長毛。

「似乎還好，」他說，「只不過有幾處稍微包紮了一下。」

「呃，那很好。」

「你每句話前都得加個『呃』字嗎？」剛瓦德・拉森不悅地問道。

隆恩沒有回答。

「呃，埃拿。」

「呃，什麼？」隆恩輕笑著說。

「你笑什麼？」

「沒什麼。你打電話幹嘛？」

「在我桌位那個中間抽屜左邊背面，有一只黑色皮包，裡頭有我家的備用鑰匙。你開車去波莫拉，幫我把我的白色睡袍和白色拖鞋拿來好嗎？睡袍掛在衣櫥內，拖鞋則放在門廳，就在剛進門的地方。」

「呃，好吧，我想我可以去拿。」

「我臥房的五斗櫃裡有一只ＮＫ*的購物袋，裡面有睡衣，也一起幫我拿來好嗎？」

「你馬上就要嗎？」

「對。這裡的這群笨蛋最快要到後天才肯放我出去。他們讓我穿一件顏色不棕不灰不藍、起碼小了十個尺碼的睡袍，和一雙活像棺材的木屐。你們那邊怎麼樣？」

「呃，不算壞，滿平靜的。」

「貝克跟柯柏都在幹嘛？」

「他們現在不在。到瓦斯貝加去了。」

「很好。那個案子怎麼樣了？」

「哪個案子？」

「當然是火災那個案子。」

「結案了。」

「什麼意思？」剛瓦德．拉森大叫，「你他媽的說什麼？結案了？」

「對啊，那是意外事件啊。」

「意外事件？」

＊　瑞典老牌高級精品百貨公司Nordiska Kompaniet的縮寫，成立於一九〇二年。

「是啊，大致如此……你知道，現場調查今早結束了，而——」

「你是什麼狗屁意思？你喝醉了不成？」

剛瓦德・拉森的音量很大，病房的護士飛快地從走廊跑來。

「你知道，麥姆那傢伙——」

「拉森先生，」護士的聲音帶有警告意味，「你不能這樣。」

「閉嘴。」剛瓦德出於習慣吼了回去。

那名護士年約五十，身材略胖，有個線條堅毅的下巴。她冷峻地看著這名病患，喝斥說道：

「你現在就把聽筒給我掛回去。拉森先生，我們顯然太早讓你下床了。我馬上向醫生報告。」

「呃，我會盡快過去，」隆恩在另一端說，「我把報告也帶過去，你自己看。」

「現在就回房，拉森先生。」護士催他。

剛瓦德・拉森張嘴想說什麼，但沒說出口。

「好，就這樣。」隆恩說。

「再見。」剛瓦德・拉森說，聲音很溫和。

「我說了，回到床上去，」護士說，「拉森先生，你沒聽到我說的嗎？」

她一直盯著他，直到他關上房門。

剛瓦德．拉森生氣地踱到窗前。這個窗口朝北，他幾乎看得到整個色德蒙區。當他極力遠眺時，甚至還能見到火場已被燻黑的煙囪頂。

「這到底是怎麼回事？」他自問。

過一會兒，他又說：

「隆恩跟他們那一票人，一定全都瘋了。」

走廊響起漸近的腳步聲。

剛瓦德趕緊上床，裝出一副行為良好、全然無辜的表情。

一個完全與他調性不合的嘗試。

•

一哩半外，隆恩滿面笑容地掛上電話，右手食指輕敲著紅紅的鼻子，彷彿要抑止自己大笑出聲。米蘭德坐在他對面，正在一部老打字機上敲打。他抬起頭來，抽出口中的菸斗，問道：「什麼事這麼好笑？」

「是剛瓦德，」隆恩開始開懷大笑，「他好多了。你真該聽聽他在抱怨醫院提供的衣服的那種聲音。接著有個護士跑過來對他咆哮。」

「他對麥姆那件案子有什麼看法？」

「他氣壞了，罵個不停。」

「你要去探望他嗎？」

「呃，應該會。」

米蘭德從桌子那端遞來一份用迴紋針別在一起的報告，說道：

「這個帶去給他，看了後……看了後他就會高興。」

隆恩沉默地坐了一會兒，然後問道：

「你要不要湊一份，出個十克朗來買個花還是什麼的？」

米蘭德假裝沒聽到。

「那麼，五克朗好了。」一分鐘後，隆恩這麼說。

米蘭德忙著弄他的菸斗。

「五克朗。」隆恩很堅持。

米蘭德的臉上表情毫無變化，他取出皮夾探看，以一個特定的角度拿著，好讓隆恩看不到當中的紙幣隔層。最後，他終於說：

「十克朗的紙鈔你找得開嗎？」

「應該沒問題。」

米蘭德面無表情地看著隆恩，但抽出一張五克朗的紙鈔，放在報告的檔案夾上。隆恩將錢收起來，拿起報告，朝門口走去。

「埃拿。」米蘭德喚住他。

「什麼？」

「你要去哪裡買花？」

「不知道。」

「別在醫院外面那攤買，那裡貴得不像話。」

隆恩離開後，米蘭德看看錶，然後寫道：

結案。無須進一步調查。

斯德哥爾摩，一九六八年三月十三日十四時三十分。

他將紙從打字機抽出，拿出鋼筆簽上他那令人完全無法辨識的簽名，報告就正式結束了。他的簽名小小的，字全擠在一堆，柯柏常說，看來活像是去年夏天就死掉的三隻小蚊子。然後，他將報告放進信件盒內，好讓人拿去複印，之後他再將一個迴紋針扳直，拿出另一只菸斗，開始動手清理。

米蘭德的報告寫得很完整。他以自己的方式來寫，確保每件事都以白紙黑字做成記錄。這是他的習慣。一個人如果能將事情完整、清楚、理性地在腦中組織過一遍，那麼就容易記住所有細節。他對讀過的東西一向過目不忘，通常，對其他事物亦是如此。

盾牌街那場火，從上週五下午開始，到兩分鐘前，整整花了他五天處理。他沒有義務在週末工作，因此，他開始期待接下來的四天連假。哈瑪已經同意，若無臨時狀況，就准許他放假。現在就去他位於瓦恩德的夏日度假屋會不會太早？應該不會。當他太太為櫥櫃鋪上裝飾紙的同時，他可以開始粉刷室內。這間度假屋是他的寶貝，是他父親留給他的。米蘭德的父親也是警察，正確點說，是在納卡擔任巡佐。唯一的問題是，他自己沒有孩子，將來無法將房子留給後代。但話說回來，他們沒有小孩完全是出於他和妻子的選擇，一方面是貪圖省事，一方面是在謹慎作過財務規劃後的結論。當時根本難以想像警察的薪水會調升得這麼快，此外，他一直很清楚自己選擇投入警界的風險，也據此規劃自己的人生。

他清完菸斗後，塞入菸草，點燃，然後起身上廁所。他希望電話別在他還聽得到的距離內響起。

身為犯罪現場的調查員，這階段的米蘭德也許比國內其他依然活躍的警察還有更多例行工作要做。他四十八歲，早期受教於哈利．塞得曼、歐圖．溫多等知名人物。起先服務於舊日郡警局的凶殺組，然後，一九六五年全國警力集中由中央管理後，他請調到斯德哥爾摩的凶殺組；這些年來，他見過不下數百種的罪案和各種人類所能想像的犯罪現場。其中絕大多數都非常噁心。但米蘭德基本上不是一個會受情緒左右的人。他能和工作保持極其冷漠的距離，許多同儕對他這一點都很羨慕，但他自己並不覺得這有什麼特別的。

因此，他在盾牌街所見的一切，並未對他的心理或心情有絲毫影響。

火災現場的調查工作需要耐性及組織力。主要工作是找出究竟有多少人罹難。他們共找到三具屍體，經過認定，分別是克麗絲緹娜．莫迪、肯尼士．羅斯，以及葛朗．麥姆。三具遺體皆遭到嚴重的火焚，麥姆有部分甚至已經炭化。他的遺體是最後找到的，他們一直挖到現場餘燼的最底層才找到他。莫迪家的女孩躺在房子西邊，那部分燒毀的情況相形之下算是最輕微的。兩名男子則都在全毀的東邊建築、也就是火開始燃燒的地方尋獲。克麗絲緹娜．莫迪才剛滿十四歲，還是個學生。肯尼士．羅斯二十七歲，葛朗．麥姆四十二歲。後面這兩人都有犯罪記錄，似乎也都沒有固定工作。但這些警方事先就知道了。

調查的第二階段是要找出兩個問題的答案：死亡原因為何？是否是人為縱火？

第一個問題的答案必須交由法醫協會的病理專家認定。至於火災的起因則是米蘭德的頭痛問題，雖然他從不曾鬧過頭疼。

他從消防部門及法醫實驗室調來幾位專家，這些人剛開始時並沒有任何令人振奮的發現。除了緊皺的眉頭和困惑的表情之外，他們對調查工作可說是毫無貢獻。

米蘭德拍了數百張相片。克麗絲緹娜·莫迪的屍體在火災隔天、肯尼士·羅斯在週日、葛朗·麥姆則一直到次週一的下午才找到。尋獲各具遺體之後，他先就各個想像得到的角度拍下照片，之後才將屍體送去解剖。

三具遺體都不算完整或乾淨，但因為火勢並未燃燒太久，而人體百分之九十是液體，因此屍體沒有燒成灰燼，仍有許多可供醫學專家研究的部位。

第一份報告也沒有任何出奇之處。

克麗絲緹娜·莫迪死於一氧化碳中毒。她穿著睡衣，躺在床上。每件事都指向一項事實：她是在睡眠中死亡，呼吸器官及支氣管中都有煤灰。

肯尼士·羅斯的情形也一樣，不過他當時全身赤裸，而且醒著。他在努力逃離火場時受到嚴重燒傷，也吸入令人窒息的濃煙，喉嚨、氣管跟肺裡都有煤灰。

但葛朗．麥姆的情況就不同了。

還有其他更令人吃驚的不同處。麥姆死時躺在床上，不過，就可辨認的情況可知，當時他全身穿戴整齊。一切跡象顯示，他不僅穿著內衣褲、長褲、夾克，甚至還穿著襪子、鞋子和一件大衣。他的身體嚴重燒焦，躺成所謂的「劍擊手」姿勢，那是人在死後因高溫導致肌肉收縮所產生的現象。每件事都指向一個事實——火是由他的住處開始燒起來的，但無法得知他曉不曉得這件事，或他是否嘗試過挽救自己的生命。

至於起火原因，米蘭德在週五下午和馬丁．貝克及柯柏討論時，心裡已經暗自有個理論。不過，他當時沒想到要提出來。火是起於某種爆炸，然後迅速猛烈地燒開。米蘭德內心深處相信，那爆炸是由殘火引起的——沒有火燄的殘火，可能已經悶燒了好幾個小時，直到溫度升高到某個程度，窗戶才接著炸開。葛朗．麥姆當時極有可能已經死了好幾個小時，屋裡大多數的東西，包括地板、天花板及牆壁表面也都燒融或燒焦了。剛瓦德．拉森認為他看到的那起猛烈爆炸，應該就是第一扇窗戶炸開、外頭空氣流入、屋內的火瞬間全面燃燒開來所引起的。隨後，瓦斯管、爆炸物或室內其他易燃物品、例如汽油和酒精之類的，自然會引起第二場爆炸。起火的可能因素太多了：掉落的菸蒂、彈跳出來的爐火、忘了關掉的熨斗或烤麵包機、電線走火等等，可能的原因有千百種，而且大多十分合理。但這樣的推理仍留有一個疑點——也或許正因為如此，米蘭德才沒有說出他的推測——如果火已經悶燒許久，以至於房子跟麥姆都被燒焦了，那麼，當時在樓上的四個人應該會注意到樓下傳來的高溫才是。但就另一方面來說，這四個人也有可能都因為睡沉、喝醉，或是在嗑藥，因此沒有察覺——調查這些事並不在他的職權範圍。反正，不論由那個角度看來，都有曖昧難解之處。

星期二下午一點半，米蘭德在環狀路一個熱狗攤吃過簡單的午餐後，回到火災現場。他發現有輛摩托車正在那兒等他，騎士交給他一只棕色信封，當中是柯柏手寫的短箋。

解剖麥姆屍體的初步電話報告。火開始延燒前，他已因一氧化碳中毒死亡。肺部及呼吸道中無任何煤煙。

米蘭德將這封短箋唸了三遍，然後微微揚起眉毛，冷靜地將菸草塞入菸斗。他知道他必須尋找什麼，也知道該由何處著手。

沒多久，他就找到他要的東西。

五天前還在葛朗・麥姆家中廚房的所有東西，現在都被萬分小心、仔細地陳列出來。這當中包括一口小型四腳舊式鐵製瓦斯爐，上頭有兩個爐口。它原先擺在一個蓋有油布的排水板上，但排水板燒掉後，它就掉了下來。又因為下面的地板跟橫梁也都燒壞了，這個燒得半融的瓦斯爐就躺在原地板下方三十吋的一處空洞中。爐子燒得嚴重變形，但兩個爐口的開關因為是銅製的，損害程度沒有爐子其他部分嚴重。兩個開關都關得好好的；這開關的設計是用栓子在頸部凹槽處栓住，以免瓦斯因為受到重擊或卡到衣物等意外而打開。爐子藉由一條橡膠管通往主要的瓦斯管。這條橡膠管幾乎已經完全燒燬，但從僅存的殘骸可以判斷出橡膠管呈紅色、直徑約莫一吋，固定在一個罩口上。為了安全起見，這罩口有個四分之一吋厚的護環，管子就由這裡穿過，這只護環後頭原本應該有個以鍍鋅金屬製成的固定器用螺絲鎖緊，這樣在設計上才不會因為意外而扯掉接管。為了更加安全，固定器和護罩間連著罩口的，還有一個龍頭。這個龍頭是開著的，而那個應該將橡膠管固定在護罩上的固定器卻不見了。這應該不是自然原因造成的，因為即使橡膠管被火燒燬，那個固定器，或者至少它的殘駭，也應該仍和罩口連在一起才是，因為理論上說來，除非螺絲釘被轉鬆，否則它不可能被推出護環。

米蘭德和他的手下花了將近三個小時才找到那個固定器。它果然是鍍鋅金屬做的，發現的位置離瓦斯管罩口足足有七呎三吋之遠。它變形得不嚴重，螺絲釘、螺帽都還在。但那顆螺絲釘只靠最後兩個旋紋連著，顯然有人蓄意將它轉開，好讓固定器與護罩脫離。他們在護罩旁找到一個乍看之下像是根扭曲的釘子的東西，但在進一步檢查後，發現那是一根握柄已燒毀的螺絲起子。

現在，米蘭德將注意力轉到另一個方向。

這屋子裡有兩個熱源，一是鋪了磁磚的爐子，另一個是小的鐵爐，二者的管子都關著。入口的門及門框全毀了，但門鎖還在。鑰匙在屋內這一側，插在鎖孔上，已經跟鎖燒融在一起，但還是清楚地顯示門是從裡鎖住的，而且上了雙鎖。

調查至此，天色開始變暗，米蘭德於是懷著幾乎是完全修正的理論，往他位在波荷街那棟極其整潔的屋子歸去，家裡的晚餐應該在等他了。飯後在電視機前平靜地待上數小時，然後，最棒的是可以狠狠睡上十個鐘頭。當他跨進家門時，看到他太太已經擺好餐桌，餐點都煮好了，有烤豆子和炸法倫香腸*。他的拖鞋就擺在電視機前那張扶手椅旁的老地方，床則像是待命似地在那兒等候主人降臨。

挺不錯的，米蘭德想著。

他太太是一個生性節儉、醜陋、身形粗大的女人、身高五呎十吋，扁平足，還有一雙巨大而下垂的胸部。她比他小五歲，名叫莎嘉。米蘭德認為她十分美麗，而且這看法二十二年來未曾改變。事實上，這麼多年來她也沒有改變多少，體重一直都是不穿衣時一百六十磅，鞋子也都穿十二號的，她的乳頭仍然是小小的圓柱形，呈粉紅色，像是一支全新鉛筆頂端的那個橡皮擦。

他們上床關燈後，他握著她的手說：

「親愛的。」
「什麼事，斐德利克？」
「那火災是一場意外。」
「你確定嗎？」
「是的，非常確定。」
「太棒了。我愛你。」
然後他們就睡了。
隔天早上，米蘭德跑去研究葛朗．麥姆家的窗戶。當然，窗玻璃和窗框早就沒了，但窗扣仍和灰燼、磁磚碎片、碎玻璃及各種垃圾混在一起。有一些仍掛在燒焦的窗框上。這些窗扣都從屋內扣得好好的。房子東邊大部分的山牆都被炸開，碎成片片，但這些碎片卻不像這棟建築物的其他部分燒得那麼焦。
他又找到兩樣東西。
一是麥姆家那面山牆上的一截窗戶木框。沿著框緣有一條黃灰色的黏質物。他非常肯定那是

＊ 瑞典中部Falun地區的傳統香腸，以豬肉、牛肉或小牛肉與太白粉製作，是瑞典普遍的菜餚。

膠帶的殘餘物。

二是裝在這面山牆上的通風機。通風機被人用棉花及浴巾碎布堵住。

案情至此再清楚不過：麥姆是自殺死亡的。他將門鎖上，關上所有窗戶、暖氣管，並且堵住通風機。他甚至用膠帶封住窗戶縫隙，如此才有可能迅速且毫無痛苦地死去，他將瓦斯管固定在罩口的固定器鬆開，扯掉橡皮管，轉開主龍頭，然後躺到床上。瓦斯由粗管大量湧出，沒幾分鐘，他就不省人事，十五分鐘不到就死了。他血液中的一氧化碳其實是瓦斯中毒所致，搞不好他在起火時就已經死了好幾個鐘頭。在那幾小時內，瓦斯一直由主管不停流出。整棟房子變成一顆貨真價實的炸彈，只需丁點火花，便足以將之引爆，讓整棟建築燒成廢墟。

米蘭德在災區現場進行的最後一項工作，是檢查壞掉的瓦斯錶上的指針位置，他得到的證據進一步證實了他的假設正確無誤。

然後，他開車到國王島的局裡，攤出他的調查結果。

所有的事證都不容質疑。

哈瑪的高興全表現在臉上。

柯柏心想：「早就告訴你了。」他嘴上也這麼說出來，說完就很快地準備回去安靜許多的瓦斯貝加分局。

馬丁．貝克的表情透著審慎，但還是接受了這些事證，點頭同意。

隆恩放心地嘆了口氣。

調查結果甚為完整，宣布結案。

米蘭德自己也很滿意。

就技術層面而言，他心想，只有一個問題尚無解答。但這個問題的可能答案恐怕不下數百個，要一一釐清到正確的答案浮出，不僅沒必要，也幾乎不可能。

他離開洗手間時，聽到附近某處——可能就是他的辦公室裡，有電話在響，但他置之不理。他直接走到衣帽間去拿他的大衣，開始享受他賺來的四天假期。

十分鐘後，紅髮的瑪德蓮．奧爾森在歷經五天半如煉獄般的痛苦之後斷了氣。得年二十四歲。

10.

米蘭德所想的那個無解問題，剛瓦德．拉森直截了當就問出口。

他現在已經披上自己的睡袍，而且還是頭一次穿上他的新睡衣，雙腳則套在自己的白色拖鞋裡。

他站在窗邊，試著不去看隆恩帶來的花；那束花混雜了康乃馨、鬱金香和用來填空隙用的綠葉。

「是啦，是啦，」他生氣地揮著隆恩交給他的報告，「這道理連小孩都懂。」

「呃。」隆恩應道。

隆恩坐在訪客椅上，不時帶點得意地看看自己插的花。

「但就算整間房都像五月節的汽球一樣充滿瓦斯，還是要有什麼來引爆，對吧？」

「呃……」

「你怎麼說？」

「呃，在充滿瓦斯的房子裡，幾乎所有東西都能引起爆炸。」

「幾乎所有東西？」

「對，只要一點點火花就夠了。」

「但他媽的那個火花總要有個來源吧？是不是？」

「我處理過一件瓦斯爆炸案。有個傢伙開瓦斯自殺，然後有個混蛋來按門鈴，門鈴電池的火花於是就將整個房子給炸了。」

「但這個案子裡沒有混蛋去按麥姆的門鈴。」

「呃，不過這事能有幾百種解釋。」

「不可能。只會有一個理由，只是沒有人願意費心把它找出來。」

「找不到的，所有東西都毀了。你想想，只要開關短路，或是有哪條電線絕緣不良，就可能產生火花。」

剛瓦德・拉森沉默不語。

「更何況，火災當時整個電氣系統都爆了，」隆恩說，「保險絲全都燒掉。沒有人能證明是哪一條先壞掉。」

剛瓦德・拉森還是不說話。

「電動鬧鐘、收音機或電視，」隆恩繼續說，「或是兩個暖爐當中任何一個突然掉下火花都有可能。」

「但暖氣管都關上了不是嗎？」

「火花還是可能掉落，」隆恩固執地說，「比如來自煙囪的煙管。」

剛瓦德·拉森不悅地皺眉，眼光定定地看著窗外光禿禿的樹和冬日的屋頂。

「麥姆為何要自殺？」他突然問道。

「他窮困潦倒，身上沒錢，警方又盯著他。他沒被拘留並不表示他就安全。很可能歐洛佛森一現身，他就要被逮了。」

「嗯，」剛瓦德·拉森勉強同意，「這倒是真的。」

「他的私生活也是一團糟，」隆恩說，「單身，又是個酒鬼。有犯罪記錄，離過兩次婚。有小孩，但很多年沒付贍養費，而且正準備因為酒醉鬧事要被送去工作營。」

「噢。」

「身上還有病，已經進過幾次療養院了。」

「你是說他有點精神異常？」

「他有躁鬱症。當他喝醉或不順的時候就會極度沮喪。」

「好，夠了，夠了。」

「呃，他以前也鬧過自殺，」隆恩繼續滔滔不絕地繼續說，「至少兩次。」

「但這還是沒能解釋火花從何而來。」

隆恩聳聳肩。兩人之間有片刻沉默。

「在傳出爆炸聲之前幾分鐘，我看到一件事。」剛瓦德・拉森若有所思地說。

「看到什麼？」

「有人在麥姆家樓上點燃一根火柴或打火機。」

「但爆炸是發生在麥姆家，不是在樓上。」隆恩說。

他用一方折好的手帕將鼻子擦到發亮。

「別再擦了，」剛瓦德・拉森看都沒看他一眼就說，「那只會讓你鼻子更紅。」

「對不起。」隆恩說。

他收好手帕，思索一會兒後說：

「雖然那房子很老舊，蓋得也很差，但米蘭德說上面應該也有一些瓦斯，雖然濃度可能還不至於致命。」

剛瓦德・拉森轉過身來盯著隆恩。

「是誰去跟這些倖存者問口供的？」

「沒人。」

「沒人？」

「是的，反正那些人跟麥姆也沒有關係。沒有任何跡象顯示他們有關聯。」

「你怎麼知道？」

「呃……」

「這些人現在都在哪裡？」

「還在住院。我想，應該就在這裡。小孩除外，他們由社福兒童科照顧。」

「有生還可能嗎？我是指那些大人。」

「會，除了那位叫瑪德蓮．奧爾森的。她的希望不大，不過我最近一次聽到的消息是她還活著。」

「那麼，其他幾位都能接受偵訊？」

「現在不行。已經結案了。」

「你自己真的相信這是場意外？」

隆恩低頭看著雙手。許久之後，他點點頭。

「是的，沒有別的解釋，每件事都證據確鑿。」

「對，除了那個火花。」

「呃，沒錯。但那件事完全無法證明。」

剛瓦德・拉森扯下一根淡金色的鼻毛，若有所思地看著。他走到床邊坐下，將隆恩帶來的報告捲起來，扔在床邊的桌上，彷彿藉此動作宣示他自己也將這個案件做了結束。

「你明天就能出院了嗎？」

「好像是。」

「那麼，我猜你會有一星期的休假？」

「大概吧。」剛瓦德・拉森心不在焉地回答。

隆恩看看錶。

「呃，我得走了。我兒子明天生日，得去給他買個禮物。」

「你要買什麼給他？」剛瓦德・拉森意興闌珊地問道。

「消防車。」隆恩說。

剛瓦德瞪著他，彷彿隆恩剛說出口的是世上最猥褻的髒話。

「是他自己要的，」隆恩不為所動地繼續說，「也不過這麼大，就要三十二克朗。」

他伸出兩隻手指比了一下消防車的大小。

「是噢。」剛瓦德說。

「呃——好，那就再見了。」

剛瓦德點點頭。直到隆恩的手碰到門柄時，他才又開口。

「埃拿？」

「什麼事？」

「那些花——是你去撿來的嗎？是不是從墳場還是什麼地方弄來的？」

隆恩拋給他一個受傷的眼神，然後離開。

剛瓦德仰面躺下，一雙大手枕在腦後，雙眼盯著天花板。

•

隔天是週四，說得再精準些，是三月十四日，但周遭完全看不到曆書所說春天到來的景象。風反而更冷、更烈、更刺骨；南警局那邊，一陣陣細穀粒大小的凍結硬雪更是無情地擊打著窗子。柯柏坐著，大口喝著紙杯裡的咖啡，往嘴裡猛塞甜麵包捲，搞得馬丁·貝克的桌上都是麵包屑。馬丁·貝克自己則喝著茶，一廂情願地希望他的胃會因此好一點。當時是下午三點半，柯柏這一整天大多都在叨唸史卡基。剩下的空檔，也就是這個讓他不爽的人不在旁邊時，他則盡情大笑，笑到胃抽筋。

有人小心翼翼地敲門，史卡基走了進來。他膽怯地看了柯柏一眼，謹慎地將一份文件放在馬丁·貝克桌上。

「這是什麼？」柯柏問道，「另一件假死的案子？」

「犯罪實驗室送來的報告。」史卡基回答的聲音小到幾乎聽不到，說完便往門口退去。

「班尼，告訴我們，」柯柏一臉天真地問，「你怎麼會動了想當警察的念頭？」

史卡基遲疑地停下來，將重心移到另一隻腳上。

「沒事，」馬丁·貝克刻意誇張的拿起報告，「謝謝，你可以走了。」

門關上後，他看著柯柏，說：

「你這一整天釘他釘得還不夠嗎？」

「好吧，」柯柏爽快地說，「永遠可以留到明天再繼續。那是什麼？」

馬丁·貝克飛快瀏覽一遍。

「葉勒摩寫的，」他說道，「針對盾牌街火場的物件所做的測試和分析。這些物件是否有可能引起火災？他的結論是沒有。」

他嘆了口氣，將報告放下。

「那個姓奧爾森的女孩昨天死了。」他說道。

「對，我在報上看到了。」柯柏不表興趣地回道。「話說回來，你知道那笨蛋為何想當警察嗎？」

馬丁．貝克沒答腔。

「我倒是知道，」柯柏說，「他個人檔案裡有。他說他想以這個做為人生規劃的跳板。他的目標可是要成為警察局長呢。」

柯柏忍不住又大笑，幾乎要被嘴裡的麵包噎到。

「我實在不喜歡這起火災。」馬丁．貝克說。

聽起來好像在自言自語。

「你在那邊嘀咕什麼？」柯柏好不容易回過一口氣後問。「有人喜歡嗎？燒死了四個人，然後那個六呎高的笨蛋還拿了一個徽章，這還不夠嗎？」

柯柏的表情轉趨嚴肅，定定地看著馬丁．貝克，說道：

「每件事都很清楚了，不是嗎？麥姆開瓦斯自殺。他根本不在乎接下來會出什麼事，反正這個人本來就很自我中心。等到瓦斯爆炸，他橫豎也已經死透了。三個無辜的人跟著陪葬，警方損失了一個目擊者，以及引那個叫歐洛佛森還是什麼來著的上鉤機會。這件事跟你我其實毫無關係，我說的難道不對？」

馬丁・貝克用力擤鼻涕。

「每件事都已得到解釋，」柯柏斬釘截鐵地說，「別在那裡說什麼這些解釋太圓滿，還有你那出名的直覺又……」

說到這裡，柯柏停了下來，以批判的眼光仔細看著馬丁・貝克。

「見鬼，你好像很不對勁喔。」

馬丁・貝克聳聳肩。

柯柏自顧自地點頭。

這兩人共事已經很久了，對彼此了解甚深，柯柏完全知道馬丁・貝克為何沮喪。但除非馬丁・貝克主動問他意見，否則他不會去提這些事，所以他換上輕鬆的語氣說：

「去他的火災！我已經把它給忘了。不如今晚到我家來吧？葛恩出門去上課什麼的，我們可以一起喝一杯，然後下盤棋。」

「好啊，有何不可？」馬丁・貝克回答。

這樣，他至少能有幾個小時不必回家。

11.

三月十五日早上，剛瓦德．拉森果然在醫生巡房後出院了。醫生吩咐他要放輕鬆，休息十天，二十五日週一才回去上班。

半小時後，他步出南方醫院的大門，踏進室外的刺骨寒風中。他招來一輛計程車，直接開往位在國王島街的警局。他懶得跟同事接觸，直接上樓進到自己的辦公室，所以除了在前廳值班的人之外，沒人看到他。進了辦公室後，他關上門，開始打電話；要是有哪個上級長官碰巧聽到這幾通電話，當中至少有一通會讓他狠狠挨上一頓罵。

他邊聽電話邊做筆記，漸漸整理出一份名單。

在所有或多或少參與了這場火災調查的警察當中，剛瓦德．拉森是唯一出身上等階級的。他父親是公認的富人，儘管遺產結算後所剩不多；剛瓦德在斯德哥爾摩富裕的厄斯特馬區長大，讀的是最好的學校，但他很快就成了令家人頭痛的黑羊。他的看法一向與家人不同，而且令他們不快；不管時機對不對，他總是直言無諱。最後，他父親無計可施，只好送他進海軍官校。

剛瓦德不喜歡海軍，幾年後就轉去跑商船。他很快就發現自己在海軍官校、除雷艇或老式戰艦上的所學，在商船上實在派不上用場。

他的兄弟姐妹都很爭氣，在父母去世時都已頗有成就。他從不和他們聯絡，大致說來，他已經忘了他們的存在。

因為他不想一輩子當海員，所以必須另覓工作，最好是不需久坐辦公室，多少又能運用到他受過的那些特殊訓練。因此，他成了警察。對他那些住在林汀島和上厄斯特馬的親戚而言，剛瓦德的這個決定不僅令他們驚訝，也有點恐懼。

至於他是否具備警察特質，看法可說南轅北轍。最重要的是，幾乎所有人都不喜歡他。他處理事情一向我行我素，自有方法，但那些方法通常都非常「非正統」。

現在擺在他桌前的名單就是一個例子。

葛朗・麥姆，四十二，竊賊，死亡（自殺？）
肯尼士・羅斯，二十七，竊賊，死亡，已下葬
克麗斯緹娜・莫迪，十四，雛妓，死亡，已下葬
瑪德蓮・奧爾森，二十四，紅髮妓女，死亡

肯特・莫迪，五，小孩（兒童之家）
克拉麗・莫迪，七個月大，嬰兒（兒童之家）
愛涅斯・索德柏，六十八，老人，玫瑰園老人院
賀曼・索德柏，六十七，老酒鬼，高坡療養院
馬可斯・卡爾森，二十三，流氓，伐木工人街十二號
安娜凱莎・莫迪，三十，娼妓，南方醫院（精神科）
卡拉・伯格林，不詳，娼妓，古特街二十五號

剛瓦德・拉森將這份名單讀過一遍，發現只有最後三人值得訪談。其餘的有四個已經死亡，兩個是兒童，對事情毫無所知，另有兩個則是已經老到思緒不清。

他把名單折好，放進口袋，離開辦公室，甚至沒跟在前廳值班的員警點頭致意。他在停車場找到自己的車，就直接開回家了。

隨後的週末兩天他都待在家裡，什麼都不做，只是專心讀薩克斯・羅默*的小說。他完全沒

* 薩克斯・羅默（Sax Rohmer, 1883-1959）創作出「傅滿州」這個邪惡小說角色的英國作家。

去想那場火災。

星期一，三月十八日早上，他起了個大早，除去身上最後的繃帶，淋浴後將鬍子刮乾淨，花了許久時間仔細挑選衣服，而後上車開往卡拉・伯格林住處所在的古特街。

他必須走上兩層階梯，然後拐彎抹角地通過一個鋪了柏油的中庭，再走上三層棕色油漆斑駁、扶手搖搖欲墜的髒樓梯，最後才到達一扇破舊的門前。門外的金屬信箱上貼著一張剪得不甚整齊的紙板，上頭以手寫著「卡拉・伯格林，模特兒」幾個字。

門上連門鈴都沒有，因此他朝門輕輕踢了幾，不待人前來應門就逕自開門進去。

這屋子只有一個房間。窗前破爛的百葉窗拉下一半，因此室內相當陰暗。此外，室內溫度也很高，帶著悶霉味。熱氣來自兩個有迴旋線圈的舊式電爐。屋內地上四處散放著衣服及各種東西。房裡唯一不必直接推到垃圾桶扔掉的，大概就只有那張床。床滿大的，而且床單看來相當乾淨。

卡拉・伯格林獨自在家。她醒著，但是沒起床，就躺在床上讀一本羅曼史雜誌。跟上次剛瓦德見到她時一樣，她全身赤裸，模樣也與當時相同，只是皮膚上沒有雞皮疙瘩，也沒有哭得全身顫抖，歇斯底里。相反的，她看來相當平靜。

她四肢勻稱，非常瘦，膚色慘白，胸部小而鬆垮，也許這麼躺著是她的胸部看來最漂亮的時候，她雙腿間的毛髮是鼠灰色的。她懶洋洋地伸展身體，打了個呵欠說：

「你恐怕來得有點早，不過，我們還是開始吧。」

剛瓦德沒答腔，而且她顯然誤解了他的沉默。

「當然，得先付錢。把錢放在那邊桌上。我想你應該知道費用吧？還是你要額外服務？要不要來點瑞典按摩——用手的？」

他必須彎身才能穿過房門，這房間很小，他一進去幾乎就將房間擠滿。房裡充滿性事及其他的體味，除不掉的菸臭，以及廉價化妝品的氣味。他朝窗戶踏出一步，想把百葉窗拉高，但彈簧已經不見了，所以這麼一拉，百葉窗反而差點整個蓋下來。

女孩的目光一直跟著他。她突然認出他是誰。

「噢，我認得你。是你救了我，對嗎？」

「是。」

「非常謝謝。」

「不客氣。」

她看起來若有所思，稍微叉開兩腿，右手放在私處。

「那就不一樣了。當然，你可以免費。」她說。

「穿點衣服吧。」剛瓦德・拉森說。

「幾乎每個人都說我好看耶。」她羞怯地說。

「才怪。」

「我床上功夫很好的，大家都這麼說。」

「訊問一絲不掛的，呃——人類，有違我的原則。」

他說到一半時稍微猶豫了一下，彷彿不知該將她歸為何類。

「訊問？當然了，你是警察。」

接著，她遲疑了一下，說：

「我又沒做什麼。」

「你是妓女。」

「別這麼不公平好不好。性有什麼不對的？」

「衣服穿上。」

她嘆了口氣，爬在床單上一陣翻找，找到一件浴袍，就直接套上，腰帶也懶得綁。

「有何貴幹？」她問，「你要什麼？」

「要問你幾件事。」

「關於什麼？我嗎？」

「比如你當天為何會進那棟房子？」

「我不是去做什麼違法的事，」她說道，「真的。」

剛瓦德拿出原子筆，又從筆記本扯下幾頁。

「你的名字？」

「卡拉·伯格林。但是，真的……」

「真的？可別說謊。」

「不會，」她幼稚地故作神氣地說，「我不會跟你說謊。我的本名是凱琳·蘇菲雅·比德森。伯格林是我媽媽的姓，而卡拉聽起來比較悅耳。」

「你是哪裡人？」

「斯基靈格勒，在斯莫蘭那邊。」

「你來斯德哥爾摩多久了？」

「超過一年，將近十八個月了。」

「在這裡有固定的工作嗎？」

「呃，那得看你指的是什麼。我偶爾會當個模特兒。那種工作有時挺辛苦的。」

「你多大了？」

「十七歲——快滿了。」

「所以還是十六歲？」

她點點頭。

「你去那間公寓做什麼？」

「我們只是在辦一個小派對。」

「你是說吃飯什麼的？」

「不，是性派對。」

「性派對？」

「對，沒錯。你難道沒聽過？很好玩的。」

「當然了。」剛瓦德・拉森不表興趣地說，邊翻到下一頁。

「你怎麼認識這些人的？」

「住那裡那個叫肯特還是什麼的，我根本不認識。」

「肯尼士・羅斯。」

「哦，他就叫這名字嗎？總之，我以前沒聽過這個人。但瑪德蓮我倒還知道一些。他們兩個是不是都死了？」

「是。那個叫馬可斯・卡爾森的呢？」

「我認識。我們常在一起玩，那天就是他帶我過去的。」

「他是你的皮條嗎？」

她搖搖頭，莊重而天真地說：

「不是，我才不需要。那些傢伙只知道要錢，做些抽成等狗屁倒灶的事。」

「你認識葛朗・麥姆嗎？」

「自殺，然後燒了整棟房子的那個？住樓下的？」

「對。」

「聽都沒聽過。說真的，那種行為太可怕了。」

「其他人認識他嗎？」

「我想不認識。至少馬可斯和瑪德蓮不認識。那個肯特還是肯尼士的傢伙也許認得，因為他就住在那裡呀，是吧？」

「當時你在做什麼？」

「做愛。」

剛瓦德・拉森直直看著她，接著慢條斯理地說：

「你也許可以說得更詳細些。你是幾點到的？為什麼會去那裡？」

「是馬可斯來找的，他說有好玩的。然後我們半路上去接瑪德蓮。」

「你們是走過去的嗎？」

「走路？這種天氣？我們搭計程車。」

「你們幾點到的？」

「大約九點，我想應該是，差不多就那時候。」

「然後發生什麼事？」

「住那裡的那個男的有兩瓶酒，我們分著喝。然後我們放音樂等等。」

「你們沒注意到有什麼特別的事嗎？」

她再度搖頭。

「哪種特別的事？」

「繼續。」剛瓦德・拉森說。

「好，過一會兒，瑪德蓮就脫掉衣服。她其實沒什麼看頭。然後我也一樣。那些男生也脫了。接下來……接下來我們就跳舞。」

「光著身體？」

「是啊，很棒耶。」

「噢，好吧。你繼續。」

「我們跳了好一會兒，就坐下來抽點菸。」

「抽菸？」

「是的，大麻，好補充精力，滿好用的。」

「大麻是誰給你的？」

「馬可斯。他通常——」

「怎樣？他通常怎樣？」

「唉喲！我答應過要對你說實話的，是不是？再說，我也沒做什麼。更何況，你還救了我一命。」

「馬可斯通常怎麼樣？」

「他賣大麻。通常會賣給小孩什麼的。」

剛瓦德．拉森將之記下。

「然後呢？」

「然後男生就擲銅板。我們當時都進入狀況了，雖然笑個不停，有點暈陶陶的。你知道，會那樣的。」

「擲銅板？」

「是的，馬可斯得到瑪德蓮，他們去另一個房間。我跟那個肯尼斯就留在廚房。我們原本……」

「怎樣？」

「唉呦，你一定也參加過這種派對的嘛。我們本來想先單獨一對一，如果這些男生還行的話再來個集體的。那才是最好玩的部分，真的。」

「你們有沒有關燈？」

「有。那個人跟我躺在廚房地上，可是竟然……」

「竟然怎樣？」

「呃，發生了一件怪事。我居然昏睡過去。瑪德蓮躡手躡腳地過來把我搖醒，說因為我沒過去，馬可斯很不高興。當時我就趴睡在那個人身上。」

「廚房跟房間之間的門有沒有關著？」

「有，那個肯尼士也睡著了。瑪德蓮開始搖他。我點打火機來看時間，發現我跟他在廚房已經超過一個小時。」

剛瓦德點點頭。

「我覺得很焦燥，但還是起身進到房裡，馬可斯好好的。他抓著我把我丟到床上，說……」

「說什麼？」

「他說，來，快點開始，那個紅頭髮的沒什麼搞頭。然後……」

「怎樣？」

「然後我什麼都不記得了，直到我聽到砰的一聲，像槍聲一樣，接著四處都是煙跟火燄。然後你就來了……天哪，實在太可怕了。」

「你沒有發現任何奇怪的事嗎？」

「只有我昏睡過去這件事。通常不會這樣子的，我跟過許多真正的行家，他們都說我很厲害，而且長得好看。」

剛瓦德點點頭，將紙筆收妥。他看著這女孩許久，然後說：

「我覺得你很難看。胸部鬆垮，又有眼袋，看起來有病容又憔悴。過不了幾年你就會整個人都毀了，醜到人家連拿著船楫都不想碰你。再見。」

他走到樓梯第一層時又折返。那女孩已卸下浴袍，伸手摸著自己的腋下。她咯咯笑著說：

「在醫院待了幾天，短毛都長出來了呢。你回心轉意了嗎？」

「我認為你應該買張車票，回去斯莫蘭找個正當工作。」他說。

「我沒有工作可以找。」她說。

他用力將門關上，力道之猛，門和絞鍊幾乎都要分家。

剛瓦德・拉森靜靜地在古特街站了一會兒。這一趟下來他發現了什麼？麥姆家的瓦斯大概是經由自來水管或排水管滲進樓上的廚房。瓦斯濃度夠高，所以樓上的人會昏睡過去，但還不至於濃到引起火災，因此這個凱琳・蘇菲雅・比德森點亮打火機時並未引爆。

這表示什麼？沒什麼，但這整件事就是讓他非常不舒服。

他覺得身上發黏，有種很不健康的感受。和那位十六歲女孩在她那污穢的房間裡見面訪談，讓他覺得全身都不對勁。他直接前往澡堂，在土耳其浴裡整整待了三個鐘頭，什麼都不思不想。

週一當天下午，馬丁・貝克打了一通他不想讓別人聽到的電話。他等到柯柏和史卡基都不在時，打到犯罪實驗室找葉勒摩。此人是公認世上數一數二的刑事鑑識專家。

「你有看到麥姆解剖前後的屍體，對嗎？」他說道。

「是的，當然。」葉勒摩不悅地回答。

「可有任何你認為不尋常之處？」

「不算有。如果要說有，那就是遺體燒得太過徹底。每一邊都燒到，如果你了解我的意思。甚至連他的背部也是，雖然他是仰躺的。」

葉勒摩停了下來，思忖著又加上一句：「當然，床墊也著了火。」

「是啊，沒錯。」馬丁・貝克說。

「我真是不懂你們這些人，」葉勒摩抱怨，「這案子不是已經結案了嗎？怎麼還……」

就在這時，柯柏開門進來，馬丁・貝克匆忙結束談話。

12.

十九日，星期二的午餐時間，剛瓦德．拉森就快要放棄了。他知道自己過去幾天的舉動有一些是完全不符規定的，更何況，截至目前根本沒有發現任何事證，能合理化他的調查行為。事實上，他甚至還不能證明葛朗．麥姆和起火時在那棟建築裡的那些人是否有任何關係。他比開始調查前還更無法確定導致火災的火從何而來。

當天早上，他去了一趟南方醫院，不過也只是大略肯定了一些不同的假設。克麗絲緹娜．莫迪之所以睡在小閣樓，是因為她媽媽家的空間不夠，而且她不喜歡跟吵鬧的弟妹擠在一起。雖然這可能不是真正的原因，但這又關警察什麼事？她曾經交由州政府看管，但對於這種步入歧途的女孩，政府機構如今的態度已經越來越傾向睜一隻眼閉一隻眼。這樣的女孩太多了，而社工人員太少，何況社工糾正的方法若非根本不切實際，不然就是落伍得完全跟不上時代。結果，這些青少年就隨心所欲地胡作非為，令國家形象蒙羞，力不從心的父母跟老師也都深感絕望。但是，不論如何，就像剛才提過的，這完全不關警察的事。

安娜凱莎・莫迪急切需要心理治療，就連剛瓦德・拉森這種相當粗線條的人也都看得出來。她心神恍惚，難以溝通，全身顫抖，不時哭泣。他問出閣樓裡有個煤油爐，但他早就知道。他們的談話毫無成果，但他還是一直待到醫生受不了、趕他走才離開。

剛瓦德雖然用力踢了門，但伐木工人街上據知是馬可斯・卡爾森住處的那棟公寓，顯然毫無人跡。很可能是因為無人在家。

剛瓦德・拉森回到波莫拉街上的住處，圍上格子圍裙，下廚為自己煮了豐盛的一餐，裡頭有蛋、醃肉，以及炸馬鈴薯。他接著挑選了一種適合當時心情的茶來喝。等他用餐完畢，洗過碗盤，時間已過下午三點。

他在窗邊站了一會，望著窗外那一排排高聳、又無趣到令人受不了的郊區高級公寓。然後他下樓開車，回去伐木工人街。

馬可斯・卡爾森住在一棟維護良好的老舊建物二樓。剛瓦德・拉森將車停在三條街外，此舉倒不是出於謹慎，而是因為車位一向難找。他沿著人行道大步前進，就在離目的地大門不及十碼處，他注意到有個人正從對向走來。那是一個十三、四歲的女孩，跟其他成千的同齡女孩一樣，留著一頭稀疏長髮，穿著補丁的黑色牛仔褲及夾克。她提著一只破舊的皮袋，像是剛下課就直接過來。如果不是因為她的舉止，通常他是不會去注意這種普通的女孩和如此尋常的打扮。但她的舉動流露出古怪感，刻意裝出漠不關心的態度，像是極力要表現得坦蕩自然，卻又忍不住帶著夾雜焦慮、罪惡和興奮的表情四處張望。當她的目光與他相遇時，她猶豫片刻，躊躇不前，所以他就繼續往前，越過她，並且走過那扇大門。那女孩甩了一下頭，飛快地從前門走進屋內。

剛瓦德．拉森迅速停下腳步，轉身尾隨。雖然他個頭高大壯碩，行動卻迅捷而安靜，當那女孩在敲卡爾森的家門時，他已經登上一半的樓梯。她輕輕敲了四下。這顯然是一種簡單的暗號，他記住了。這不難，因為在間隔五、六秒後，她又重覆一次。敲過第二次後，門很快就打開了；他聽到旋開安全鎖的聲音、開門聲，以及門立即關上的聲響。他下樓，在門廳等著，背靠著牆，動也不動地站著等待。

兩、三分鐘後，樓上的門開了，他聽得到步下樓梯的輕巧腳步聲。顯然那是一場快速交易，因為當那女孩走到門廳時，她的手仍在皮袋外口袋裡把弄那些貨品。剛瓦德伸出左手一把捉住女孩的手腕。她一下子停住，直直望著他，但沒有要喊救命或掙脫的意圖。她看起來甚至也不害怕，反而很認命，彷彿早有心理準備，預知這樣的事情遲早會發生。他仍舊一言不發，打開她的袋子，拿出一只火柴盒，盒內大約有十顆白色藥丸。他放開女孩的手，點頭示意她離去。她留下驚訝但灰暗的眼神，半跑著穿門而去。

剛瓦德．拉森不急著採取行動。他盯著那些藥丸看了一會兒，然後將藥丸放入口袋，慢慢走上樓梯。他在門外等了三十秒，只是聽著，但完全聽不到屋內有任何動靜。他舉起手，以指尖輕快地敲出兩組暗號，間隔大約五秒。

馬可斯・卡爾森打開門。卡爾森比他上次見到時整潔多了，但剛瓦德記得他的臉，而且對方無疑也是。

「午安。」剛瓦德將一腳伸入門內。

「噢，是你啊。」馬可斯・卡爾森說。

「只是想過來看看你怎麼樣。」

「很好，謝謝。」

馬可斯・卡爾森陷在一個詭譎的局面當中。他知道來者是名警察，而且使用了他跟客戶之間約定的暗號。門上的安全鎖鍊仍未拉開，如果他試圖關門，而且確實有東西見不得光，那不啻是自動洩底。

「有幾件事想問。」剛瓦德・拉森說。

拉森的處境也沒那麼單純。他無權進入對方的住處，在職權上，若對方不同意，甚至不能盤詰。

「這個嘛……」

馬可斯語意含糊。他沒有解開安全鎖鍊，顯然也不知道該採取何種態度。

剛瓦德解決這個問題的方式是，突然以右肩配上全身的重量去撞門。安全鎖鍊的螺絲從門框上被撞開，發出一陣吱嘎聲，門後的人急急退開，以免被門撞到。剛瓦德走進去，將門關上，鎖住。他看著壞掉的鎖鍊，說：

「爛鎖！」

「你這是瘋了不成？」

「你應該用長一點的螺絲釘。」

「這是幹什麼？怎麼可以這樣闖進來？」

「我不是故意的，」剛瓦德說，「鎖壞掉又不是我的錯。我不是說了，你應該用長一點的螺絲釘？」

「你想幹嘛？」

「只是想稍微跟你談一談。」

剛瓦德環目四望，確定這男人是獨自在家。這層公寓不大，但看起來賞心悅目，相當舒適。馬可斯長得也很體面，身材高大，肩膀寬闊，體重至少有一百七十磅。生活應該過得不錯，剛瓦德暗忖。

「談一談？」馬可斯握起拳頭，「是要談什麼？」

「談那一天火災發生前，你在那間公寓裡幹什麼。」

馬可斯似乎稍微鬆了口氣。

「噢，那個啊。」他說道。

「是的，就是那個。」

「我們不過是在辦個小派對。吃點三明治、喝些啤酒、聽聽唱片之類的。」

「只是家庭派對？」

「對。那個瑪德蓮是我的女友，而……」

他停頓了一下，試著裝出傷心的表情。

「而什麼？」剛瓦德語氣平靜地問道。

「而肯尼士跟卡拉是一對。」

「不是正好相反？」

「正好相反？你什麼意思？」

「五分鐘前，來你這兒的那個女學生又是跟誰一對？」

「那個女學生？這裡沒人來過……」

剛瓦德．拉森一拳揮過去，迅速有力，馬可斯措手不及，被打個正著。

馬可斯踉蹌後退兩步，但沒有倒下。他怒道：「媽的，你這混蛋警察，到底想幹什麼？」

剛瓦德又打了他一拳。他抓住桌角，但無法平衡，跌倒時扯落了桌巾，桌上一個裝飾用的厚玻璃瓶應聲落地。馬可斯站起來時，嘴角有一縷鮮血汩汩流出，右手抓著一片厚厚的碎玻璃。

「你這混蛋……」他咒罵道。

他以左手手背擦臉，看看手上的血，舉起手上的武器。

剛瓦德揮出第三拳。馬可斯蹣跚後退，撞到一張椅子，連人帶椅跌在地上。他四肢撐地要站起來，剛瓦德趕過去用力踢他的右腕。那塊玻璃片飛過地板，撞到牆，發出沉悶的一聲。

馬可斯．卡爾森慢慢以單膝撐起身體，一隻手摀住單邊眼睛。另一眼則流露出恐懼與不安。

剛瓦德冷靜地看著他，問道：

「貨藏在哪裡？」

「什麼貨？」

剛瓦德握起拳頭。

「不，不，看在上帝的份上，」那人急急求饒，「別動手，我……」

「在哪裡？」

「廚房。」

「廚房哪裡？」

「烤箱下層，烤盤下面。」

「這還差不多。」剛瓦德說。

他看看自己握住的右拳。拳頭很大，上面有紅色疤痕，原本皮膚上粗粗的金色毛髮已被火燒掉。馬可斯也看著。

「關於羅斯和那兩個娼妓的事，現在你怎麼說？」剛瓦德說。

「我們做——」

「我對你骯髒的性生活沒有興趣。我要知道的是，是誰縱的火？」

「縱火……不，天啊，我完全不知道。肯尼士也死了……」

「羅斯是做什麼的？販毒？」

「我哪知道……」

「說實話。」剛瓦德語帶警告地說。

「不，不，別這樣。看在上帝的份上，帶我到你們局裡。」

「噢，你寧可那樣嗎？」剛瓦德邊說邊往前跨出一步。

「羅斯也是販毒的？」

「不……酒……」

酒？」

「是的。」

「贓物？」

「是的。」

「走私的？」

「是的。」

「他貨藏在哪裡？」

「在……」

「說啊。」

「在他住處的閣樓。」

「可是你不搞酒？」

卡爾森搖頭。

「只拉皮條跟販毒？」

「對。」

「那麥姆呢？他是幹什麼的？」

「我不認識麥姆。」

「是喔。」

「反正不是很熟。」

「可是你們有一起做點生意吧，你，羅斯，還有麥姆？」

卡爾森舔舔嘴唇。他一手仍遮著右眼，左眼則閃爍著憎恨與畏懼交織的光芒。

「算是吧。」他終於承認。

「羅斯和麥姆彼此認識嗎？」

「認識。」

「你說羅斯是走私酒的？」

「對。」

「而你則在販毒——十分鐘以前，而且現在已經歇業了。麥姆又是幹什麼的？」

「我想好像跟車子有關吧。」

「啊哈，」剛瓦德說道，「所以你們是三個小經銷商，每個人負責一樣。你們的共同點是什麼？」

「完全沒有。」

「我是說，上頭老闆是誰？」

「沒有上頭老闆。我不懂你在說什麼。」

拳頭第四次揮出，力道非常猛烈，擊中那人右肩，他無助地後退，直到後背頂著牆。

「名字，」剛瓦德吼道，「名字！快！現在！馬上！」

回答的聲音沙啞，輕如耳語。

「歐洛佛森，柏堤．歐洛佛森。」

剛瓦德看著這個名叫馬可斯．卡爾森的人良久，他在十天前才救了此人一命呢。最後，他頗富哲理地說道：

「不論春夏秋冬，說實話的永遠都是贏家；實話是不論什麼樣的天氣都穿著夏衣出門的。」

那人以沒受傷的那一眼遲鈍地看著他。

「好，你現在給我起來進廚房，告訴我貨藏在哪裡。」

那個藏匿地點設計得相當巧妙，要躲過一般的檢查很容易。淨空的烤箱下層裡屯積的貨還真不少，有大麻和安非他命，都以小包整齊地包著。但話說回來，這些貨量其實也不是特別多。卡爾森是那種典型的小角色，是銷售網最末端的小貨色，專在學童午餐時間送貨，賺他們的零用錢——他們在各人能力範圍內，從父母那裡偷來的錢，或是由公共電話、販賣機裡偷來的錢。在他拿到貨之前到底有多少中間人經手過，他當然一無所知，在他和那個邪惡的根源之間，是個由政府在政治上的錯估及墮落的社會道德盤根交錯的複雜體系。

剛瓦德走到客廳打電話叫警察。

「派幾個專門緝毒的過來。」他簡潔地說。

前來的幾個警察隸屬於一個專門緝毒的部門。他們身材高大，臉色紅潤，身上穿著色彩鮮艷的毛衣，頭戴毛料的無邊帽。其中一位進門時舉手敬禮。剛瓦德不悅地說：

「偽裝得還真好。不過，你也許應該連釣竿一起帶出門。制服褲子那樣塞在襪子裡不會弄壞嗎？還有，當一個人穿著冰島毛衣的時候應該不會對人敬禮吧？」

這兩個緝毒組警員臉更紅了，他們的視線由凌亂的家具飄到嫌犯被打黑的眼圈上。

「有點小麻煩。」剛瓦德輕描淡寫地說。

他環目四顧後又加上一句：

「你可以告訴本案的負責人，這人叫馬可斯・卡爾森，他什麼都不肯說。」

他接著聳聳肩就走了。

他說的沒錯。那人甚至連自己叫作馬可斯・卡爾森都不肯說。他就是那種人。

剛瓦德發現盾牌街那棟房子裡住了三個幫派小角色，其中兩個已經死了，另一個正要去坐牢。他還沒有找出那個廣受討論的火花究竟來自何處，所以找出真相的機會已越來越渺茫。

另一方面，他突然意識到自己還在休病假呢。回到家後，他脫衣淋浴，拔掉電話插頭，躺到床上，翻開薩克斯・羅默的小說。

13.

令人頭冒滿天星的震撼發生在隔天，也就是三月二十日週三的午餐之前。接到電話的，是那個最沒資格接這通電話的柯柏。

他坐在自己位在瓦斯貝加南警局的辦公桌前，試著解開《瑞典日報》上的一盤棋局。這盤棋解得很不順，因為他一直在想等會兒午餐要吃什麼，結果無法專心。他在一個小時前打過電話，告訴太太他想回家吃中飯。這是精心策畫過的，因為這樣她會有充裕的時間準備，他也就有可能嘗點額外的甜頭。

馬丁．貝克早上來過電話，語焉不詳地提及總部要開會、他會遲到等等的，這讓柯柏有了靈感。他差遣史卡基出去跑腿——而那工作除了讓他練腿肌之外，其實毫無用處。

他瞥了一下手錶，覺得世界真是美好，前途一片光明。

就在這時，電話響了。

他拿起話筒，說：

「喂，我是柯柏。」

「噢，嗯，我是葉勒摩。你好！」

柯柏想不起最近有拿什麼特別的事去請教國家犯罪實驗室，因此他不疑有他地回道：「你好！有什麼可為你效勞的？」

「要是有，那還真是犯罪學歷史上的頭一遭。」葉勒摩酸溜溜地回道。

葉勒摩是個嘮叨、又容易發脾氣的人，但他也是頗富盛名的刑事鑑定專家。根據經驗，得罪他絕非明智之舉，因此，除非絕對必要，否則柯柏通常會避免跟他說話，這次也不例外。

「有時我真懷疑你們到底正不正常。」葉勒摩抱怨道。

「這話怎麼說？」柯柏客氣地問。

「十天前，米蘭德送來幾百樣火場的物品要我們檢驗，都是一堆沒用的垃圾，從舊鐵罐到沾有他指紋的石頭，什麼都有。」

「噢，這樣子啊。」柯柏說道。

「這樣子？你說的倒是輕鬆，因為你不必整天坐在這裡跟這堆亂七八糟的東西鏖鬥。只是把結了霜的狗屎放進塑膠袋，在袋子上寫下『不明物體』，當然是比查出那究竟是什麼東西簡單多了。你同不同意？」

「我知道你手頭有很多工作。」柯柏逢迎地說。

「很多工作？你是故意在說笑嗎？你知道我們一年要做多少分析嗎？」

柯柏一無所悉，也不敢亂猜。

「五萬件。你知道我們這裡總共有幾個員工？」

話筒那端是一陣沉默。

「好了，」葉勒摩說，「在我們做牛做馬六天之後，隆恩打來說結案了，我們可以把那些東西全扔了。」

柯柏不悅地看看手錶。

「對啊，」他說，「是該這樣。」

「哦，是嗎？對你的大頭鬼，我們都還沒開始清理，剛瓦德·拉森接著就打來說這個案子還沒完，要我們繼續，還說事情十萬火急，非常重要。」

「他無權這麼做，」柯柏匆促地說，「他撞壞頭了，現在比以前還瘋。」

「嗯。我這週一剛好遇到哈瑪，他的說法就跟你剛才說的一模一樣，說這案子已經了結，全都釐清得一清二楚。」

「然後呢？」

「然後過了十五分鐘，居然輪到貝克打來，問我那場火災有沒有任何『不尋常』的物證。」

「馬丁？」

「是的，正是。所以呢，你們每個人都來找過我們，米蘭德、隆恩、拉森、哈瑪，還有貝克。每個人的說法都不同，我們完全被你們搞糊塗。」

「噢？」

「還有，今天我想跟負責這案子的人聯絡，怎麼找就是找不到人！拉森請病假在家休養，我打去他家卻沒人接。於是我打給哈瑪，他也請假。接著我找米蘭德，得到的回答是，他一個小時前去廁所後就一去不回了。隆恩已經下班，貝克在開會，史卡基去找隆恩。最後我找到了伊克，但他剛度假回來，根本聽不懂我在說什麼。他要我打給哈瑪，但哈瑪在度假，他又要我打給那個在開會的貝克，或是已經下班的隆恩，還有那個去找隆恩的史卡基。你是唯一被我給找到的。」

真倒楣，柯柏暗暗在心中嘀咕。他大聲地說：

「好，那你打來是要幹嘛？」

「好，那個叫麥姆的死時是躺在床墊上，我跟貝克提過，他連背部都燒得很徹底，這點不太尋常。不過，當時我們倆都認為，那大概是因為床墊也著火的關係。這聽起來挺合理的，不是嗎？」

「當然。不過，這案子已經結案了。」

「我不認為，」葉勒摩不悅地說，「我們在床墊裡發現一些不該出現的東西。」

「什麼樣的東西？」

「例如一個小彈簧，一個鋁製彈殼，還有一些殘餘的化學物質。」

「那表示？」

「那是蓄意縱火。」葉勒摩說。

14.

萊納·柯柏一向伶牙俐齒，這下子卻足足有一分鐘呆若木雞，好似成了石頭，呆望著警局窗外那令人厭惡、屬於都市外圍的嘈雜工業區。最後，他終於開口，聲音微弱，帶著無法置信的語氣：

「什麼？你的意思是？」

「我說得還不夠清楚嗎？」葉勒摩沾沾自喜，「還是說得太含糊了？那場火是故意的——我換句話說好了——那是有人蓄意縱火。」

「蓄意縱火？」

「對，無庸置疑。有人在床墊裡安放了一個連接著延後引爆引信的雷管。你要是喜歡，也可以說那是小型化學燃燒彈，定時炸彈。」

「定時炸彈？」

「沒錯，很可愛的小東西。構造簡單又容易使用，大小恐怕還不超過火柴盒。當然，現在已經燒得所剩無幾。」

柯柏沒接腔。

「除非經過最徹底的搜檢，否則根本無法發現這東西的殘骸，」葉勒摩指出，「而且還得知道要找的是什麼。」

「那你怎麼會知道？是剛好嗎？」

「我們這一行靠的可不是剛好。我靠的是注意特定細節，然後做出特定結論。」

柯柏現在已經從最初的震驚中回神過來，他開始覺得不耐煩，兩條濃眉糾結在一起。

「別在那裡自吹自捧。有話就說，有屁快放。」

「我已經說完了，」葉勒摩的態度趾高氣揚，「如果要我再逐字說清楚，那就是，有人在麥姆的床墊裡放了一顆定時炸彈，一種帶有雷管的化學混合物。雷管以彈簧連接一個像簡易時鐘的小型裝置。等我們有空分析過那些殘餘物分析之後，你會收到更進一步的細節報告。」

「這件事你真的確定？」

「我確不確定？我們這裡通常不做揣測。總之，居然沒有其他人覺得奇怪。雖然那人的遺體呈現劍擊手的姿勢，但背部皮膚跟衣服都燒得非常焦。還有，在那種狀況下，床墊幾乎全毀，但那張床架卻還保持得不錯。」

「床墊中暗藏燃燒彈，」柯柏語氣裡滿是懷疑，「一個火柴盒大小的定時炸彈？還有十天才過愚人節耶。」

葉勒摩喃喃地說了些什麼，聽不清楚，但總之不是好話。

「我從沒聽過這種事。」柯柏說。

「我倒是聽過。據我所知，這在瑞典是新手法，但我聽說在歐洲大陸、尤其法國，曾有好幾起這樣的案件。我甚至在巴黎的保安局看過這種裝置。」

史卡基沒敲門就走了進來。看到柯柏充滿困惑的臉時，他詫異得停下腳步。

「你們這些先生要是能偶爾出去參訪研習一下，會好一些。」葉勒摩惡毒地加上這句。

「這東西的時間可以設定多久？」

「我在巴黎看到的那個可設定到八小時，時間精密到能以分鐘計。」

「可是，應該聽得到它在滴答作響吧？」

「聲音不比手錶大聲。」

「爆炸時是怎樣的情形？」

「高溫的化學火燄會很快燃起，兩秒內就能延燒到一定範圍，這火無法以一般方法撲滅。熟睡中的人幾乎毫無逃生機會。事發後，十件裡有九件警方會認為是因為死者在床上抽菸而起火，不然就是做別種猜測——」葉勒摩故意戲劇性地停頓一下才講完整個句子，「除非負責調查的刑案鑑識人員學識非常豐富，而且非常善於觀察。」

「不，」柯柏突然說，「這實在太荒謬了。不可能這麼巧合。你是在跟我說，那個麥姆回家後，把家中所有縫隙和通風機全封死，打開瓦斯，然後躺到別人已經藏了一顆定時炸彈的床上？而他在自殺成功的同時又遭人謀殺？而且是炸彈引爆了瓦斯，導致整間房子著火，害三個人活活被燒死，而這一切就眼睜睜地發生在那個史上最愚蠢的偵查員面前，在他站在屋外大打呵欠的時候？這你怎麼解釋？」

「那與我無關，」葉勒摩語氣中帶著罕有的溫暖，「我不過是把事實陳述給你聽。至於事情該如何詮釋，那完全是你們的事。那是警察的工作，可不是嗎？」

「再見。」柯柏將電話用力掛上。

「怎麼回事？」史卡基問，「有人死了嗎？對了，隆恩沒有——」

「閉嘴。」柯柏說道，「還有，進上司辦公室之前要先敲門。別忘了史丹斯壯的下場。」

柯柏起身朝門口走去。戴上帽子，穿上大衣後，他以胖胖的食指指著史卡基，說：

「我有幾件很重要的工作要派給你。打給總部，告訴馬丁他得立刻散會。找到隆恩跟哈瑪，還有米蘭德，就算打破廁所門也要把人給拖出來。要他們馬上打給犯罪實驗室的頭頭葉勒摩——

向伊克、史托葛林，以及所有你在局裡能找到的笨蛋都這麼交代。這些都做完後，回你自己的辦公室，打給葉勒摩，問他出了什麼事。」

「你要出去嗎？」史卡基問。

「公事，」柯柏看著錶回答，「我兩個小時後在國王島跟你碰頭。」

他在瓦斯貝加街差點因為超速被抓。

回到位於帕連得路的公寓時，他的妻子一身香味，正從廚房走出來。

「我的天，你臉色看起來怪怪的。」她高興地說。「菜還沒好，我們還有十五分鐘。」

「不，」柯柏看看房間門說，「不要在那裡，那個床墊可能會爆炸。」

15.

當天下午，歷經一番努力後，幾件事情馬上有了眉目，哈瑪在震驚過後也迅速鎮定，把有幾分錯愕的工作小組組織起來。組員包括馬丁．貝克、米蘭德、柯柏，和隆恩。

哈瑪此時的神情比平日還陰森。春回大地，溫暖的陽光普照，他在早餐時才跟太太談到退休，要將剩餘的休假用來旅行，到鄉下小屋度個假。他心裡早已相信這場火災和他再也沒有關係，也幾乎忘了這件事。但這個討厭的葉勒摩把他的計劃全盤弄擰了。

「拉森還在病假中？」哈瑪問。

「對，」柯柏回道，「正頂著他的桂冠在睡覺。」

「他星期一回來。」隆恩擤著鼻涕說。

哈瑪往椅背一靠，手扒過頭髮，搔搔後腦勺。

「看來，我們得將注意力擺在這個柏提．歐洛佛森身上，」他說，「麥姆不過是條小尾的可憐蟲，生病，酗酒，懶惰，天知道這個人還有什麼毛病。很難想像有人會大費周章除掉他這種人。我們唯一清楚的，是麥姆必然握有什麼能讓歐洛佛森入罪的事證。不過，是什麼，我們毫無所知。所以，我們先好好研究歐洛佛森吧。」

「好呦。」柯柏附和著。他厭倦這番陳腔濫調。

「我們對歐洛佛森所知多少？」哈瑪問。

「知道他失蹤了。」隆恩悲觀地說。

「幾年前被判入獄一年，」馬丁・貝克說，「應該是竊盜罪。我們會調記錄來看。」

米蘭德從口中抽出菸斗說：

「十八個月，竊盜及偽造文書，一九六二年的事，他在卡姆拉服的監。」

眾人全都一臉震驚地看著他。

「我們知道你記憶力驚人，但不知道你連犯人的刑期也都記在腦子裡。」柯柏驚嘆。

「其實我幾天前才剛看過歐洛佛森的檔案，」米蘭德神色自若地說，「我認為了解一下他大概會滿有趣的。」

「你該不會也湊巧發現他住在哪裡吧？」

「沒有。」

房裡一片沉默。然後柯柏問道：

「那，他到底是個什麼樣的人？」

米蘭德吸了一口菸，思索一下。

「該說是相當普通的那種。馬丁剛才提到的那個判刑也不是第一次。不過，是第一次無條件發監執行。他在此之前曾因為收贓、持有毒品、偷車、違反交通規則及其他不等的小案子判刑確定。一直到兩年前都還在緩刑期間。」

「也許麥姆開著歐洛佛森的車被抓那時，人家已經在找他了，」柯柏說，「因為偷車還是什麼來著？」

「沒錯，」馬丁．貝克說，「我都查出來了。是古斯塔夫堡那邊的警察，他們發現歐洛佛森在瓦恩德的住處藏有幾輛贓車。他在瓦恩德有一棟別墅，是他父親遺留給他的。別墅很偏遠，在樹林深處，必須沿著一條狹窄的林道開上半哩才能到達。說來也湊巧，有輛古斯塔夫堡的警車正好上那兒去。屋裡沒人，但後院停了三輛車。他們發現車庫裡還有一輛，最近才噴過漆。他們還在車庫裡找到油漆、噴嘴、打光用的材料、車牌、註冊證明和一堆有的沒的。他們在查明這四輛都是失竊的車子後，便立刻派了兩個人到歐洛佛森位在渥斯塔的住處逮人。但他不在。一直到現在都還找不到人。」

馬丁．貝克到放著水壺的櫥櫃倒了一杯水來喝。

「那是什麼時候的事？」哈瑪問。

「二月二十日，」馬丁・貝克回答，「一個多月前。」

柯柏拿出他的口袋型記事本翻看。

「那是個星期一。在那之前有人找過他嗎？」

馬丁・貝克搖頭。

「除了例行公事之外，沒有。起先，他們想說他應該很快就會回來。然後，麥姆被抓時說歐洛佛森出國了，所以他們就繼續等，派人二十四小時監視他的公寓和別墅。」

「你認為，歐洛佛森是不是獲知古斯塔夫堡那邊的警察已經發現他的勾當，所以在警察逮人前先溜了？」隆恩問道。

柯柏打了個呵欠。

「你是說他刻意避開？」馬丁・貝克說。「我懷疑會有這個可能。那別墅附近半個人都沒有，不可能有人去跟他示警，說警察在那裡出沒。」

「有沒有人知道他最後待在公寓是何時？比方說，有人問過鄰居嗎？」米蘭德問。

「我想沒有，」馬丁・貝克說，「尋找歐洛佛森一直是以例行方式在處理。」

「換言之，就是冷淡處理。」哈瑪說。

他接著重重拍了一下桌子，起身大聲地說：

「那麼，各位，開始行動吧。去詢問他的鄰居和所有找得到、而且與歐洛佛森有關的人。閱讀法庭記錄、個人檔案和這混蛋的所有相關資料，這樣你們才知道自己在找的是誰。總之，把人找出來！快！立刻行動！如果那東西是他放進麥姆床墊裡的，他現在當然要躲，即使他過去沒這方面的前科。若是需要加派人手就說一聲。」

「什麼人手？」柯柏問，「哪來的人手？」

「呃，」哈瑪聳聳肩，「你那個叫史卡基的年輕小伙子就是。」

柯柏本來這時已走到門口，聽到史卡基的名字後，他停住腳步，張口想說些什麼，但馬丁・貝克將他一把推向走廊，接著將門在身後關上。

「講這麼一堆，根本全是廢話。」柯柏說，「史卡基要是學到哈瑪這一套，搞不好還真有機會成為警察局長。」他搖頭嘆道，「謝天謝地，我已經老到不會看到這件事了。」

下午的其餘時間，他們都在蒐集柏提・歐洛佛森的其他資料。

馬丁・貝克探訪的諸多對象也包括警方的竊盜組，他們雖然極力想將人緝捕到案，卻因為人手不足，已經不再派人監視他的公寓和位在瓦恩德的別墅。

除了警方已知的消息之外，他的檔案裡還記載他現年三十六歲，只受過六年教育，做過許多不同工作，但時間都很短，而且近來大都處於失業狀態。他八歲時父親就去世了，母親兩年後再嫁，目前仍和他繼父在一起。他唯一的手足是小他十歲的同母異父弟弟，在哥登堡當牙醫。他自己婚後沒有小孩，婚姻也不幸福，目前已離婚；在被判過刑後，期間曾和一個年長他五歲的女子斷斷續續地同居。

心理學家形容他是情緒不穩、非常自我中心的人。他也非常壓抑。負責他緩刑的警員說，他很少和歐洛佛森聯絡，因為他充滿敵意，完全無意溝通。

當天結束前，馬丁・貝克先將最緊急的工作分配出去：隆恩去西潔特拜訪歐洛佛森的母親和繼父，米蘭德則要設法透過他與黑道的管道，找出更可靠的消息，看看他可能有些什麼活動。馬丁・貝克自己則得去申請搜索令，和柯柏去搜查歐洛佛森的公寓和別墅。

在有進一步通知之前，史卡基暫不列入這場獵歐行動。

16.

星期四早上，柯柏開車要來接馬丁．貝克時，還不到八點鐘。馬丁．貝克還沒換衣服，仍穿著睡袍在廚房跟女兒英格麗說話。英格麗那天上午沒課，難得有空能在上學前好好吃頓早餐。馬丁．貝克自己只喝茶，那女孩卻精力旺盛，邊將脆餅夾起司浸到熱可可裡，邊聊著昨晚參加反越戰會議的種種。聽到門鈴響起，馬丁．貝克將衣帶束緊些，放下手中的菸，前去開門——雖然他懷疑，只要一離開視線，英格麗就會偷吸一口。

「你怎麼還沒換衣服？」柯柏語帶責難地問。

「我們不是說好八點嗎？」馬丁．貝克回答。

他轉頭走進廚房。

「只差兩分鐘。嗨，英格麗。」柯柏說。

「早安。」英格麗喃喃答道，同時帶著罪惡感揮手驅散還在頭頂繚繞的菸霧。

柯柏坐上馬丁．貝克的位子，掃視早餐桌。雖然他才剛吃下豐盛的早餐，但覺得自己還有辦法再來一頓。馬丁・貝克拿出另一只杯子，為這位訪客倒了一杯茶，英格麗則將奶油碟子、起司和早餐全推到他這邊。

「我一會兒就好。」馬丁・貝克說完便走進自己的房間。

他邊穿衣服、邊聽到半開的廚房門內傳來英格麗在問柯柏他七個月大的女兒波荻的事，還有柯柏難掩身為人父的驕傲，正吹噓自己女兒的種種優點。當馬丁・貝克刮完鬍子，換好衣服，回到廚房時，柯柏說：

「我剛找到另一個可以照顧小孩的褓姆了。」

「對，我答應下次有需要時會去幫忙照顧波荻。可以嗎？可以嗎？嬰兒好好玩喔。」

「你去年不是才說那是世上最噁心的東西？」馬丁・貝克說。

「噢，那是以前啦，我那時還很幼稚。」

馬丁・貝克朝柯柏眨了一下眼，然後語帶尊敬地說：

「哦，當然當然。對不起，你現在已經是個成熟的女人了，對嗎？」

「別傻了，」英格麗說，「我永遠不會成為成熟的女人。我呢，只要成為可愛的女人，然後就直接變成老女人。」

她戳戳父親的肚子，然後鑽進自己的房間。馬丁・貝克和柯柏走到玄關穿上大衣時，英格麗關上的房門後傳來震耳的流行音樂聲。

「披頭四。」馬丁．貝克說，「她的耳朵沒被震掉還真是奇蹟。」

「是滾石合唱團。」柯柏糾正他。

馬丁．貝克訝異地看著他。

「你怎麼分辨得出不同之處？」

「噢，這差別可大了。」柯柏看著腳下的階梯邊回答。

早晨的此刻，開往城裡的交通已經相當壅塞。這個眾所公認、他也自知、開車會緊張、技術又不佳的柯柏，此時倒是有一個長處，他對斯德哥爾摩的大街小巷非常熟悉，很會認路。他挑了一些馬丁．貝克完全不知道的小路開，穿越住宅區、辦公高樓的商業區、公寓樓房，最後將車停在渥斯塔山哲思街上一棟相當新穎的建築物外。

「我敢打賭這裡的租金一定很貴，」他們搭電梯上樓時柯柏這麼說，「誰想得到柏堤．歐洛佛森這種人居然會住得這麼氣派。」

馬丁．貝克不到三十秒就打開大門，但他還是認為自己動作太慢——因為他用了從房屋仲介那裡拿到的鑰匙。這間公寓有一房一廳、廚房和浴室；根據門口踏墊上和諸多廣告信及垃圾郵件混在一起的房租帳單看來，近三個月一期的租金是一千二百九十六克朗又五十一歐爾。另外那一大堆從郵洞塞進來、將近有一個月沒有撿拾的廣告單，以及各種免費試用樣品都引不起他們的興趣。這一大堆東西最底下有一張附近超市的彩色廣告單。「特價」字樣緊接著一串各式美食的清單，旁邊分別列出原價跟優惠價。例如一罐波羅的海鯡魚就從原價二克朗六十三歐爾，降至二克朗四十九歐爾。馬丁・貝克將這張廣告單折好，放進口袋。

臥室中放有一張餐桌、三把椅子、一張床、床頭几、兩張扶手椅、一張矮桌、一架電視，及一個抽屜櫃。所有家具看來都是最近才同時購入的。房間不怎麼乾淨，未鋪的床上蓋著一條發皺的床單，桌上有個沒洗乾淨的空菸灰缸。書櫃裡有一本顯然沒被翻讀過的平裝書，是傑瑞・科頓的《拉夫與麗菲》。牆上沒有掛任何圖畫，只有一些從雜誌撕下來的汽車圖片或姿態各異的裸女照，以膠帶貼在牆上。

廚房水槽邊的濾水板裡倒扣著幾只玻璃杯、盤子以及咖啡杯，濾水板上散印著久已乾燥的斑斑水漬。冰箱電源仍插著，裡頭有半磅人造奶油、兩小罐啤酒、一顆乾癟的檸檬，以及一塊硬得跟石頭一樣的乳酪。碗櫥裡有幾樣家用品、一盒餅乾、一袋砂糖，和一個空咖啡罐。清潔櫃裡空空如也，但在水槽下面則有掃把、畚箕，以及一個裝有垃圾的垃圾袋。有一個抽屜裡裝滿空火柴盒。

馬丁・貝克進到客廳，打開通往浴室的門。馬桶溢出令人作嘔的氣味，或許從沒清洗過。澡盆及洗手台裡有一圈圈污垢，看來也少有清理。浴室櫃子裡有一把舊牙刷、刮鬍刀、一管已經擠扁的牙膏、灰塵，及一簇簇的毛髮。掛在洗手台旁鉤子上的毛巾硬梆梆的，上面滿是污垢。

馬丁．貝克受不了，轉而去檢查衣櫥。

衣櫥底有兩雙鞋，都沒刷乾淨，裡外都覆著厚厚一層灰，還有一只帆布袋，裡面是發臭的髒床單。還有一些鐵線衣架，吊著兩件髒襯衫、三件更髒的毛衣、兩條滌綸材質的長褲、一件斜紋軟呢夾克、一件淺灰色的夏季西裝，以及一件深藍色的毛葛大衣。

馬丁．貝克正要伸手去搜衣物口袋時，聽到柯柏在廚房裡呼喚他。

柯柏將垃圾袋內的東西全倒在濾水板上，他手裡拿著一個發皺的薄塑膠袋。

「你看這個。」他說。

袋子一角有幾顆綠色顆粒。柯柏拿了一點，用大拇指和食指揉開。

「大麻。」他說。

馬丁．貝克點頭。

「這就解釋了他為何會收集空火柴盒。這袋子若是滿的，至少能裝個三十盒。」

剩下的搜索就沒什麼特別成果了。幾樣紀念品顯示歐洛佛森曾到加納利群島和波蘭度假。由他那件軟呢斜紋夾克口袋搜出的四張舊帳單，日期是在十二月，帳單是一家「大使餐廳」開出的。床邊小桌的抽屜裡放著兩個保險套及一張女人的相片。她站在海邊，穿著比基尼，深色皮膚，胖胖的。相片背後以原子筆寫著「給心愛的柏仔，凱」。

除此之外，這房子裡就沒有其他私人物品，尤其是沒有任何指引屋主現在人在何處的線索。

馬丁・貝克去按隔壁戶的門鈴。有個女人前來開門。他們問了一些問題。

「呃，你也知道這種公寓是什麼情形。」她說。「你不會去想其他住戶都是些什麼人。這人我見過幾次，但我想他應該在這裡沒住多久。」

「你記得最後一次看到他是什麼時候嗎？」柯柏問。

那女人搖搖頭。

「毫無印象，已經很久了。聖誕節吧？還是那前後？真的不記得了。」

同一層樓的另外兩戶沒人在家，至少是無人應門。這公寓好像也沒有管理員。只有大門入口處貼了一張告示，說住戶若是有東西要修理，就直接和某個修理工聯絡，告示上的聯絡處是一個完全不同的住址。

他們走出大門後，馬丁・貝克走向對街的超市，柯柏則在車上等他。他找到店經理，向經理出示那張特價廣告單。

「我無法確切告訴你那是何時派發的，」他說，「我們通常會在週五派送這類廣告。啊，等等。」

他消失在店後區域，一會兒後回來。

「二月九日，星期五。」他說道。

馬丁．貝克點點頭，回到柯柏那兒。

「他二月九日之後就沒回來過。」馬丁．貝克說。

柯柏無精打采地聳聳肩。

他們沿著索肯街和尼納斯街開，穿越哈馬比工業區，接著進入瓦恩德路。開抵古斯塔夫堡後，他們就進入警察局，跟在歐洛佛森那棟別墅後院發現贓車的兩位員警之一談話。他告訴他們去那間別墅的路怎麼走。

抵達那裡花了十五分鐘。

這棟別墅相當隱密。通往別墅的道路彎曲不平，只能稱得上是林中小徑。木屋周遭的土地曾經受到良好照顧，種有草皮，闢有岩石花園，而且鋪有沙徑，但現在都只剩依稀的殘跡。房子左近鋪了碎石子的地方，雪已幾乎全部退去，但離房子甚近的林子裡仍有灰濛濛的積雪。花園最遠端緊接著樹林的外緣，有一間新建的車庫。車庫是空的，從地上碎石殘留的痕跡可看出這裡曾有三輛車並排停放，但那些車也不在了。

「他們真笨，竟然把車移走了。他要是回來，馬上就知道警察來過。」柯柏說。

馬丁・貝克研究木屋的大門。這扇門除了安全鎖之外，還以一只大銅鎖鎖住。唯一能提供鑰匙的只有歐洛佛森本人，看來他們只好自己動手了。他們從車內的手套箱裡取出螺絲起子及一些工具，搞了幾分鐘後，將門打開。

木屋有間大房，擺設是鄉村風格，兩張床是釘在牆壁上搭造的，此外還有一間廚房及浴室。屋內的空氣濕冷，聞起來混雜著霉味和煤油味。大房間裡有個壁爐，廚房裡則有燒柴火的爐子，除此之外，屋裡主要的取暖設備全仰賴一具放在一個睡覺區中的煤油爐。地板上覆著一層沙土和乾掉的泥團，房間裡的家具又髒又破。廚房裡，從餐桌、板凳到架子，無不堆滿垃圾、空瓶、油膩的盤子、有咖啡渣的杯子以及髒玻璃杯。兩張床裡有一張鋪著髒床罩及髒髒破破的拼布被子。

房內毫無人跡。

小小的玄關處有一扇門，門後是儲物櫃，架上擺滿偷來的東西——或許都是贓車內的物品。有收音機、相機、望遠鏡、手電筒、工具、幾根釣竿、一管獵槍，以及一架手提式打字機。馬丁・貝克取來一把凳子，站上凳子審視最上層的架子。那兒有一套舊的槌球球具、一面已褪色的瑞典國旗，以及一張裝在相框裡的相片。他將相片拿到大房間給柯柏看。

照片上是一名年輕的金髮女子和一個穿著短袖襯衫及短褲的小男孩。那女子很美，她和小男孩都對著相機笑得很開心。那女子的衣著及髮型顯示拍攝當時是三〇年代末，相片背景就是馬丁．貝克跟柯柏目前所在的別墅。

「我想，這應該是他父親去世前一、兩年拍的，」馬丁．貝克說，「這地方那時看起來不太一樣。」

「他母親長得很漂亮。」柯柏說，「不知道隆恩進行得如何了？」

•

埃拿．隆恩開車在西潔特繞了許久，才找到柏提．歐洛佛森他母親的住處。她現在改姓倫德伯格。隆恩發現，她先生是一家大商店的部門主管。

來開門的女人滿頭白髮，但她的容貌看起來不超過五十五歲。她身形瘦削，皮膚曬成小麥色，雖然春天才剛開始。當她疑惑地揚起雙眉時，美麗的灰色眼睛周圍可見些許細紋，在她麥色的皮膚襯托下，細紋更顯慘白。

「你好？」她問道，「有什麼事嗎？」

隆恩將帽子換到另一隻手，拿出證件。

「你是倫德伯格太太？」他說。

她點點頭，等他繼續說，眼中同時浮現出一絲焦慮。

「是關於你兒子，柏提・歐洛佛森。方便的話，我想問你幾個問題。」

她皺起眉頭。

「他又做了什麼？」

「希望是沒事。」隆恩回道，「我能進去打擾一會兒嗎？」

女人猶豫地移開門把上的手。

「好——的，」她緩緩地說，「請進。」

隆恩將大衣掛好，帽子放在玄關桌上，然後跟她進入客廳。這客廳布置得相當舒適，選用的家具很有品味。女主人指著火爐旁的扶手椅示意他坐下，自己則坐在沙發上。

「好，」她明快地說，「就直接說吧。柏提的事已經打擊不了我了，你不如直接了當告訴我。他做了什麼？」

「我們在找他，因為希望他能協助我們釐清一個案子。倫德伯格太太，我真的只是想問你，你知不知道他人在哪裡？」

「他不在家嗎？」她問，「渥斯塔那邊？」

「不在。似乎有好一陣子沒回去那裡了。」

「那別墅呢？我們……他在瓦恩德有間別墅。那是他父親、我的第一任丈夫蓋的，那房子現在是柏提的。也許他在那裡？」

隆恩搖搖頭。

「他有跟你提過要去哪裡嗎？」

柏提．歐洛佛森的母親雙手一攤。

「沒有。我們現在幾乎很少說話了。我從來都不知道他在哪裡、在做什麼。比如說，他已經一年多沒來了，來的話也只是想借錢。」

「那他近來有沒有給你打過電話？」

「沒有。當然，我們才剛從西班牙回來，去度假，待了三個星期。不過，就算沒去，我也不認為他會打來。我們已經沒有任何關係。」她嘆了一口氣。「我丈夫跟我很久以前就對他徹底死了心。現在聽起來，他完全沒變好啊。」

隆恩無語地坐了一會兒，看著眼前這個女人。她的嘴角浮現出苦澀的線條。

「你知道有誰可能會知道他的下落嗎？固定的女友？朋友，還是什麼的？」

她短促笑了一聲，冷峻不帶笑意，聽起來假假的。

「我可以告訴你一件事，」她說，「他曾經是個乖孩子，只是後來交友不慎，被人牽著走，反抗我、我先生、他弟弟，其實是反抗每個人。然後他進了感化院，但情況沒有因此好轉。他在裡面不過學會更恨這個社會，還學會如何成為專業的罪犯以及吸毒。」

她生氣地看著隆恩。

「不過，我們的少年感化院和類似機關已經變成犯罪和吸毒的中介機構，我想這已經是公認的事實。你們所謂的行為矯正根本毫無價值可言。」

她所說的隆恩大致都同意，因此委實不知該回說什麼才好。

「呃，」最後他終於說，「看來也許正是如此。」

他打起精神。「無意引你不快，但我能否再請問一個問題？」

她點點頭。

「你這兩個兒子的感情如何？他們有見面或是以任何方式保持聯絡嗎？」

「沒再聯絡了。傑特現在是牙醫，在哥登堡開業。不過，他之前還在這裡的醫學院唸書那時，曾說服他哥哥去給他補牙。傑特是個非常善良的好孩子。他們有一陣子感情很好，但後來出了事。我不知道究竟是什麼事，但兩人從此不再往來。所以我想你問傑特也沒有用，因為他現在對柏提根本一無所知。這點我很確定。」

「你知不知道他們為何反目？」隆恩問。

「不知道，」她撇頭，「完全不知道。總之出了什麼事。柏堤一向在惹事生非，不是嗎？」

她直直看著隆恩，他不安地清清喉嚨。

也許該告辭了？

他站起來，伸出手。

「謝謝你的幫忙，倫德伯格太太。」他說道。

她跟他握手，但沒說話。他拿出名片放在桌上。

「如果有他的消息，也許你願意通知我一聲？」

她仍舊保持緘默，只是陪他走出客廳，為他開門。

「那麼，再見了。」隆恩說。

隆恩走向前院大門時回頭，看到她文風不動地站在家門口，身體挺得筆直，看著他。她比他剛抵達時明顯蒼老了許多。

17.

對於柏提・歐洛佛森，警方多少有了較清晰的眉目，但也不算多。他經手贓車是原本就知道的。他在轉手賣出之前，會將車子重新噴漆，或換過車牌。他很可能也販毒，或許不是大盤，只是維持生活所需。

但這些都不是什麼了不起的發現。因為警方知道歐洛佛森這人也好幾年了，對他的所作所為多少有點概念。麥姆知道的想必是更大條的事，否則歐洛佛森不會甘冒極大的風險將人滅口。

當然，要是麥姆床墊裡那個精巧的裝置的確是歐洛佛森弄的。雖然如此懷疑完全出自揣測，但目前總局裡沒有人懷疑它的正確性。

米蘭德在黑社會進行的調查起先並不順利。首先，他最可靠的線民、一個過去專門破解保險箱的竊賊，原本早已金盆洗手多年，卻因再度犯案而被判三年徒刑，目前已在賀蘭達監獄服刑八個月。接著他又發現，因為大樓拆除，南區那家老闆娘跟他很熟的啤酒屋已經不見了，不然出入的客人應該會有人認識麥姆和歐洛佛森。那位老闆娘已經搬離斯德哥爾摩，據說在卡姆拉開了一家雪茄店。遭遇這些挫折後，米蘭德改往一間同在南區的三流咖啡廳，那裡的常客有幾個慣竊，他們要是心情好，或許會願意拿一些有用的情報換幾杯酒來喝。但米蘭德連在那裡都運氣不佳。那地方已經改了店名，入口上方的告示板寫著「今夜跳舞」。櫥窗裡擺著一大張的樂團彩色相片，一群黑髮男子手中拿著奇怪的樂器，樂器幾乎都被他們的袖口皺邊遮住。門旁的展示櫃裡原本放的是以小小字體寫就的菜單，提供包心菜、肉丸、豆子湯等菜色，但現在已被一張西班牙文的彩色菜單取代。

米蘭德走了進去，站在門邊打量現場。天花板高度降低了，燈光較過去昏暗，桌數比以前多，還鋪著格紋桌巾，牆上掛著鬥牛及佛朗明哥舞者的海報。當時是週五晚上，半數桌位坐的都是喧鬧的年輕客人，完全沒人注意到他。過了好一會兒，他看到一位他認得的女侍。她打扮得像是要去參加化裝舞會，卻拿不定主意究竟該扮成瑞典村姑還是卡門。

米蘭德招手要她過來，問她知不知道老客人都改去哪兒了。她的確知道，也告訴他一個地方，就在同一條街上再往前走一點。道謝之後，米蘭德便轉身離開。

他的運氣在那裡就好多了。他看到遠處的靠牆板凳上有個熟悉的身影正在喝酒。米蘭德就是希望碰到這種人。此人曾是個偽造高手，但因為年歲日增加上酗酒成性，逼得他不得不放棄這個時有時無的賺錢行業。他也當過一陣子的扒手，但不怎麼成功，現在更是連在百貨公司偷雙襪子的能力都沒了。他的綽號叫「鬈毛」，因為他有一頭紅色鬈髮；早在鬈髮開始流行之前，他就留著一頭又長又鬈的頭髮，這個特殊的髮型辨識度高，他有好幾次還因此被指認出來而遭逮。

米蘭德在他對面坐下，鬈毛馬上因為可能有人會請他喝酒而臉色一亮。

「喂，鬈毛，近來如何？」米蘭德問。

鬈毛將杯裡最後幾滴酒晃了一下，一口吞下。

「不怎麼好。沒飯吃，沒地方睡。想找份工作。」

米蘭德知道鬈毛這輩子沒做過什麼正當工作，所以只是平靜地聽著。

「噢，你說你沒地方睡？」

「唉，冬天時在合嘉利德待過一陣子，但那地方真不是人住的。」

一位女侍出現在廚房門口，鬈毛迅速地說：

「而且我口渴得要命。」

米蘭德朝女侍招招手。

「要是你能請客，也許我可以叫好一點的東西。」鬈毛說著，點了一大杯琴湯尼。

米蘭德要女侍拿菜單來。她離開後，他問道：

「不然你平常都喝什麼？」

「就普通的生命之水加糖。不是什麼瓊漿玉液，但人總得衡量自己的口袋深淺。」

米蘭德點點頭，他完全贊同這種說法。但這次是公家付錢，儘管形式上有那麼點迂迴，所以鬈毛雖然說不用，他還是為兩人都點了豬肉和蘿蔔泥。食物上桌時，鬈毛的酒已喝完，所以米蘭德大方地為他再點一杯。由於擔心鬈毛恐怕不久後就會開始醉酒，完全無法溝通，因此他趕緊單刀直入，說明來意。

鬈毛慢慢地想，慢慢地喝，然後問道：

「柏堤・歐洛佛森，他長什麼樣子？」

米蘭德沒有親眼見過此人，但他看過照片，樣子都記在腦子裡。鬈毛深思著，手摸著他那一頭出名的頭髮。

「哦——哦，」他說，「是了，我知道了。賣毒品的是吧？還賣車和一點這個那個的，對吧？我跟他沒私交，但我知道這個人。你想知道什麼？」

米蘭德推開盤子，開始忙著裝填他的菸斗。

「所有你知道的，」他說，「例如，你知不知道他的下落？」

鬈毛搖搖頭。

「不知道，我已經很久沒看到他了。不過，我們活動的圈子本來就不同。他混的地方我從來不去。例如，離這裡幾條街外就有一間他常去的俱樂部，那裡大多是青少年。歐洛佛森比那些客人都來得年長。」

「除了買賣毒品跟贓車，他還幹些什麼？」

「我不知道，」鬈毛回答，「我想只有這兩樣。不過，聽說他也是替人做事的，但不知道是替誰。歐洛佛森不是什麼大人物，但一年前好像突然發了。我想他是替某個手裡很有料的傢伙做事。反正人家是這麼傳的，可是沒有人知道內情。」

鬈毛說話開始大舌頭了。米蘭德問他認不認識麥姆。

「只在烏溫見過一、兩次。聽說他也在那個燒掉的房子裡。他只是個很小尾的，犯不著為他傷腦筋，更何況人也死了。可憐噢。」鬈毛說。

米蘭德離開前猶豫了一下，隨後把兩張十克朗紙鈔塞進鬈毛手裡。

「要是聽到什麼，就給我打個電話。你不妨私下去打聽打聽，好嗎？」

走到門口時，米蘭德回頭一望，看到鬈毛正揮手叫女侍過去。

米蘭德找到鬈毛所說的那間俱樂部。看到擠在門口的那一堆年輕人，他知道，要想不露痕跡混進這群人裡，無疑就像一隻鴕鳥要混進母雞群，於是他繼續往前走，回家去了。

他一到家就打給馬丁·貝克，問他們敢不敢派史卡基到俱樂部裡刺探消息。

班尼・史卡基高興極了。馬丁・貝克一掛斷電話，他就迫不及待打給女友，說他因為接到重要任務，必須取消當晚的約會。他故意遮遮掩掩地說這趟任務與追捕某個危險的殺人犯有關。但她似乎不覺得這有什麼了不起，事實上，她反而非常生氣。

當天時間，他大多用來完成他每週五固定排定的活動。首先，他拉半小時的單槓，接著到臥客舒澡堂洗蒸氣浴，再游上一千碼，回到家後，繼續坐在書桌前研讀兩個小時的法律。

傍晚時分，他開始思考要如何打扮，才能盡量不帶警察味。他想扮成花花公子。史卡基一向穿著正式，他很難想像自己不打領帶就去上班。他不常上酒吧，更不常到餐廳或夜店，因此不太確定別人到那樣的地方會怎麼打扮。不過，他還是有一點概念，知道自己衣櫥裡那幾件普通的現成西裝絕對不會是年輕花花公子的選擇。最後，他到國王島的父母親住處向他弟弟借衣服。他母親做了牛肉漢堡，所以他也趁機在那裡解決了晚餐。在餐桌上，他舉例說明自己的探員工作是多麼危險，但舉的例子全都是騙人的，聽得他父母既驚訝又驕傲，末了，他還修改了發生在剛瓦德・拉森身上的真人實事當作結尾。

回到位在阿巴罕斯堡的住處後，他立刻換裝。感覺很奇怪，但他攬鏡自照時非常滿意，他相信整個警局裡沒人想得出這一招。

這是一件細腰身的長版外套，口袋開斜，頸後還有片寬領豎起來。低腰褲非常緊，扣子扣在肚臍下，像緊身褲的褲管緊緊裹住大腿，卻在膝下呈圓椎狀向外敞開，走路時，那寬褲管就拍打著他的足踝，讓他很不舒服。外套是亮藍色的楞條花布，搭配的是亮橘色高領套衫。

班尼·史卡基覺得，喬裝成這樣就萬無一失了。十點一過，他就踏進那家夜店。夜店位在地下室，在被人推擠著走下樓梯之前，他先繳了三十五克朗的會費。

這地方有兩個大房間和一個小房間。空氣中充滿菸味及汗味。

眾人在其中一個大房間裡隨著狂熱的流行樂樂團跳舞，有些人則坐著喝啤酒，用震耳欲聾的聲音大聲交談。小房間裡大致相當安靜，似乎是保留給喜歡坐在餐桌前吃點東西、喝點酒，加上在搖曳燭光中純情地牽牽小手的人。史卡基覺得，那些人之所以那麼安靜，是因為那些蠟燭耗光了僅存的氧氣，這些人皆因缺氧而瀕臨死亡。

他擠到吧台那裡，等了一會兒才拿到一瓶啤酒。啤酒到手後，他就四處走動，研究現場這些客人。有幾個女孩看來根本還不滿十四歲，至少有五個男人超過五十歲，但一般說來，來客平均年齡是在二十五到三十歲之間。

史卡基決定在向人搭訕前先聽聽別人都在談什麼。他小心地挨近四個站在角落、彼此靠得很近、年約三十的男子。從表情看來，他們討論的顯然是極為重要的議題。他們皺著眉，沉思地啜飲啤酒，有人發言時專心地聽，不時以不耐的手勢打斷對方。史卡基直到趨近他們身邊才聽到他們在說什麼。

「我不覺得她有任何Libido（性慾），」其中一個說，「所以我建議找麗塔。」

「她只肯一對一，」另一個說，「所以我提議找碧朋。」

另外兩位喃喃地表示同意。

「好，」頭一個男人說，「那我們就找碧朋，這樣至少就有三個了。好，走吧，我們去找她。」

四個男人消失在舞客之間。史卡基繼續站在原地，想著這個「Libido」不知是什麼玩意兒。回去得好好查字典。

圍著酒吧的人群已不若先前擁擠，史卡基擠到吧台。酒保過來招呼他時，他叫了啤酒，然後不經意地說：

「有沒有看到歐洛佛森？」

那人在條紋圍裙上擦擦手，搖搖頭。

「沒有，已經好幾個禮拜沒看到他了。」

「他的死黨呢？有沒有人在這裡？」

「不知道。對了，我剛剛才看到歐列。」

「他現在人在哪裡？」

酒保的目光在人群中搜尋，然後對著史卡基背後斜對角處的某個地方點點頭。

「就在那兒。」

史卡基轉過頭。那裡至少有十五個人。

「他長什麼樣子？」

酒保驚訝地揚起眉毛。

「我還以為你認識他，就站在那裡，穿黑色套頭、留短腮鬍子那個。」

史卡基拿起啤酒，在櫃檯上放下酒錢之後便轉身。他馬上就看到那個名叫歐列的男子，雙手插在褲袋，正站在那兒跟一個身材嬌小、但髮型跟胸部都十分招搖的金髮女子說話。史卡基走過去，在那人肩上輕拍一下。

「嗨，歐列！」他說。

「嗨。」那男子回答得有點猶豫。

史卡基對那金髮女子點個頭，她回以親切的眼光。

「最近怎麼樣？」留著短腮鬍鬚的男子問道。

「很好，」史卡基回答，「聽著，我在找柏仔，柏堤・歐洛佛森。你最近有看到他嗎？」

歐列從褲袋裡抽出手，食指戳著史卡基的胸口。

「沒有。我到處都找不到這傢伙，人也不在家。不知死到哪裡去了。」

「你最後一次見到他是什麼時候啊？」史卡基問道。

「媽的，好久了。等等，我想應該是二月初，他說他得去巴黎一、兩個星期，之後就沒再見過他了。你找他幹嘛？」

那金髮女子已經走開，跟幾呎外的一群人湊在一起，但目光仍不時瞄向史卡基這個方向。

「噢，只是想找他談點事。」史卡基含糊地回答。

歐列抓住他的臂膀，身體前傾。

「如果你是要找妞兒的話，可以跟我談。」他說，「其實我從他那裡接收了一些。」

「也是，他不在，生意還是總得有人照顧吧。」史卡基說。

歐列咧嘴而笑。

「如何？」歐列問道。

史卡基搖搖頭。

「不，」他說，「不是女人，是其他事。」

「啊哈，我懂了。不過，那個我恐怕幫不上忙。我自己手頭上的事已經夠煩了。」

那金髮女子過來扯扯歐列的臂膀。

「就來了，寶貝。」歐列說。

史卡基不會跳舞，但還是邀請一個看來很可能是歐洛佛森或歐列旗下的女子共舞。她一臉無趣地看看他，跟他下了舞池，機械性地擺動身體。她不是個好聊的人，但史卡基還是發現她並不認識歐洛佛森。

在辛苦地和四個不同的女子跳過舞、廢話連篇之後，史卡基終於有了收穫。第五個女子幾乎跟他一樣高，有微凸的淡藍色眼珠，豐臀，乳房小而挺。

「柏仔？」她說，「我當然認識柏仔。」

她立定站著，雙腳像是被釘在地上，就只是搖著臀，挺出胸部，彈著手指。史卡基其實不必跳，只要站在她前面就好了。

「不過我已經不在他底下工作了。」她補充道，「我現在自立門戶。」

「你知道他在哪兒嗎？」史卡基問。

「波蘭，前幾天才聽人說的。」

她的臂繞了一圈又一圈。史卡基也彈了幾下手指，意思意思，免得看起來太過懶散。

「你確定嗎？波蘭？」

「對啊，有人這麼說，但我不記得是誰了。」

「什麼時候去的？」

她聳聳肩。

「不知道。離開好一陣子了，不過，他無疑會再出現的。你要什麼？馬（海洛因）嗎？」

音樂聲實在太大，他們說話得用吼的。

「是的話，也許我幫得上忙！」她叫道，「不過你得等到明天！」

史卡基又找到三個認識歐洛佛森的女子，但她們同樣不知他的下落，近幾週內完全沒有人看過他。

凌晨三點，燈光開始一明一暗地閃爍，催著舞客該散場了。史卡基走了好一段路才攔到計程車。他的頭因為啤酒和污濁的空氣而昏沉，渴望快點到家上床休息。

他的口袋裡有幾個女人的電話，其中兩個說要給他當模特兒，兩個對他有好感，還有一個想賣毒品給他。除此之外，當晚的收穫實在不多。明天他得向馬丁・貝克報告，說他唯一的發現是柏堤・歐洛佛森失蹤了。

不過還是有兩件事值得一提。

他約略知道了柏提・歐洛佛森失蹤的時間。

還有他去了波蘭。

還是有點收穫，史卡基心想。

18.

當剛瓦德．拉森洗過澡、神清氣爽地走進國王島街警局凶殺組辦公室時，他完全不知道麥姆的案件進展到什麼程度。那天是三月二十五日，週一，是他銷假上班的第一天。

上週二在跟馬可斯．卡爾森衝突過後，他就不接電話了；而在刊出瑪德蓮．奧爾森去世的新聞後，報紙也不再對那場火災也有隻字片語的報導。雖然他遲早會得到獎章，但他的英勇事蹟以及這起不幸事件都已成過往，剛瓦德．拉森的名字已然淡出大眾的記憶，隱沒在陰暗角落。這邪惡的世界充斥各種頭條新聞。自殺新聞在瑞典報界並不受大眾認可，一方面是這種消息令人難以卒睹，另一方面則是因為如此事件實在太多；即使是三人命喪火場，也不是什麼能持續報導的新聞。此外，警方也不值得媒體大肆褒揚；除非他們能斷絕毒品走私，或妥善處理那些數不盡的示威事件，再不然就是確保民眾能安全、自由地在街上行動等等。

因此，當剛瓦德．拉森看到剛和哈瑪開完會、魚貫走出的那一大票人時，他目瞪口呆，滿臉藏不住的訝異。米蘭德、伊克、隆恩、史托葛林都在，更別提馬丁．貝克和柯柏了；除非必要，他絕對不想跟後面這兩人說話。就連史卡基也都在走廊上匆忙來去，裝出一副老成持重的樣子，想向他跟隨的大人學樣。

「他媽的出了什麼事？」剛瓦德問。

「呃，哈瑪正要決定行動總部是要設在這裡，還是瓦斯貝加。」隆恩陰鬱地回答。

「我們在找誰？」

「一個叫做歐洛佛森的人，柏堤・歐洛佛森。」

「歐洛佛森？」

「這個你最好讀一下。」米蘭德握著菸斗頭，敲著一疊打字文件。

剛瓦德拿過來讀。

隨著展讀過程，他的兩道濃眉糾結得更加嚴重，臉上表情更顯困惑。最後，他放下文件，難以置信地說：「這什麼意思？是在開玩笑嗎？」

「很不幸，不是開玩笑。」米蘭德回道。

「縱火是一回事，但在床墊裡放置定時炸彈……你是說，有人真的把這當真？」

隆恩陰鬱地點點頭。

「真有那種東西？」

「呃，葉勒摩說有，說最早是在阿爾及利亞發現的。」

「阿爾及利亞？」

「南美洲一些地方也很流行。」米蘭德說。

「那個叫歐洛佛森的又怎麼了？他人在哪裡？」

「失蹤了。」隆恩簡單扼要地答道。

「失蹤？」

「他說要出國，但沒有人知道他在那裡，國際警察也找不到他。」

剛瓦德拿裁紙刀在兩顆大門牙之間剔著，陷入沉思。米蘭德清清喉嚨，走了出去。馬丁．貝克和柯柏則走進來。

「歐洛佛森，」剛瓦德自言自語，「就是他供藥給馬可斯．卡爾森，將走私的酒運給羅斯，同時也是麥姆偷車的幕後主使。」

「麥姆在南鎮市被攔下時，車上名牌掛的就是歐洛佛森的名字，」馬丁．貝克說，「就是因為要將他緝捕到案，竊盜組才會急著監視麥姆。他們在等歐洛佛森現身，而且認為麥姆為了自保，會願意出來作證。」

「所以，歐洛佛森是這整起事件的關鍵人物。他的名字一再出現。」

「你以為我們沒發現這一點嗎？」柯柏的語氣流露出極端的厭惡感。

「所以，只要抓到這人就好啦，」剛瓦德得意地說，「當然，縱火燒房子的一定是他。」

「那傢伙已經消聲匿跡了，」柯柏說，「你還沒搞懂嗎？」

「怎麼不在報紙刊登尋人啟事？」

「好把他嚇走？」馬丁・貝克問道。

「人都已經失蹤了，是要怎麼把他嚇走？」

柯柏受不了地白了他一眼，聳聳肩。

「人笨也該有個限度！」他說道。

「只要歐洛佛森認為我們以為麥姆是自殺身亡，瓦斯爆炸純屬意外，他就會自認安全。」馬丁・貝克耐著性子解釋。

「那他幹嘛還躲著不露面？」

「這是個好問題。」隆恩說。

「說到問題，我倒有一個要問你，」柯柏兩眼望著天花板，「上週五我找緝毒組的雅克森談過，他說馬可斯・卡爾森在週二被帶過來的時候，看起來好像被人放進了絞肉機裡絞過。我在想，『那個人』不知道指的是誰？」

「卡爾森承認是歐洛佛森供貨給他、羅斯以及麥姆的。」剛瓦德回道。

「他現在可不這麼說。」

「是嗎？他當時可是這麼告訴我的。」

「什麼時候？你詢問他的時候？」

「沒錯。」剛瓦德回道，毫不退讓。

馬丁・貝克抽出一根佛羅里達牌香菸，捏捏濾嘴。「我以前就跟你說過，現在再重覆一次：剛瓦德，你這樣早晚會出事的。」

電話響起，隆恩接起來。

剛瓦德不以為意地打了個呵欠。

「噢，好，你這麼認為嗎？」

「不是這麼認為，」馬丁・貝克嚴肅地說，「而是確信如此。」

「不可能，」隆恩對著話筒說，「不見了？但那是不可能的。沒有東西會那樣憑空消失。呃，我當然知道他很傷心……什麼……跟他說我愛他，告訴他東西丟了就哭是沒有用的。比如說，我們這裡就有人消失啦，如果我只是坐下來哭呢？如果有東西或是有人不見了，應該要……什麼？」

眾人疑惑地看著他。

「對，就是這樣，去找，直到找著為止。」隆恩說完便用力將話筒掛上。

「什麼不見了？」柯柏問。

「呃，我太太——」

「什麼？」剛瓦德叫道，「溫妲不見了？」

「不是啦。」隆恩說，「前天我兒子生日，我送他一輛消防車，花了我三十二克朗五十歐爾。現在卻搞丟了，就在我們自己家裡。現在他哭著要再買一輛。不見了？哼！真是見鬼。就在家裡耶。這麼大的東西。」

他伸出兩隻指頭。

「是嗎？那還真是很大呢。」柯柏說。

隆恩仍坐在那裡，兩隻手指向上伸著。

「很大，可以這麼說。一整輛消防車就這樣不見了，這麼大一輛呢。花了三十二克朗五十歐爾。」

房裡一片沉寂。剛瓦德・拉森眉頭深鎖，直勾勾地看著隆恩，最後自言自語說著：

「失蹤的消防車⋯⋯」

隆恩不解地望著他。

「有人跟薩克里森談過嗎？」剛瓦德．拉森突然問到，「那個瑪麗亞分局的笨蛋。」

「有，」馬丁．貝克回道，「他一無所知。他說麥姆獨自在鹿角街一家啤酒屋坐到八點打烊，然後回家。薩克里森跟蹤他回去，在外頭凍了三個小時。這段時間內他看到有三個人進入那棟建築，其中一人現在已經死了，另一個被逮。然後你就出現了。」

「我想的不是這個。」剛瓦德．拉森說。

他起身走出去。

「他怎麼了？」隆恩問道。

「大概沒什麼吧。」柯柏心不在焉地回答。

柯柏一直在想，剛瓦德怎會那麼順口就說出隆恩太太的名字。他自己根本不知道隆恩已經有了老婆。這是因為他太缺乏觀察力嗎？

•

剛瓦德．拉森想的則是，如果連一個警察都這麼難找，那怎麼可能抓到失蹤的兇手？

傍晚五點了，他找薩克里森已經找了將近六個小時。他在城裡來來回回，像隻無頭蒼蠅。瑪麗亞分局的人說薩克里森剛離開。電話一直沒人接，最後有人告訴他，薩克里森可能去游泳。去哪裡游？也許在臥客舒澡堂，澡堂在城西，往法靈比的半路上。但是薩克里森不在那裡，現場反倒有另外幾個警察在。他們熱心地告訴他，從沒聽過有叫薩克里森的警界同事來這裡，也許他去的是愛力士達澡堂，那邊也有排警察的游泳訓練時段。於是，剛瓦德再度橫越這個灰濛濛、寒冷、刮風、到處有人在發抖的城市。愛力士達澡堂男子部門的管理員非常不友善，堅持來者不換衣服就不能靠進泳池。幾個從蒸氣房出來的裸男說他們是警察，也認得薩克里森，但已經好幾天沒看到他了。事情就像這樣，一直白費工夫。

現在，剛瓦德・拉森正站在索爾街一棟維護良好的老公寓一樓，生氣地盯著一扇黃棕色的門。信箱上貼著一張白色硬紙卡，紙卡上工整地以原子筆寫著「薩克里森」，字的周圍還有某種特別的藤紋裝飾環繞，顯然是以綠色原子筆仔細畫上的。

他按過門鈴，敲過、甚至輕輕踢過門，但就是毫無回應，反倒是隔壁戶的老婦人探出頭來生氣地瞪著他。剛瓦德怒氣沖沖地用力回瞪，老婦人立刻躲回門後。接著門後響起安全鎖鍊和門栓的聲音，也許，她接著還會把家具拖來擋門。

剛瓦德抓抓下巴，不太確定下一步該怎麼辦。是寫個字條塞進他的信箱，還是直接寫在信箱那張討厭的硬紙卡上？

大樓的前門打開，有個年約三十五歲的女人走了進來。她提著兩個紙袋，當中裝滿食物，她朝電梯走去，緊張地瞄著剛瓦德．拉森。

「請問——」

「什麼事？」她緊張地問。

「我在找一位住在這裡的警察。」

「噢，是的，薩克里森？」

「是的。」

「那位偵查員是吧？」

「什麼？」

「薩克里森探員。就是把人從火場裡救出來的那位，對不對？」

剛瓦德直直地看著她，最後說：

「是的，那應該就是我要找的人。」

「我們都非常以他為榮。」那女人說。

「當然。」

「他是我們這裡的警衛，」她告訴他，「很盡責，做得很好。」

「嗯哼。」

「不過挺嚴格的，把小孩管得服服貼貼，有時還戴上帽子嚇唬他們。」

「帽子？」

「對，他在蒸汽鍋房裡有一頂警帽。」

「蒸汽鍋房？」

「是啊。你有去那裡找過嗎？他通常在那下面工作。你去敲門，也許他會開門。」

她往電梯走一步，但接著停下來對著剛瓦德咯咯笑。

「希望你不是來找麻煩的，」她說，「薩克里森可不是好惹的。」

剛瓦德愣在現場，直到那吱吱叫的電梯消失在視野之外才回過神來。然後，他迅速大踏步走向通往地下室的門，步下迴旋的石梯，在一道防火門前停下。他兩手抓住門柄，但搖不動這扇門。

他用拳頭猛槌，門還是不動。他轉過身，以腳跟猛踢五次。厚鐵片發出震耳聲響。

突然，有反應了。

門後傳來很有權威的聲音：「滾開！」

因為幾分鐘前的經歷實在讓剛瓦德太驚訝了，他一時間竟無法馬上反應過來。

「不可以在這裡玩，」那聲音悶悶的，帶著警告意味，「我早就跟你們說過，我只說一遍。」

「開門！」剛瓦德吼道，「你最好在我把整棟大樓敲爛之前把這門打開。」

十秒鐘的沉默。然後粗大的鐵鉸鍊開始吱吱作響，門很吵雜地緩緩打開。薩克里森探出頭，表情既驚訝又惶恐。

「噢，」他說，「噢，我的天，對不起……我不知道……」

剛瓦德將他推到一邊，踏進蒸汽鍋房。進去後，他止住腳步，驚訝地看著周遭。

這蒸汽鍋房整理得一塵不染。地上有一張以彩色塑膠條編織成的鮮豔地毯，在油燃蒸汽鍋爐對面有一張鑄鐵桌腳的白色圓形咖啡桌。此外還有兩把籐椅，椅墊是藍、橘二色的格紋布，還有一大塊花布及手繪的紅花瓶，瓶中插著四紅、兩黃共六枝的鬱金香塑膠花。另外，有一個綠色瓷質菸灰缸，一瓶檸檬汁，一個玻璃杯，以及一本攤開的雜誌。牆上掛著兩樣東西，一頂警帽，以及瑞典國王的肖像。雜誌則是那種犯罪題材的，一半是脫衣女郎，一半是竄改或誇大到完全失真的古典刑案。雜誌攤開，薩克里森若不是在看一篇標題為〈瘋狂醫師將兩名裸女分屍六十大塊〉的文章，就是正在欣賞一整頁的裸女圖；那女郎皮膚粉亮，胸部碩大，跟許多人睡過的私處陰毛剃得乾乾淨淨，以兩根指頭指著，向讀者做出邀請狀。

薩克里森穿著內衣、暗藍色的制服褲，腳上趿著拖鞋。

這房裡的溫度很高。

剛瓦德一言不發。只是自在悠遊地徹底審視著這房裡的各種布置細節。薩克里森眼睛跟著他轉，雙腳重心不安地換過來換過去。最後，他似乎認為用比較輕鬆的語氣會好一些，於是勉強裝出愉快的聲音說：

「呃，既然要在一個地方工作，就得把它布置得好看點，對不對？」

「你就是拿那個來嚇小孩的嗎？」他指著警帽問道。

薩克里森一下子滿臉通紅。

「我不認為——」他張口想說什麼，但剛瓦德立即打斷他的話。

「我不是來這裡跟你討論管教小孩還是室內布置的。」

「噢。」薩克里森謙卑地說。

「我只想知道一件事。當你到達盾牌街的火場，開始救那些人之前，曾經發著抖說什麼『消防車早該到了』。那是什麼意思？」

「呃，我……我意思是……當我說……我沒有……」

「別站在那裡說一堆沒人懂的廢話。直接回答。」

「呃，我走到玫瑰園街時看到火光，就往回跑，跑到最近的電話亭報警，警報中心告訴我說已經有人打過電話，消防車已經到了。」

「那，車有來嗎？」

「沒有，可是……」薩克里森沉默下來。

「可是什麼？」

「警報中心那個接線生確實這麼說。他說，已經派了一輛雲梯車過去，車已經到達現場了。」

「怎麼可能？難道那見鬼的消防車在半路上消失了？」

「我不知道。」薩克里森困惑地說。

「你又跑了一趟，對不對？」

「是的，當你……當你……」

「警報中心的人這次怎麼說？」

「我不知道。那次我跑去用警報箱。」

「但你第一次是在電話亭報警的？」

「對，當時我離電話亭比較近。我跑去打電話，然後警報中心說——」

「說一輛雲梯車已經抵達現場。對，這我已經聽你說過。但第二次他們怎麼說？」

「我……我不記得了。」

「不記得？」

「我當時可能太激動了。」薩克里森語焉不詳地說。

「警察也接到火災通知，是嗎？」

「是……我想應該是，總之……我是說……」

「那應該趕到現場的警車呢？他們也消失了嗎？」

這個穿著內衣及制服褲的男子認命地搖搖頭。

「不知道。」他苦悶地回答。

剛瓦德直直瞪著他，提高了聲音：「你怎麼會笨成這樣？這麼重要的事竟然沒向任何人報告！」

「什麼？我應該報告什麼？」

「報告當你打電話叫消防車時，已經有人打過電話！還有，消防車居然不見了！比如，第一通報警的電話是誰打的？有沒有人問過你這個問題？你明知道我請病假，對吧？我有說錯嗎？」

「沒有。可是，我不明白——」

「老天爺，我看你還真是不懂。你不記得第二次警報中心的人說了什麼，那你記不記得自己說了什麼？」

「有火災，有火災……之類的。我……我當時有點驚慌，加上一路奔跑。」

「有火災，有火災？你完全沒有提到火場在哪裡？」

「有，當然有。我想我當時是用喊的——至少是很大聲地叫道：盾牌街有火災！對，就是這樣，然後消防車就來了。」

「他們沒跟你說消防車已經在現場？我是指，你打這通電話的時候。」

「沒有。」薩克里森想了一會兒，「那輛消防車還是沒出現，對不對？」他怯怯地問道。

「可是第一次呢？當你從電話亭打電話報警時，喊的也是同樣的話嗎？說盾牌街有火災？」

「沒有，我去電話亭打電話時，心情還沒那麼激動。所以我給的是正確的地址。」

「正確的地址？」

「對，環狀路三十七號。」

「可是那房子是在盾牌街。」

「對，但正確的地址是環狀路三十七號。可能這樣郵差比較好找吧。」

「比較好找？」

剛瓦德皺起眉頭。

「這事你確定嗎？」

「確定。我們到瑪麗亞分局上班的第一件事，就是要熟悉第二管區內的所有街道和地址。」

「所以，當你去電話亭打電話時，你說的是環狀路三十七號，但第二次報警時說的是盾牌街。」

「對，我想是這樣沒錯。大家都知道環狀路三十七號就在盾牌街。」

「我就不知道。」

「我是指熟悉第二管區的人。」

剛瓦德似乎有片刻的窘迫，然後他說：

「這件事有可疑之處。」

「可疑？」

剛瓦德走到桌旁，看著攤開的雜誌。薩克里森溜到他身邊想將雜誌抽過來，但剛瓦德將他毛茸茸的大手往上頭一蓋，說：

「不對，應該是六十八。」

「什麼？」

「那個英國醫生，拉克斯頓醫生，他把他太太和女佣鋸成六十八塊。而且兩個人都不是裸體。再見。」

剛瓦德離開索爾街那間蒸汽鍋房，開車回家。他一將鑰匙插進公寓的鎖孔，就把平常的習慣完全拋諸腦後，一直到次日早晨坐到辦公桌前，才又開始動腦筋。

真是令人困惑。他百思不得其解，最後他不得不找隆恩商量。

「真是他媽的奇怪，」他說，「我真搞不懂！」

「什麼？」

「噢，就是關於消防車失蹤的那件事。」

「對啊，真是我碰過最奇怪的事。」隆恩說。

「哦，原來你也在想這件事？」

「是啊。自從我兒子說車不見之後，我就一直在想。他一直都沒出門——他感冒，得待在家裡——可是那車子就這樣憑空消失在房子裡了。」

「你真的笨到以為我站在這裡是要跟你討論你搞丟的玩具？」

「不然你要討論什麼？」

剛瓦德解釋完之後，隆恩搔搔鼻子，說：

「你問過消防隊嗎？」

「有，剛剛才打過電話。接聽的那個人聽起來挺笨的。」

「搞不好他才覺得你笨。」

「哈！」剛瓦德嗤之以鼻。

離開時，他用力地關上門。

隔天，週三，三月二十七日早上，有一場關於調查結果的簡報，但結論簡單來說就是毫無所獲。跟一週前發出公告時一樣，歐洛佛森依然下落不明。警方掌握了一些有關他的情報，例如他有毒癮、是職業慣犯等，但這些是先前就知道的。全國到處都在追索他，若是誇張點，甚至可說透過國際刑警在全球追蹤找人。成千的照片、指紋、說明派送出去。由於消息沒有透過報紙、廣播或電視傳播給大眾，所以雖然陸續有一些毫無價值的密報傳來，但謝天謝地，還不算多。在黑社會方面打探的結果十分有限，也可說是毫無用處。反正，自從一月底或二月初之後，就沒有人見過歐洛佛森了。有人說他已出境，但在國外也沒有人看到他。

「我們必須找到他，」哈瑪極力強調，「現在，馬上。」

他所說的總括起來大概就這麼一句。

「這樣的指示實在沒什麼建設性。」柯柏抱怨。

開完會後，他坐在米蘭德的桌前，漠然地晃著腳，小心地說。

米蘭德向後一靠，肩膀頂著椅背，雙腿交叉向前伸，齒間咬著菸管，雙眼半閉。

「你在幹嘛？」柯柏問他。

「他在思考。」馬丁・貝克替他回答。

「是，我看得出來，感謝老天。但他到底在想什麼？」

「我在想警察很根本的一項缺點。」米蘭德說。

「是喔，哪一項？」

「缺乏想像力。」

「最沒想像力的人還敢說這種話？」

「對，我自己就身受其害。」米蘭德平靜地說。「我在想，這一起是不是又是典型缺乏想像力的案子？搜索行動的想像是不是太過狹隘？」

「我的想像力可沒毛病。」柯柏說。

「等等，」馬丁・貝克說，「能否再進一步解釋？」

他站在入口處，那是他最喜歡的地方。他抬起手肘靠在檔案櫃上。

「一開始，我們都認定瓦斯是意外爆炸，」米蘭德說，「最後總算有證據清楚地顯示，有人試圖以一個精巧的爆炸物殺害麥姆，整個搜索方向隨即再清晰不過：我們務必要找到歐洛佛森。這等於是在暗示犯案者是歐洛佛森。於是我們就朝著這個既定方向狂追，就像戴著眼罩的獵犬。搞不好，到頭來這根本是衝進死胡同。」

「『衝』這個字用得好。」柯柏無精打采地說。

「這是個一再重蹈覆轍的錯誤，有成千成百的重要調查都因為這樣糟蹋掉了。警察找到自以為關鍵的事實，這些事實指向特定方向，於是所有調查全都針對那個方向，其他看法不是被壓抑、就是被拋棄。最有嫌疑的人通常就是犯案者，但這並不表示事情一定如此。就是因為警察這種不切實際的想法，世上才會有那麼多罪犯逍遙法外。假設現在馬上有人找到了歐洛佛森——或許他正坐在巴黎某家餐廳外頭，或是在西班牙或摩洛哥某間旅館的陽台，而且他能證明過去兩個月他都坐在那裡，那我們怎麼辦？」

「你是說，我們根本就別去管歐洛佛森嗎？」柯柏問。

「不是。麥姆對他構成威脅，這在麥姆被逮時他就知道了。所以他當然是最有嫌疑的。我們絕對有百分之百的理由要把他給找出來。但我們忘了他也可能根本與火災無關，對我們破案毫無用處。如果我們最後發現他只涉及販毒，以及造假幾面車牌，那本案的調查不就碰壁了？那些事跟我們這案子根本是不相干的。」

「歐洛佛森跟這件事沒關係才奇怪。」

「沒錯，但有時偏偏就會有怪事。例如，麥姆自殺的同時也有人要暗殺他，就是很奇特的巧合。我在火災現場調查時也被矇過去。另一件顯然沒有人注意到的怪事是：火災發生至今快三個禮拜了，這期間沒有任何人看過、或接到過歐洛佛森的任何消息，正因為如此，有些人就據此下了某些結論。但就我們所知，火災之前，其實已經整整一個月都沒有人知道他的任何消息了。」

馬丁．貝克站直身體，深思著說：

「對，沒錯。」

「你這個看法確實有點意思。」柯柏說。

眾人陷入沉思。

同一個走廊相隔不遠處，隆恩溜進剛瓦德．拉森的辦公室，說：

「你知道嗎，我昨晚想到一件事。」

「什麼？」

「呃，二十年前，我曾在斯堪尼省的倫德市工作過幾個月。我忘記是為了什麼事。」他停下來想了想，接著幽幽然地說：「實在很糟糕。」

「什麼很糟糕？」

「斯堪尼省。」

「啊，你想到的就是這件事？」

「那地方只有豬牛牲畜、田地和學生。而且好熱，我差點沒被熱死。但還有一件事。當時，當地曾發生過一場大火。某天半夜有一間工廠遭大火燒燬，後來發現是守夜的人粗心引起火災。他自己報警求救，但因為驚慌失措，錯打到馬爾摩的消防隊，因為他正是來自馬爾摩。所以，就在倫德這邊的大火燒個不停的同時，馬爾摩的消防隊卻帶著雲梯、幫浦和接人用的兜網等設備，呆呆地在城內四處尋找火場。」

「你是說，薩克里森蠢到人在南區、卻打電話給納卡的消防隊？」

「對呀，諸如此類的。」

「他沒有，」剛瓦德說，「我打給本市附近的所有管區查過，當天晚上無一接到火警通知。」

「如果我是你，我也會打去消防隊查問。」

「如果你是我，你早就被這場火煩死了。更何況，從警察口裡得到清楚回答的機率會好過消防隊。當然啦，也好不了多少。」

隆恩朝門走去。

「埃拿。」

「怎樣？」

「半夜起火的工廠，要兜網幹嘛？」

隆恩想了一會兒。

「不知道，」他終於說，「或許是我想像力太過豐富吧。」

「你這麼認為嗎？」

剛瓦德・拉森說完，聳聳肩，繼續用裁信刀剔門牙。

話雖是這麼說，隔天早上，剛瓦德還是開始打給斯德哥爾摩周遭所有的消防隊。豈料竟然很快就有了答案。

「沒——問題，」蘇納-河岸村城消防隊的職員以誇張的親切態度回道，「當然可以幫你查。」

十秒鐘後。

「是的，當天晚上有一個河岸村城環狀路三十七號的假火警。正確點說，是二十三點十分整，以電話報的案。還有沒有其他要問的？」

「可是警方完全沒有提及此事，」剛瓦德・拉森說，「警察應該會接到通知到場的不是嗎？」

「有啊，有輛配有無線電的警車過去了啊。難道沒有嗎？」

「那通報案電話是透過斯德哥爾摩警報中心傳過去的，還是直接打給你們的？」

「應該是直接打進來的，不過我無法確定。只有一通，是匿名電話，謊報的。」

「那種電話打進來，你們都怎麼處理？」

「當然就出車啊。」

「是的，那個我知道。可是，你們會不會把消息傳給任何單位？」

「會，傳給該區的條子。」

「你說傳給誰？」

「條子啦。我們也會通知警報中心。要知道，要是發生大火，也就是很多人會看到的那種，那我們就會有接不完的電話。我們這裡可能會接上二十五通電話，另外又有一百個人會打緊急電話或四處拉警鈴。所以，我們出車前必須先通告各單位，否則會亂成一團。」

「我懂了。」剛瓦德冷冷地說，「那你知道當天接電話的是誰嗎？」

「當然，是一個叫馬登森的女生，桃樂絲・馬登森。」

「我在哪裡能找到她人？」

「老兄，哪裡都找不到。她昨天去度假了，到希臘。」

「希臘？」剛瓦德．拉森的語氣流露出深深的憎惡感。

「是啊，有什麼不對嗎？」

「簡直錯得一蹋糊塗。」

「鬼咧。沒想到條子會坐在那裡吐槽一堆共產黨式的八股。我自己去年秋天也去過那個叫什麼來著的古希臘城堡，很不錯，而且治安好得不得了。還有，那些警察，真是帥！你們真該跟人家學一學。」

「閉上你的嘴，白癡。」剛瓦德．拉森用力掛斷電話。

因為掛得太急，他漏問一件重要的事，不過他當時實在氣不過。他走進隆恩的辦公室，說：

「能否幫我個忙？打去蘇納-河岸村城消防隊，問他們桃樂絲．馬登森何時會銷假上班。」

「應該可以。你到底怎麼了？看來好像心臟病快發作什麼的。」

剛瓦德．拉森沒有答話，他快步走回自己的辦公室，馬上打去位在蘇納區羅森德街的分局。

既然查了，就查個徹底。

「昨天我打給你，問了一個很重要的問題，是關於三月七日晚上十一點是否有火警的事。」

他先簡要敘述，讓對方知道來意。

「對，就是我接的，我跟你說，這裡沒有接到報告。」

「可是我碰巧知道當晚有一個假火警，更正確點說，報的是河岸村城的環狀路三十七號，並且照平常的方式通知了警察。所以裝有無線電的警車應該會趕到現場才對。」

「奇怪咧，沒有這樣的通報。」

「看在老天的份上，幫我查查看當天值勤的到底是誰？」

「巡邏的嗎？我應該查得到。你等一下。」

剛瓦德不耐煩地等著，指尖在桌上敲個不停。

「有了。八號車，愛力森和瓦思特莫，還有一個叫做藺思柯的見習員警。三號車，克里斯森和卡凡特……」

「夠了，」剛瓦德說，「那兩個愚蠢的混球現在在哪兒？」

「你是說克里斯森和卡凡特嗎？值勤中，正在巡邏。」

「叫他們馬上來見我，立刻就來！」

「可是——」

「沒什麼可是！我要那兩個蠢蛋十五分鐘內來國王島街這裡，在我辦公室裡像雕像一樣給我站好。」

他把話筒掛上時，隆恩正好探頭進來，說：「桃樂絲．馬登森三個禮拜後才會回來。她四月二十二日才會銷假上班。還有，接電話那個人的脾氣實在有夠大。我看他絕對不是你粉絲俱樂部的成員。」

「沒錯，我的俱樂部規模是越來越小了。」剛瓦德．拉森說。

「是啊，我猜也是。」隆恩輕聲說。

十六分鐘後，克里斯森和卡凡特雙雙站在剛瓦德的辦公室裡。這兩人都來自斯堪尼省，都有藍眼珠，寬闊的肩膀，近六呎的身高；兩人也都跟現在坐在桌後那位大人有過恐怖的交手經驗。剛瓦德的目光一落在他們身上，他們的身體就雙雙僵硬起來，確實變得像是一對配備齊全，穿著有肩帶、鈕釦擦得發亮的皮上衣的警察水泥塑像。這兩尊塑像還配有手槍跟警棍。更棒的是，兩人擺的姿態還不同：克里斯森的帽子緊緊夾在左手臂，卡凡特的則戴在頭上。

「我的天啊，是他！」克里斯森小聲地說。「那個差勁……」

卡凡特沒說話。臉上的可怕表情顯示出他決心不讓自己受到恐嚇。

「啊哈，」剛瓦德說，「總算來了，你們這兩個超級笨蛋。」

「你要什……」卡凡特開口，但因桌後那人站了起來，聲音嘎然而止。

「我要知道一點技術上的小小細節。」剛瓦德和顏悅色地說。「三月七日晚上十一點十分，你們被叫去河岸村城環狀路三十七號查看一場火警。還記得這件事嗎？」

「不記得，」卡凡特傲慢地說，「我不記得有這件事。」

「少站在那裡跟我瞎扯，」剛瓦德・拉森吼道，「你到底有沒有去那地址，回答我！」

「是的，也許有，」克里斯森說，「我們……我是說我記得。可是……」

「可是什麼？」

「可是那根本沒什麼。」克里斯森說。

「克勒，你別再說了啦，這樣只是讓自己出糗而已。」卡凡特警告他。說完，他大聲加上一句：「我不記得了。」

「你們要是有哪個敢再跟我說半句謊話，」剛瓦德的聲音起碼放大十倍，「我就一腳把你們踢到史侃諾-佛斯特玻區的失物招領中心，或是你們老家。你們可以在法庭或任何你們爽的地方說謊，但在這裡不行！媽的，還不把帽子給脫掉！」

卡凡特脫下帽子，緊緊夾在左手臂下。他瞥了克里斯森一眼，含糊其辭地說：

「克勒，都是你啦，要不是因為你偷懶……」

「可是一開始是你說不要去的，」克里斯森回嘴，「你說我們什麼都沒聽到，直接開回局裡打卡就對了。你說無線電有問題。」

「那完全是另一件事。」卡凡特說，然後聳聳肩。「無線電出問題是任誰也沒辦法的事，那是一般警察能力之外的狀況。」

剛瓦德再度坐下。

「全說出來，」他簡要地說，「要快，還要簡要。」

「當時我在開車，」克里斯森說，「然後接收到一個訊息——」

「那訊息很不清楚。」卡凡特插嘴。

剛瓦德瞪了他一眼，說道：「別在那裡補充修正，謝謝。而且，謊話不會因為你一再重覆，就更接近真實。」

「呃，」克里斯森不安地說，「我們開到那裡，到那個地址，河岸村城環狀路三十七號時，有一輛消防車已經在那裡了，但現場並沒有火災。所以根本什麼事都沒有。」

「可是有假警報啊。所以你們也就乾脆沒寫成報告，天啊！就因為懶惰及愚蠢，是嗎？」

「是。」克里斯森喃喃地說。

「我們都累壞了。」卡凡特的語氣中還抱有一絲期待。

「為什麼？」

「工作時間又長又累。」

「去你的大頭鬼。」剛瓦德・拉森說道。「你那天巡邏期間一共逮捕幾個人？」

「一個都沒有。」克里斯森回答。

也許不聰明，但挺老實的，剛瓦德心想。

「那天天氣很糟糕，」卡凡特說，「能見度很低。」

「而且我們就快下班了，」克里斯森懇求道，「路線都巡完了。」

「席芙在生病，」卡凡特說，「席芙是我太太。」他補充說明。

「更何況啥事也都沒發生。」克里斯森又重覆一次。

「對。是沒事，」剛瓦德平靜地說，「沒事，什麼事都沒有，只有涉及一起三重謀殺案的主要事證。」

他接著大吼：「滾！滾出去！滾蛋！」

克里斯森和卡凡特倉皇逃出辦公室，兩人的表情都已不再像雕像般僵硬。

「我的天！」克里斯森邊擦著眉上的汗水邊嘆氣。

「克勒，」卡凡特說，「這是我最後一次跟你說。平日我們固然要少管閒事，不聽不看，可是，萬一碰巧真聽到了什麼或看到什麼，看在上帝的份上，千萬要往上呈報。」

「天哪。」克里斯森的語氣中透著不可思議。

二十四小時後，剛瓦德在徹底思考過後，將所有過程按照發生順序，逐一清楚地寫在紙上：

一九六八年三月七日二十三點十分，盾牌街的房子起火。房子的正式地址是環狀路三十七號。同年同一天的二十三點十分，一個至今仍無法確認身分的人打電話給蘇納-河岸村城的消防隊接線生，通知說環狀路三十七號有火災。因為河岸村城也有一條路叫環狀路，所以消防隊就跑去那裡。同時，這場火災的那些訊息也依循平常的作業方式，通報了警方和斯德哥爾摩區的警報中心，以避免重覆。約二十三點十五分時，巡警薩克里森由玫瑰園街的公共電話亭打電話去警報中心，報告說環狀路三十七號發生火災，但未進一步告訴他們是在哪一區。由於警報中心的值班人剛剛才接到蘇納-河岸村城那邊的通知，因此認為指的是同一場火災，就告訴巡警薩克里森，說消防車已出動，而且應該已經趕到現場（雖然確實如此，但消防車去的卻是河岸村城的環狀路）。二十三點二十一分，薩克里森又打了一次電話去警報中心，這次用的是警報箱。而這一次，根據薩克里森親口所述，他說的是：「有火災！盾牌街有火災！」這個敘述不可能引起誤解，因此，消防車就前往環狀路三十七號，也就是盾牌街上那棟房子去了。

打電話給蘇納－河岸村城消防隊的並非薩克里森。

結　論：大火是蓄意縱火引起，由定時炸彈引爆。這個炸彈，如果巡警薩克里森的證詞可信，最晚是在二十一點時藏進麥姆的床墊內。然後，設定三小時後引爆。在這期間，該兇手有充分的時間四處走動。唯一知道該枚炸彈會在二十三點十分引爆的，只有那個裝設（或是唆使，假如有唆使的話）炸彈的人。因此，打電話給河岸村城消防隊的很可能就是此人。

問題一：此人為何會打到錯誤的消防隊？可能的答案：因為他正好在蘇納或河岸村城，而他又不熟悉斯德哥爾摩及周邊的地理。

問題二：為何此人居然會打給消防隊？可能的答案：因為他要殺的只有麥姆一人，並無意殺害或傷害該建築內的另外十個人。以我之見，這一點具有特殊意義，因為這更彰顯出本案是經過精心策劃、具有專業手法的犯罪。

剛瓦德將自己所寫的重讀一遍，思索數分鐘後，將第一段裡「那些訊息」的「那些」去掉，又劃掉「警方和」三個字。他用的是原子筆，劃得十分徹底，所以若想看出原文，恐怕得送到實驗室檢驗才有辦法。

「剛瓦德好像追到什麼了。」馬丁・貝克說。

「是嗎？」柯柏甚為懷疑地說，「追到火車了吧？」

「不，這是很有建設性的，第一個真正的線索。」

柯柏將那份報告讀過一遍後說：「太棒了，拉森！」他說，「簡直一級棒。尤其是句子言簡意賅：『或是唆使，假如有唆使的話』。寫得太好了。」

「你真的這麼認為嗎？」剛瓦德的語氣十分親切。

「不說笑了。」柯柏說，「我們現在只要找到那個混蛋歐洛佛森，將他和那通電話連上關係就好了。但是，要怎樣才能辦到呢？」

「很簡單，」剛瓦德說，「電話是一個女接線生接的，我相信她能認出他的聲音。接線生通常在這方面都很厲害。可惜她目前度假去了，聯絡不上。不過三個禮拜後會回來。」

「在那之前，我們只要把歐洛佛森抓到手就是。」柯柏說。

「沒錯。」隆恩說。

三月二十九日這個週五的下午，他們說的就是這樣。

日子一天天過去，新的月分開始，又過了一個禮拜，很快就要兩週了，仍然沒有那個名叫柏堤・歐洛佛森的男子的蹤影。

19.

馬爾摩是瑞典第三大城，而且與斯德哥爾摩截然不同。這裡的居民人數不及斯德哥爾摩的三分之一，而且分散在平原上，斯德哥爾摩則是建於填土墊高的島上。此外，馬爾摩位在南方，與斯德哥爾摩相距三百六十哩之遙，是瑞典通往歐洲大陸的港口。這裡的生活步調和緩許多，人際之間的關係沒那麼緊張，據說就連警察都比較友善，與社會同調，一如當地較為溫和的天氣。這兒時常下雨，但罕有酷寒，早在斯德哥爾摩的結冰開始溶化之前，鄂留申海的海浪就已拍打著平坦的沙灘和石灰岩質的高地。

相較於瑞典其他地方，這兒的春天通常來得很早，二、三、四月翩然乍到時，常可見陽光和清澈的美景，還有偶爾的極端靜寂。

四月六日，週六，恰好就是這樣的日子。

學校開始復活節假期，許多人都出城了（雖然可能只出去一個週末），去巡視一下避暑別墅，或拜訪鄉下的親友。儘管新綠此時尚未萌發，但也不遠了，路邊則已開滿春天的黃花。

這個週六下午，位在這座城市東北邊的工業港更是靜得出奇，儘管這再自然不過，因為這地區不僅遠離市中心，而且景色對步行者或開車出遊者來說都毫無吸引力；寂靜的長碼頭停著垂頭喪氣的起重機和貨櫃車，還可見成堆的木頭和生銹的鐵梁，一間工廠裡傳來看門狗的吠聲，港口停著幾艘抽沙船，船員全都回家過復活節了。有間上鎖的倉庫外停了兩百輛剛從英國船運過來的亮藍色拖曳機，這些機具很快就會送往附近的農業區。

除了狗吠聲之外，幾百碼外還傳來煉油場微微的機器運轉聲。空氣中也帶有原油氣味，足以刺激鼻子敏感的人。

這整個區域裡只有兩個人，他們是一對趴在港邊釣魚的小男孩。兩個人靠得很近，腿開開的，頭懸在碼頭邊緣外。這兩個小男生有許多相同點，兩個人都是六歲半，黑髮，棕色眼珠，皮膚曬得黝黑，雖然嚴格說來當時仍是冬天。

他們是從城東的貧民窟走過來的，兩人皮帶裡插著刀鞘，釣魚線則捲成一團放在口袋。他們在那兩百輛拖曳車之間跑來跑去，至少玩了一個鐘頭，而且試坐了其中至少五十輛。他們找到一些空瓶，將瓶子扔進水裡，再拿石頭丟瓶子，但是都丟不中；他們還找到一輛已經報廢、準備當成廢物處理掉的舊推物機，成功地從引擎解下幾樣在他們看來有趣又值錢的零件，然後就趴在碼頭上釣魚。這其實才是他們來碼頭的真正目的。

這兩個小男孩不是瑞典人，所以才會有這些行為。因為本國人即使在他們這年紀，也不會想來這裡釣魚。理由很簡單，因為這裡要有魚上鉤的機會幾近於零。這裡只有鰻魚在港口底下的爛泥中橫虐，而鰻魚可不是用釣鉤釣得到的。

這兩個男孩叫奧瑪和穆德拉，南斯拉夫人。他們的父親都是碼頭工人，母親則在紡織廠工作。他們在瑞典生活的時間還沒久到能通曉這裡的語言，穆德拉會用瑞典語數「一、二、三」，但再多就不會了。而他們再多學一點的機會也微乎其微，因為他們的托兒所裡有七成的孩子都是外國人，而他們的父母在錢賺夠了之後就會回到故鄉。

他們動也不動地趴著，眼睛直盯著水裡，心中都想著很快就會有大魚上鉤，說不定魚還會大到將他們拖下水，淹死在海底。就在這時，發生了一件很稀罕、唯有在氣候和水文雙雙異常的情況下才可能出現的事。就在這個陽光燦爛的寂靜午後三點十五分，漂浮在外海洋流裡的一片新鮮淨水，慢慢流經港口那片骯髒的海床。奧瑪和穆德拉突然發現，他們看得到自己在水裡的釣魚線，接著連鉛墜、甚至蟲餌都看得一清二楚。水越來越清澈，最後，他們連海底都看到了。海床上有一只舊尿壺和一根生銹的鐵梁。隨後，他們看到距離碼頭十碼處有一樣東西——那東西讓他們嚇了一大跳，小腦袋裡馬上充滿各種想像。

那是一輛車。他們非常清楚看到那是一輛藍色的車，車尾對著碼頭，車門關著，四個輪子陷在泥裡，就像有人把車開進海底某座祕密之城的市集廣場上停放。就他們所見，那輛車子相當完好，毫無受損的模樣。

海水隨後又開始變得混濁，水底下的車消失在他們眼前。不過才一、二分鐘，車子、尿壺、甚至連釣線都看不見了，只剩灰綠色的骯髒水面浮著一層牡蠣殼色的石油，還有黏稠、塊狀的船隻灰濁漏油。

他們環目四望，想指給別人看，或至少告訴別人，因為現在就是指了也看不到。但在四月這個美麗的週六下午，整個工業港空無一人，就連那隻孤單的看門狗也都不吠了。

奧瑪和穆德拉收好釣魚線，放進早已塞滿舊火星塞、銅管、生鏽螺帽和螺絲釘的口袋。他們跑了起來，盡可能地跑，可是當他們不得不停下來喘口氣時，他們還是在碼頭的東區，因為這地方實在太大了，而他們不過是很小的孩子。

又過了十分鐘，他們才走到有人的濕地街，但還是一籌莫展，因為大家都坐在車裡沿著馬路奔馳，冷漠地懷著既定目標往前開去，沒人有閒情逸致去理會人行道上對著車子揮手的兩個小孩，更何況那兩張深色臉孔還顯示他們是「低等的外國人」。

但是，第二十五輛經過的車沒有棄他們於不顧，反而停了下來。那是一輛黑白二色的德國福斯，車頂上架著無線電天線，大寫的「警察」字樣就在車身上。

車上有兩個穿制服的警察，耶羅夫森和波爾倫。兩人都很和氣而友善，但兩個小男孩說的話他們完全聽不懂。耶羅夫森只能猜出他們一直指著碼頭的海底，其中一個還說了「車子」什麼的。他給他們一人一顆糖，隨後便搖上車窗，笑著揮手道別。

因為耶羅夫森和波爾倫是甚具責任感的警察，加上當天沒有特別的任務，因此就開著車在東碼頭區繞了一大圈。他們一直開到最遠處，再轉向左邊，沿著護欄將車停下，波爾倫下車查看。他甚至爬到護欄上看了幾分鐘。然而，除了採沙者留下的奇特人工沼澤之外，一無所見。他倒是聽到了狗吠聲和煉油場的嘶嘶聲。

•

二十四個小時後，有另一名警察站在工業港的碼頭邊探看。他是位偵查員，名叫梅森。他沒看到車，只有骯髒的海水、一個空啤酒罐，和一個軟趴趴的避孕套。

他是被謠言引來的。在繞了一大圈後，這則謠言已經嚴重扭曲。據傳有兩個南斯拉夫小孩在鐵碼頭看到一輛警車開進水裡。兩個小孩都不到學齡，也不會說瑞典話。他們在碼頭所指的地方也不盡相同；此外，根本沒有警車失蹤。

梅森嚼著牙籤思索著，心不在焉地聽著從附近某處傳來的狗吠聲。他五十來歲，體格壯碩，看來慢條斯理，個性相當溫和。他做事徹底，前前後後將整座碼頭慢慢走了一遍，但沒發現任何特殊或不尋常的事。

他抽出口中的牙籤，丟進水裡。牙籤就在避孕套和啤酒罐之間飄盪著。他聳聳肩，朝車子走去。

他心想，明天再叫潛水伕來吧。

20.

在第三十一次浮上水面時，潛水伕說他發現車子了。

「噢噢。」梅森說。

他將牙籤在雙唇間轉來轉去，想著下一步該怎麼做。

直到這一刻、也就是一九六八年四月八日下午二點二十三分之前，他幾乎確信那輛車完全是那兩個小男孩想像出來的。

現在情形卻完全反轉。

「車子的位置如何？」

「底下能見度太差，」潛水伕說，「不過，似乎是車尾朝碼頭，距碼頭約十五碼。車身略為傾斜，像是沿著護欄開去，來不及轉彎。」

梅森點點頭。

「碼頭這邊完全沒有警告標誌。」潛水伕說。

這個潛水伕不是警察，而且很年輕，經驗不多。

梅森過去這二十年來曾參與過至少十輛落水車的拖吊工作。每一輛出水時都是空車，而且都是報失的車子。沒有人因此曾被起訴，但他確信，那些車主不單是用這種方法處理壞掉的車子，還藉此向保險公司詐領保險金。

「還看到什麼？」

「沒有，剛說了，下面什麼都看不到。車子很小，塞滿泥漿和垃圾。」

潛水伕稍停了一下。

「車在那裡一定很久了。」他說。

「好吧，那最好把它給拉上來。」梅森說。「有必要再下去一趟嗎？我是說，在我們找來絞盤之前？」

「沒有吧，在把車鉤住之前沒什麼可做的。」

「那你先去吃個飯吧。」梅森說。

晴朗的天氣瞬間就變了，天空霎時變得灰濛，雲掠得很低，彷彿快要下雨，風呼嘯著從西北方吹來，寒冷而猛烈。碼頭已恢復平日作息，護欄外，抽沙船及挖泥船嘎嘎呼呼作響，一艘小拖船在港口入口處穿梭，一輛柴油拖運車跟在一個手持紅旗的人身後，避開幾輛貨櫃車，當天早上進港的三艘貨船也正在卸貨。警方或消防隊裡一些被媒體收買的線民早已通知報社，所以現場已有十來位記者和攝影師站在寒風中凍了好幾個小時，有的則縮在車裡等著。新聞記者跟潛水伕又引來好奇的群眾，這些人立起衣領，手深深插在口袋裡，在冷風中拖著腳步，來來回回走著。

梅森沒有費事在四周拉起繩子什麼的以限制進出。不時有記者過來問他：「怎樣？」或諸如此類的話。現在又來了。一名男子步出停在一旁的車子，還真的問了一句：

「怎樣？」

「噢，」梅森慢條斯理地說，「水底有輛車。也許半小時後可以拉上來。」

他看看這位認識多年的記者，眨眨眼說：

「能否幫我跟其他幾位也講一聲？反正消息也藏不住，對吧？」

「車是空的，不會錯吧？」記者問。

「呃，」梅森將牙籤換個位置咬，「就我所知應該是。」

「跟以前那些一樣，和保險有關？」

「得先把它吊上來看看，」梅森打了個呵欠，「至少還要再半個鐘頭，這點我很確定。所以你不妨先去找點吃的。」

「那就待會見了。」記者說。

「嗯。」梅森應道，回到他的車子。

他將氈帽推到頭後方，開始撥弄無線電，他邊下指示，邊注意到有些記者接受了他的建議，已經開車離開。

耶羅夫森和波爾倫也在現場。他們倆坐在停於二十五碼外的德國福斯車裡，兩人都想喝咖啡想得要命。幾分鐘後，耶羅夫森雙手背在後面，踱過來問道：

「要是有人問我們在幹什麼，應該怎麼回答？」

「說我們要把一輛舊車從水裡拉上來，」梅森說，「大概再半個小時。你們不妨先去喝個咖啡。」

「謝了。」耶羅夫森說。

那輛小警車以破記錄的速度開走。坐在前座的兩個警察臉色都是沉重中透著堅毅，彷彿正要趕赴一場極其重要的緊急任務。一旦他們開到梅森聽不到的距離之後，說不定還會把警笛和閃燈都祭出來。梅森這麼想著，忍不住笑了起來。

等到一切就緒可以動手拉車時，已是將近一個鐘頭後。耶羅夫森、波爾倫和記者都已回到現場，加上湊過來看熱鬧的碼頭工人、船員，以及附近工廠的工人，現場總共圍聚了一百五十人左右。

「好，」梅森說，「可以開始了。」

一切都很順利，過程完全沒有戲劇性。絞鍊絞緊時發出吱吱響聲，然後泥濘的海水開始繞著一個冒泡的水渦旋轉，接著，金屬車頂冒出水面。

「小心那邊的絞盤。」梅森說。

然後，整台車就拉上來了，還滴著污泥和髒水。車子有點歪斜地掛在鉤上，記者在梅森察看時盡情地拍照。這車子很小，很舊，已經不值幾個錢。是福特出產的安哥利亞或什麼大眾款的車種，以前滿街都是，但現在已經很罕見。

車子看似是藍色的，但很難確定，因為車身覆滿一層灰綠色的黏液。車窗不是破了就是已經搖下，因此整輛車裡全是爛泥跟垃圾。

「放下來吧。」梅森喊道。

人群開始在他身邊擠來擠去。他沉著地說：

「讓開一下好嗎？這樣才有地方把車子放下。」

大家馬上往後挪動，梅森自己也是。小車發出可怕的嘎嘎聲，降落在碼頭上。那聲音大多來自擋泥板和前面的保險桿，那塊保險桿的一端已經破損。

這台車看起來真是慘不忍睹，很難想像當初它剛從達格罕*出廠時，曾經嶄新得發亮，而且還讓第一位車主坐上駕駛座時興奮得心跳加速，滿是驕傲。

耶羅夫森是第一個湊上前探看車內狀況的人。但他身後的人只見他的身體慢慢變得僵硬，隨後很快直起身子。

梅森慢慢跟過去，彎身，透過右車門的破窗往裡看。

在那些彈簧裸露、支架發黑的座椅中，坐著一具泥濘的屍體。那是他此生見過最可怕的屍骸。眼睛只剩兩個大窟窿，下巴已被扯掉。

他站直，轉過身。

耶羅夫森這時已開始機械性地將站在最近處看熱鬧的人往後推。

「別推人群。」梅森告訴他。

接著，他逐一看著最靠近他身邊的人，以響亮但平靜的聲音說：

「車裡有個死人，模樣非常恐怖。」

無人擠向前探看究竟，一個都沒有。

21.

對於不准一般大眾介入警方活動，或是不准拍攝他等等的教條，梅森其實不太在意，只要事情不是警方規則所說的「來自警察局長的命令，或是出於無可避免的狀況」，他都無所謂。此外，即使面對不自然的情況，他也能自然地面對，而且因為他會尊重別人，別人對他也相當尊重。

雖然無論是他或別人都不知道怎麼回事，但那個週一下午，梅森確實把工業港碼頭的現場狀況處理得很好。

如果是由他來處理那個炎熱長夏發生的嚴重騷動，那些事情或許就不會發生了。可是，那是由一些以為羅德西亞就在塔斯馬尼亞**附近，認為焚燒美國國旗是犯法行為，但當著越南人的面擤鼻涕卻值得讚揚的人處理的。這些人認為，水砲車、橡膠警棍和流著口水的狼犬是與人溝通的

* 達格罕（Dagenham）位於英國倫敦，福特汽車廠於此地設有研發中心。
** 羅德西亞（Rhodesia）位於非洲南部，即目前的辛巴威，但塔斯馬尼亞（Tasmania）則是澳洲南方的島嶼。

最佳方式，而處理的結果自然是循著他們的思維呈現。

但梅森此時有別的事要想，也就是說，一具泡了水的死屍。

在水中發現的屍體一向不怎麼好看，這一具更是他見過最糟的。

就連負責解剖的病理師都說：

「天哪！真夠噁心的。」

接著，他開始動手解剖，梅森基於職責，站在角落看著。他的表情非常專注、深沉，那位沒什麼經驗的年輕醫生不時狐疑地瞄他一眼。

梅森很確定，車裡這個男人會給他帶來麻煩。車子一拉出水面，他就猜到不對勁。這回，平常最好用的那些判斷打從一開始就派不上用場。這不可能是保險詐欺。誰會費那麼大的工夫將一輛車齡二十年的破車推落海港？為的是什麼？

這問題的合理答案簡單得可怕，因此，當病理師向他報告初步鑑驗結果時，他毫不驚訝。

「我們這位朋友下水前就已經死了。」

沉默一會兒後，梅森問：

「他大概泡了多久？」

「很難說。」醫生答道。他看看解剖台上那具腫脹的可怕遺骸，問：「水底下是不是有鰻魚？」

「應該是。」

「呃——呃，泡了幾個月吧。至少兩個月，可能四個月。」醫生拿探針探索一下後說：「腐化得很快，不是那種一般的腐化過程。也許是因為水裡有許多化學物質跟骯髒垃圾之故。」

梅森在當天解剖工作告一段落，準備離開之前，又問了他一個問題：

「關於鰻魚的說法，不是無稽之談嗎？」

「鰻魚是一種很神祕的生物。」醫生答道。

「謝了。」梅森說。

解剖在隔天結束，成為報紙上一則十分悲慘的報導。

調查工作進行了很長一段時間，然而結果仍舊極不理想。

倒不是因為毫無發現。事實上，他們發現的根本太多了。

例如，四月二十二日週一，梅森就知道了如下的許多事情：

車子是輛一九五一年的福特Prefect。車身為藍色，不久前才仔細重新漆過。車牌是假的，行車執照、稅單及名牌都不在。警方透過汽車註冊單位連繫上了該車的前兩位合法車主。一位是奧克西的園藝商，他在一九五六年買下，雖然是二手車，但當時車況還相當良好，他前後開了八年，才以一百克朗的價格賣給他的雇員。這雇員只開了三個月。他說，車子雖然還能跑，但外觀實在很糟，所以他就將車留在皇后廣場市場後方的停車場。幾個星期後，車子不見了，於是他去報失。當時他以為車是被警方或交通單位拖走的。

但不論是警察或交通單位都沒有這方面的報告，所以車子一定是失竊了，從此再也沒有人見過這輛車。

關於車內那一位最後的乘客，也有不少可說的。此人四十出頭，身高五呎九，灰髮。死因不是溺斃，而是後腦受到撞擊致死。凶器在頭骨留下一個洞，洞口邊緣沒有碎骨突出，這表示造成頭骨破裂的凶器是圓球形的。

死者顯然是當場斃命。

殺人凶器就在車內——一塊圓形石頭，擠在一隻尼龍皺紗男襪當中。石頭直徑約長四吋，未經琢磨，其實就是一小塊花崗岩塊。襪子從襪口到趾尖共長十吋，法國製，質料很好，是知名品牌，而且大概還沒有人穿過。

死者遺體的手指外皮已因浸泡太久而鬆垮，無法採集指紋，僅能從殘存的皮膚上勉強辨認出一些紋路。

車裡沒有任何可供辨認死者身分的物品。即使是他的衣服，也僅知是外國製的次等貨，但無法確定來自何方，可說就連能指出一個偵訊方向的東西都沒有。

他們發出公告，請知道「一輛一九五一年出廠的藍色福特Prefect，一九六四年後就沒有註冊，車身已重新噴漆」的人站出來，但毫無結果。其實，這樣的結果本來就可想而知。想想看，整個國家正迅速變成廢車墳場，故障的舊車被層層覆蓋在後繼者的毒氣之下。

梅森收好報告，離開辦公室，最後也離開警局。他低著頭，斜切穿過戴維斯廣場，朝酒行走去。

這沿路，他都想著那具水中的遺體。

梅森已婚，過的卻是單身漢生活。大約十年前，女兒和一位來自南美洲的工程師結婚後便隨他搬去厄瓜多，他和妻子開始覺得無法忍受彼此。他在聯隊街靠近和平之家附近租下一間單身公寓，大多數時間都住在那裡。但是每週五傍晚，他會回他太太那裡，待到隔週一早上再離開。對梅森來說，這是個睿智的安排。兩人相處的所有不愉快全消失了，而且現在他們在週末將近時，還會愉快地期待週末相聚。

梅森睡前喜歡坐在他凹陷的老扶手椅中，喝個兩杯。這個週一夜裡也不例外。星期一晚上是他一週當中的另一個高潮。不僅是因為他開始對妻子不耐煩，很高興到週五前都不必再看到她——不過，他到了週四又會開始期待和她相見——也因為他先前已經整整三天在吃飯時連一瓶淡啤酒都沒得喝了。他太太家裡目前完全禁酒。

他調著第三杯「吉本柏格」，腦子裡想的還是那具水中腐屍。

「吉本柏格」是由大約一個調酒量杯量的琴酒、一瓶葡萄汁加碎冰混合而成。這是大戰剛結束後不久，在維爾曼海灘，一個叫吉本柏格的芬蘭－瑞典聯合騎兵隊的軍官教他調的；葡萄汁在當時仍十分罕有，他從此就喝上癮。

梅森參與過多起謀殺案的調查工作，但他的經驗對車裡這位死者似乎派不上用場。這顯然是一起蓄意謀殺案，而且兇手用的是非常簡單、有效、幾乎無法追查，而且毫不起眼的凶器。圓石頭到處都有，擁有一雙法國製的黑襪子也不可能會引人注意。

車裡這男子是一擊致命。行兇者隨後將他的屍體放進舊廢車內，再將車推落水下。

也許他們假以時日便能查出死者身分，但讓他覺得不舒服的是，兇手其實不太擔心這一點。

說來氣短，要偵破這件案子看來相當難了。梅森有個預感，即使案子能偵破，恐怕也是許久之後。

22.

桃樂絲·馬登森在四月二十日星期六的傍晚回到家。

現在是週一上午八點，她正站在臥室的大鏡子前欣賞自己曬成小麥色的肌膚，心想同事們看了不知會有多羨慕。她的右大腿上有一個難看的愛的咬痕，左胸另有兩處。她扣起胸罩時心想，接下來這一週得遮好，免得碰上尷尬的問題還得解釋。

門鈴響起。她套上洋裝，又匆匆套上拖鞋跑去開門。門口被一個高大的金髮男子填滿，他穿著斜紋軟呢西裝，外加一件敞開的運動外套。

他瓷藍色的眼睛直視著她，說：

「希臘怎麼樣？」

「棒極了。」

「你難道不知道，那裡只要開個軍事會議，就可以把成千上萬的人關進政治監獄，而且每天都有人被凌虐至死嗎？還有，他們也會用鐵鉤把女人吊在天花板上，用電鋸切掉她們的奶頭？」

「當外頭陽光普照，大家都在跳舞、興高采烈的時候，你根本不會去想這些問題。」

「興高采烈？」

她打量著他，心想，自己這一身日曬膚色映襯身上這件白色洋裝，應該很好看。眼前這男人是個真漢子，她一眼就看得出來。高大、壯碩、直率，也許還有點粗魯？太棒了！

「你是誰？」她語帶興趣地問。

「警察。我姓拉森。今年三月七日晚上十一點十分，你曾經接到一通謊報火警的電話，你記不記得？」

「噢，對。我們很少接到假通報。河岸村城環狀路。」

「很好。那人說了什麼？」

「『環狀路三十七號房子著火，底樓』。」

「打電話的是男是女？」

「男的。」

「他還說了其他什麼嗎？」

「沒有，就那樣。」

「你確定那就是他使用的字眼？」

「對，一字不差。」

他從口袋裡拿出紙筆，寫下一些東西。

「你有注意到任何其他的事嗎？」

「有啊，很多。」

他似乎十分驚訝，皺起眉，一雙藍眼貪婪地直直望著她。總算有個很正點的瑞典男人。自己身上那些咬痕實在很糟糕；不過，也許他是那種不會介意的男人。

「是嗎？像是什麼？」

「首先，他是從公共電話亭打來的。線路接通前，我先聽到銅板掉進投幣箱的聲音。也許是從河岸村城某座電話亭裡撥出的。」

「你為何會這麼認為？」

「呃，你知道，因為那裡有些電話亭裡還貼有舊公告，公告上有火警時可直接撥進我們那裡的專線號碼。但現在都是要人打大斯德哥爾摩區警報中心的緊急電話。」

拉森點點頭，將這點記下來。

「當時，我複述了一遍地址，要問他：『是在城裡嗎？我是說，在河岸村城嗎？』接著我就要問他名字等等的。」

「但你沒有？」

「沒有。他只說了『是的』就把電話掛了。彷彿很匆忙似的。不過，打來通報火警的人通常都很慌張。」

「所以他打斷了你的話？」

「對，我想我連『河岸村城』都還沒說出口就被打斷了。」

「沒說出口？」

「呃，我是把話說完了，但他中途就插話說『是的』，接著就掛斷。所以我想他根本沒聽到。」

「你知不知道，斯德哥爾摩一個同名的地址在同一時間也有一場火災？」

「不知道。當時斯德哥爾摩也有一場大火，這我是十或十二分鐘後才接到警報中心通知。不過那是在盾牌街。」

她以犀利的目光看著他說：

「等等，你不就是那個在火場營救眾人的傢伙嗎？」

他沒答話。停頓了一會兒後，她說：

「沒錯，就是你，我看過你的相片。但我不知道你這麼高大。」

「你的記性顯然很好。」

「一知道那是謊報火警，我就試著回想、而且記下那段對話，因為事後警方通常會想知道。我是說外地的警察。但這次他們沒問。」

這男人皺起眉頭。他皺眉還挺好看的。她將右臂稍稍往前挺出，同時彎膝，提起腳後跟。她有雙美腿，這雙腿現在更是曬成漂亮的小麥色。

「關於那個人，你還記得什麼？」

「他不是瑞典人。」

「是外國人？」

他的眉頭糾結得更深了，銳利的眼光盯著她。真討厭！她竟然穿著拖鞋！她的腳很好看的，她很清楚這一點，而腳有時是很有吸引力的。

「是的，」她說，「他有很重的外國腔。」

「什麼樣的腔調？」

「不是德國腔，也不是芬蘭腔，」她說，「當然也不是挪威或丹麥的。」

「你怎麼知道？」

「芬蘭腔我一聽就知道，而我曾經……跟一個德國人訂過婚。」

「那他的瑞典話說得很糟糕嗎？」

「不，完全不會。我聽得懂，而且他說得又快又溜。」

她皺著眉回想。這樣的表情應該很迷人才是。

「也不是西班牙人或英國人。」

「美國人嗎？」拉森說。

「當然不是。」

「你為何那麼確定？」

「我認識不少住在斯德哥爾摩的外國人，而且我每年會去南邊度假至少兩次。況且，英國人和美國人從來不學瑞典話。他有可能是法國人，也可能是義大利人。不過，就像我剛才說的，他可能是法國人。」

「不過，這只是猜測，對嗎？」

「呃——比如說，他說『浩茲』。」

「浩茲？」

「對，甚至是『奧茲』，因為我幾乎聽不到最前面那個『h』音。他把房子house說成了『奧茲』而不是『浩斯』。」

他低頭看看他的筆記，說：

「讓我們逐字核對一下。起先，他說『環狀路三十七號的房子著火』？」

「不，他說的是『環狀路三十七號房子著火，底樓。』而且他把house說成『奧茲』，seven說成『接本』。我覺得那很像法國腔……」

「你也跟法國人訂過婚？」

「呃，我認識幾個……我有一些法國朋友。」

「他的『yes』是怎麼發音？」

「那個『e』發成開口音，像斯堪尼人的發音。」

「我們會再跟你聯絡，」他說，「你最棒了。」

「那你要不要——」

「我是指記憶力。再見。」

•

「歐洛佛森說瑞典話是否可能帶著口音，會把房子說成『奧茲』，把七說成『接本』？」隔天，當眾人齊聚國王島街的總局時，拉森這麼問道。

眾人疑惑地看著他。

「還把一樓說成底樓？」

無人回答，剛瓦德也沉默地坐著。過了一會兒，他轉向馬丁・貝克，說：

「瓦斯貝加那邊那個叫沙雞的小鬼……」

「史卡基。」

「對，就是他。可以用嗎？」

「看用在哪裡。」

「他能不能到河岸村城去查看所有的電話亭？」

「不能叫那邊的警察去查嗎？」

「門兒都沒有。不行，就要那個小子過去。他可以帶張地圖，標出還貼有河岸村城消防隊電話號碼舊公告的公共電話亭。」

「你能不能再詳細解釋一下？」

剛瓦德・拉森解釋了一遍。

馬丁・貝克手若有所思地摸著下巴。

「真是神祕。」隆恩說。

「什麼很神祕？」哈瑪怒氣沖沖地走進來，柯柏跟在後面。

「所有的事。」隆恩沮喪地答道。

「剛瓦德，有人告你怠忽職守。」哈瑪對著他揮動一份文件。

「誰？」

「蘇納一個叫厄勒洪的巡佐。他說有人向他報告說，你在值勤期間向當地的消防隊散布許多共產黨式的激進言論。」

「呦，厄勒洪啊，」剛瓦德．拉森說，「這又不是第一次。」

「上次告的也是同樣的事嗎？」

「不是。上次是因為我在克萊拉的警衛室裡說了一句髒話，他就說我敗壞警譽。」

「他也打過我的小報告。」隆恩說，「去年秋天，在那起公車兇殺案之後。他說我在御林軍醫院詢問一位垂死的老人時沒有報上姓名和階級。他自己根本也看到，那人斷氣前的清醒時間還不到三十秒。」

「呃，案子進行得如何了？」哈瑪帶著挑戰的意味問，目光掃過房間。

沒人回答他，幾秒鐘後，哈瑪就走了出去，回去處理那些跟檢察官及警政官員之間沒完沒了的協商，同時應付其他對案情發展問個不停的上級警官。這些真夠他受的了。

馬丁・貝克看起來意志消沉，心事重重。他也罹患了入春以來的第一場感冒，每五分鐘就得擤一次鼻涕。最後他說：

「如果那通電話是歐洛佛森打的，他就有可能是故意變聲。他很有可能這麼做，不是嗎？」

柯柏搖搖頭說：

「但歐洛佛森這個斯德哥爾摩本地人，會跑去河岸村城打給消防隊嗎？」

「就是說嘛。」剛瓦德・拉森說。

四月二十三日，這大抵就是這個週二發生的事。

週三跟週四都過得平淡無奇，但是，當他們週五聚在一起時，剛瓦德・拉森問道：

「沙雞事情辦得如何？」

「史卡基。」馬丁・貝克打著噴嚏說。

「他好像都沒動靜。」柯柏說。

「早知道我就應該自己去，」剛瓦德不悅地說，「那種工作應該一個下午就能解決。」

「他有幾件事得處理，所以直到昨天才有空去了一趟。」馬丁・貝克語帶歉意。

「什麼事？」

「呃，事實上，除了河岸村城的電話亭，我們還有別的事要傷腦筋。」

追查歐洛佛森下落一事毫無進展，也無法追蹤得更緊密。所有能發出的公告與資料，包括相片，描述、指紋、牙醫就診紀錄等等全都發出去了。

對馬丁．貝克而言，那個週末假期特別難熬。除了感冒加劇之外，這個已經夠他焦慮的案件看來更會亂成一團。除此之外，有一件私事對他更是進一步的打擊。他女兒英格麗說想自己搬出去住。這原本沒什麼好驚訝的，她都快十七歲了，各方面都已臻成熟，也很聰明懂事，自然有權過自己的生活，做認為對自己最好的事。他一直都知道這一天遲早會到來，卻沒料到自己會是如此反應。他覺得口乾舌燥，昏昏沉沉。他可憐地打著噴嚏，但一語不發，因為他很了解女兒，知道她是經過深思熟慮、仔細評估後才做出如此決定。

更糟的是，他太太竟冷淡且實際地說：

「我們最好看看英格麗要帶什麼。我們不必為她擔心，她自己會處理。她是我一手帶大的，我最清楚不過。」

這等於是在他受傷的心靈上撒鹽，偏偏她說的大多是事實。

他們十三歲的兒子反應更乾脆。他聳聳肩說：

「好耶，那我就可以搬去妳房間，那裡的插座位置比較方便。」

星期天下午的某個時刻，馬丁・貝克正好跟英格麗單獨在廚房裡。他們面對面坐在鋪著塑膠桌布的餐桌旁。多年來，他們常在無數的早晨就這麼坐著，一起喝可可。她突然伸出手蓋在他的手上。有幾秒鐘，他們就這樣不發一語地坐著。她困難地嚥了一下後，說：

「我知道我不應該說，但我還是想講。你怎麼不跟我一樣，搬出去自己住？」

他驚訝地看著她。

她的目光沒有閃躲。

「是啊，可是……」他語帶遲疑，然後停住。他真的不知道該說些什麼。

但他已明白，這段簡短的對話會讓他想上許久。

二十九日，週一，有兩件事同時發生。

其中一件並非什麼特別大不了的事。史卡基走進辦公室，將報告放在馬丁・貝克桌上。這份報告寫得很好，非常詳盡。根據他調查的結果，河岸村城有六處電話亭仍貼著舊公告。此外，還有兩處可能在三月七日仍貼有舊公告，但目前已經撕除。但在蘇納則沒有這樣的電話亭。雖然沒有人要史卡基去蘇納調查，他還是主動去了。

馬丁・貝克彎身坐在桌前，右手食指撥弄著眼前的報告。史卡基站在六呎外，活像是坐得挺直、想討糖吃的小狗。

也許他應該誇他幾句，否則柯柏一進來又要開始挖苦他。馬丁．貝克一時下不了決定。

就在這時，電話響起，適時解決了他的難題。

「我是貝克。」

「有個偵查員想找你。我沒聽清楚他叫什麼名字。」

「接過來就是……喂，我是貝克。」

「嗨，我是馬爾摩的裴爾．梅森。」

「嗨，你好嗎？」

「還好，星期一總是有點不來勁，而且這裡大家都在瘋網球。今天是跟羅得西亞比賽。」

梅森沉默許久之後說：

「你們在找一個叫柏堤．歐洛佛森的，是吧？」

「對。」

「我找到了。」

「在你那裡？」

「對，在馬爾摩，死了。三個禮拜前找到的，但今天才知道他是誰。」

「你確定嗎？」

「確定，九成確定。他上顎的牙齒跟醫療卡上的記錄相符。而且他的牙齒很特別。」

「其他的呢？指紋，其他的牙齒等等——」

「我們找不到他的下顎，也無法核對指紋，他在水裡泡太久了。」

馬丁・貝克坐挺。

「多久？」

「法醫說至少兩個月。」

「你什麼時候把他弄上來的？」

「八號，星期一。他坐在車裡沉在港口的海底。有兩個小孩……」

「這表示他在三月七日當時早就死了？」馬丁・貝克打斷他的話。

「三月七日？對，至少死了一個月，可能還更久。他在你們那邊最後出現是在何時？」

「二月三日，他跟人說他要出國。」

「結果有嗎？很好，這幫我確定了日期。他大約是在二月四日至八日之間被殺的。」

馬丁・貝克沉默地坐著。如此結論代表著一件非常淺而易見的事：盾牌街那棟房子著火時，歐洛佛森早已死了一個月。米蘭德說得沒錯，他們追錯線了。

梅森也不發一語。

「是怎樣的情況？」馬丁．貝克問。

「詭異，非常詭異。他被一顆包在襪子裡的石頭打死，然後放進充當棺材的舊車。車內及他的衣物上都找不到任何線索。我是說，除了那個殺了他的凶器，以及他剩下三分之二的遺骸之外。」

「我會盡快趕過去，不然就是柯柏過去。我想，你也得上來一趟。」馬丁．貝克說。

「一定得去嗎？」梅森嘆了口氣。

對梅森來說，號稱北方威尼斯的斯德哥爾摩，無疑等同地獄之門。

「呃，這案子挺複雜的，」馬丁．貝克說，「比你想像得到的還複雜。」

「這樣啊，」梅森的語氣中帶著些許譏諷，「那就等你過來了。」

馬丁．貝克掛下電話，心不在焉地看著史卡基。他說：

「這件事你辦得很好。」

23.

五朔節前夜*，春天終於來了，至少在瑞典南方來了。從布洛瑪出發的早班飛機準時在八點五十五分降落在馬爾摩的布拓夫塔機場。魚貫走出的除了一些商人之外，還有一位面色蒼白、全身冒汗的刑事組組長。馬丁・貝克感冒、頭痛，而且厭惡搭飛機，而斯堪地那維亞航空提供的所謂「咖啡」，對他也毫無幫助。梅森站在出口處等他，他體格高大，壯碩，肩膀渾厚，雙手插在大衣口袋內，嘴裡叼著當天早上的第一根牙籤。

「嗨，你看來氣色不太好。」

「沒錯。」馬丁・貝克說，「這附近有廁所嗎？」

五朔節是瑞典的重要節慶，大家在這一天會穿上春裝，喝得酩酊大醉，跳舞，盡情歡樂，享受美食，盼望夏天到來。斯堪尼省的路旁開滿了花，樹木也冒出新綠。草原上，牛羊低頭啃食著

* 五朔節前夜為四月三十日。

春草，作物也已播種下土。學生戴上白帽，商會領袖也拿出沾滿樟腦丸味的紅旗，努力回想《勞工之子》的歌詞。很快就是五月節了，又得暫時偽裝成社會主義者；在那象徵性的遊行中，當管樂隊奏起《國際歌》*時，連警察也馬上站得筆挺。警察當天唯一的工作是指揮交通改道，確定沒人朝美國國旗吐口水，以及真正有話要說的人不會混雜在示威群眾當中。

這四月的最後一天是準備的日子。準備迎接春天到來，準備迎接愛情，以及政治上的謳歌。這是一個快樂的日子，尤其在天氣清朗之際。

在這個快樂的春暖時日，馬丁・貝克和梅森正一起檢視歐洛佛森的遺體，繞著那輛停在警局停車場上的陰森舊車走了一兩次。他們也檢視那塊石頭、黑襪，以及歐洛佛森的上顎石膏模，然後花了很長的時間閱讀驗屍報告。他們很少交談，事實上，也沒什麼特別的可說。梅森倒是問了一個問題：

「除了在此地遭到殺害之外，歐洛佛森跟馬爾摩這地方有什麼關係？」

馬丁・貝克搖搖頭：

「歐洛佛森看來是在做贓車買賣，當然也兼賣點毒品，但主要還是贓車。他將車重新噴漆，弄上假號碼，配上假的行照，然後運出國。他似乎時常取道馬爾摩，也許偶爾會在這兒停留。他在這裡應該有幾個熟人。」

梅森點點頭。

「很糟糕的傢伙，」他有些自言自語，「顯然身體也很差，法醫才會誤判他的年齡。一團糟的爛人。」

「麥姆也是。」馬丁・貝克說，「但這對我們的辦案完全沒幫助，不是嗎？」

「沒錯，毫無幫助。」梅森說。

幾個小時後，他們坐在梅森的辦公室裡，看著外頭柏油停車場上的黑白二色警車，以及偶爾匆促來去的警察。

「唉呀，我們的起跑點看來沒想像中那麼糟糕。」梅森這麼說。

馬丁・貝克訝異地看著他。

「我們知道他二月三日人在斯德哥爾摩，法醫發誓說他最晚二月七日就死了。所以案發時間已縮小到三、四天之間。我也許能找到在這段時間內見過他的人，看看會牽出什麼線索。」

「你怎麼這麼有把握？」

「我們這地方不大，歐洛佛森活動的圈子更小。我手上有幾個線民，他們先前之所以幫不上

＊　國際歌（L'Internationale）是國際共產主義運動最著名的歌曲，讚頌巴黎公社成員的共產主義理想和革命氣概，不僅受共產主義者傳唱，也在許多國家的社會主義者、無政府主義者及左派人士之間廣泛流傳。

忙，是因為不知道我要找的是誰。我在想，也可以透過報紙把消息傳出去。」

「我們不能發新聞，更何況那是檢察官的職權。」

「那不是我的辦事方式。」

「你不會把我們牽扯進去吧？」

「我對你們斯德哥爾摩發生的事毫無興趣，」梅森頗有感觸地說，「還有，關於檢察官之類的不過是個形式，至少在我們這邊是這樣。」

馬丁・貝克在當天傍晚飛回家。他在十點左右回到斯德哥爾摩，兩小時後就倒在巴卡莫森家中客廳裡的那張沙發床上，燈也全熄了。

但他無法入眠。

不過，他太太已經睡著，他能清楚聽到她輕微、平穩的鼾聲從關上的臥房門後傳來。孩子都不在家。英格麗去為明天要舉行的青少年示威遊行製作海報，洛夫也許正在某個沒有父母在場監督的派對裡喝著啤酒、聽唱片。

一陣孤獨感襲上心頭。他覺得生命中缺少了什麼。好比，起身進去臥房褪下妻子身上那件睡衣的衝動。他覺得至少應該要有跟某人，好比說，別人的太太，做那件事的欲望。但跟誰呢？

英格麗凌晨兩點回來時，他仍未入睡。或許那是他太太下的宵禁時間。但另一方面，洛夫不必遵守特定的回家時間，儘管他比姊姊小四歲，聰明程度不及姊姊的一半，連他姊姊百分之一的自我保護直覺和照顧自己的能力都沒有。不過，當然，他是男的。

英格麗躡手躡腳走進客廳，彎下腰，在他額頭上輕輕吻了一下。她身上有油漆味和汗味。荒謬透了，他想。

又過了一小時他才終於睡著。

五月二號早上，馬丁·貝克抵達國王島街警局時，柯柏正在和米蘭德說話。

「太荒謬了！」

柯柏一拳打在桌上，除了米蘭德外，桌上每樣東西全都彈跳起來。

「沒錯，是很奇怪。」米蘭德的語氣沉重。

柯柏穿著襯衫，鬆開領帶，領口敞開，上身傾過桌面，說：

「奇怪！奇怪的也許是我們。有人在這個麥姆的床墊裡放了一顆定時炸彈。我們以為是歐洛佛森放的，可是他早就死了一個月，因為有人敲破他的頭骨，把他的屍體塞進報廢舊車裡，連車帶人通通沉進海裡。我們卻坐在這裡像野地裡的鳥群，毫無頭緒。」

語畢，他靜下來喘口氣，米蘭德也沒說話，他們只是心不在焉地對馬丁·貝克點個頭，彷彿他不在那裡。

「如果我們假設麥姆的死亡與歐洛佛森之死有關聯……」

「但這純粹只是揣測，」米蘭德說，「雖然這兩起事件看起來不可能毫無關聯，但我們沒有證據可將兩件案子連在一起。」

「完全正確，不可能有這麼巧的事。所以我們有理由相信，這事件當中的第三樣要素與另兩件是脫不了關係的。」

「你是指自殺？麥姆自殺的事？」

「當然。」

「沒錯，」米蘭德說，「也許他知道時間到了。」

「正是如此。而且他大概覺得自己開瓦斯解決，會比另一種死法痛快些。」

「事實上，他是怕得要命。」

「他是有理由害怕。」

「結論是，他知道自己不可能繼續活命，」米蘭德說，「他害怕被殺。但若是這樣，殺手會是誰？」

柯柏思索著。然後突然跳脫思路，冒出一句：

「也許是麥姆殺了歐洛佛森。」

米蘭德從抽屜拿出半顆蘋果，用拆信刀切下一小片，放進他的菸袋。

「聽起來不太可能。」他的眼睛連抬都沒抬一下，「麥姆那種角色，不可能有能力犯下這麼大的案子。雖然他可能沒有道德良心上的顧慮，但也可得有能力處理技術上的問題才行。」

「太棒了，斐德利克，你的邏輯毫無破綻。那麼，你得出什麼結論呢？」

米蘭德沒說話。

「你那漂亮的邏輯推論是什麼？」柯柏不放過他。

「結論是麥姆和歐洛佛森同樣都是遭人滅口。」米蘭德略帶勉強地說。

「被誰？」

「我們不知道。」

「對，確實如此。但我們一定查得出來。」

「是的，」米蘭德說，「或許你說的對。」

「專業手法。」馬丁·貝克自言自語。

「完全正確，」柯柏說，「職業殺手。只有職業殺手才會用裝在襪子裡的石頭，以及炸彈之類的東西。」

「我同意。」米蘭德說。

「就因為這樣，我們才會坐在這裡搔頭瞪眼，以為見到什麼神蹟。因為我們處理的一向都是外行人犯的案子，所以長久下來，我們自己多少也都成了外行人。」

「百分之九十八的刑案都是外行人犯下的，即使在美國也是。」

「那不能當作藉口。」

「是不能，」米蘭德說，「我只是在解釋原因。」

「等等，」馬丁·貝克說，「這跟其他件事也搭得起來。自從剛瓦德寫了那個備忘錄什麼的之後，我就一直在想著。」

「對啊，」柯柏說，「那個在麥姆的床墊裡放定時炸彈的人，幹嘛要打給消防隊？」

他在三十秒後自己回答。

「因為他是專業的，是職業殺手。他的工作是做掉麥姆，但可沒興趣讓十個人一起陪葬。」

「哼嗯，」米蘭德說，「這種說法還滿有道理的。我曾讀過，職業殺手其實不像業餘的那麼嗜血。」

「昨天我也讀過相同的東西。」柯柏說，「我們換個相反的角度，舉一個完全外行者、例如我們那個一度受人尊敬的同事歐丁來說吧。十七年前，他在斯堪尼省殺了九個人時，可就完全沒有這些考量了。只因為未婚妻取消婚約，他就放火把整間老人之家全給燒了。」

「但他是精神失常才會那樣。」馬丁．貝克說。

「所有犯下殺人罪的外行人都是精神失常，即使只在行兇當下失常。但職業殺手可就不一樣了。」

「可是瑞典現在沒有職業殺手啊。」米蘭德沉思地說。

柯柏投過探視的一眼，說：

「誰說他是瑞典人？」

「如果他是外國人，那就吻合剛瓦德的推論。」馬丁．貝克說。

「最重要的是，也吻合我們的猜測。」柯柏說，「既然在討論，就乾脆猜個夠。比方說，你們認為那個在麥姆床裡裝炸彈、又敲破歐洛佛森頭骨的傢伙目前還在瑞典嗎？你們認為犯案後他隔天還會繼續待在這裡嗎？」

「不會，」米蘭德說，「何必如此？」

「當然，沒有證據證明我們講的是同一個行兇者。」柯柏思索著。

「有，」米蘭德說，「有一件小事。」

「對，」馬丁．貝克同意，「有一件事讓這個假設變得極有可能。要在馬爾摩殺人，而且在盾牌街縱火，這個人對當地得有某種程度的熟悉才行。」

「唔，」柯柏噘起嘴，「一個以前來過瑞典的人。」

「瑞典話說得還可以。」米蘭德說。

「對斯德哥爾摩和馬爾摩都有點了解的人。」

說話的是柯柏。

「但知道的還不夠多，所以才搞錯對象，打到河岸村城、而不是斯德哥爾摩通報火警。」

發言的是馬丁・貝克。

「話說回來，誰會想到要把盾牌街上的房子說成是環狀路三十七號？」柯柏突然這麼問，「我是說，除了交通管理局和幾個警察之外。行政單位有誰會這樣？」

「有人寫了地址給他，但沒在地圖上指給他看。」米蘭德點燃菸斗。

「一個對斯德哥爾摩街道所知有限的人。」馬丁・貝克說。

「一個外國人，」柯柏說，「外國的職業殺手。在兩起案件中，他用的都是瑞典過去沒出現過的凶器。葉勒摩說，那種定時炸彈是法國發明的，在阿爾及利亞很流行。要是有個瑞典的幫派人士突然想殺歐洛佛森，他一定是用鐵管或腳踏車鍊。」

「將石塊塞進襪子裡當凶器，這在大戰期間常用，」馬丁・貝克說，「間諜跟情報員之類的人常用這個清除通敵者或礙眼的人。一些不想被搜到身懷槍枝刀械的人也會用。」

「挪威也有這樣的案件。」米蘭德說。

柯柏抓抓他的一頭金髮。

「這些消息都滿好的，」他說，「但總該有殺人動機吧。」

「應該是。」馬丁・貝克說。「事實上，這更強化了麥姆與歐洛佛森兩案之間的關聯。一個人會被職業殺手做掉的原因是什麼？」

「因為他們令人不安。」米蘭德說，「我們可以猜測歐洛佛森和麥姆之間的關係。兩人應該都是偷車賊，至少跟竊車行業有關。」

「對偷車賊而言，車子值不了多少錢，」馬丁・貝克說，「只要有人想買就會賤賣。」

「歐洛佛森跟麥姆將車子重新噴漆，配上假車牌和證照，然後開過邊境，到某個國家，不是自己把車賣掉，就是將車交給別人。」

「後者最有可能，對吧？」柯柏說。

他生氣地搖搖頭，繼續往下說：「他們跟某人、或某一群人，替某個涵蓋許多其他行業的大企業集團打點瑞典這邊的生意。但他們出了狀況，所以公司決定把人滅口。」

「沒錯，應該就是這個方向。」米蘭德說。

柯柏沮喪地搖搖頭說：

「你想，要是我們把這個假設說出去，這裡他媽的有誰會相信？」

沒人回答。大約三十秒後，他拉過電話，撥了一個號碼，接通後說：

「埃拿？我在米蘭德的辦公室，你能過來一下嗎？」

不到三十秒，隆恩就在出現在門口。柯柏嚴肅地看著他，說：

「我們得到結論了。麥姆和歐洛佛森都是替一個國際犯罪組織——某種黑手黨吧——做事的。我們也認為，他們是被該組織從國外派來的殺手滅口的。」

隆恩的目光逐一掃過現場的每個人。最後，他終於說：

「這麼荒謬的鬼扯蛋情節是誰想出來的？這種事只會現在電影和小說裡。你們是故意串通好來騙我的吧？」

柯柏聳聳肩，一切不言而喻。

24.

班尼．史卡基在地圖上將河岸村城的第八座電話亭畫了個黑色的X。他以每個X為中心，用圓規畫出一個圓。雖然有幾座電話亭集中在市中心，所以有幾個圓重疊在一起，但所有的圓圈相加，大約涵蓋了逾半平方哩的範圍。剛瓦德．拉森當初派史卡基到這個人口稠密的區域尋找那個在三月七日打給消防隊的人時，內心其實根本不抱期望。說那個人是從這八座電話亭當中的一座打給消防隊的看法，不過是種臆測；就算猜對了，要找到一個除了「說瑞典話帶著外國腔」之外就毫無線索的男人，仍是困難重重。

然而，史卡基以無比熱情擔起了這個工作。在開始的前幾週，蘇納－河岸村城的警察還勉強會多少幫他一點，但現在他已經完全獨自作業了。他的工作包括拜訪在圓圈範圍內各棟建築的居民。即使他還年輕，雙腿肌肉發達，這工作還是相當累人。但史卡基非常固執，即使剛瓦德．拉森和馬丁．貝克早已不再期待有所收穫，也根本懶得再問他進展如何，史卡基仍然一有空就到河岸村城去逐戶敲門。他累得每晚倒頭就睡，有幾個禮拜甚至完全忘記自己的體能訓練課程和法律研習。更糟的是，他也忽略了莫妮卡。

史卡基八個月前在一場游泳賽上認識了莫妮卡，從那時起，兩人便頻繁見面。雖然從沒認真談到結婚，但彼此都有默契，一旦找到還可以的公寓，就準備同居。史卡基目前在外租屋，而年方二十的莫妮卡正在受訓，想成為物理治療師，她仍跟父母住在一起。

當莫妮卡五月十六日傍晚打給他時，已是當週她第七次約他見面但約不成了。她非常不高興。

「難道你們那間混蛋警局裡所有工作都得由你來扛嗎？」她怒氣衝天，「難道除了你之外就沒別的警察了？」

這是第一次有人問史卡基這個問題，但顯然不會是最後一次。他大部分的長官，不只是馬丁・貝克，都常聽到各自的妻子這麼問，而他們早已放棄回應了。但史卡基不知道這一點。因此他說：

「當然有啊。可是我一定要找出這個從河岸村城某座電話亭撥出報案電話的人。不幸的是，光做這件事就無暇顧及其他的了。總之，我明天一整天都得挨家挨戶去敲門詢問。我打算早點進行，所以今晚一定得早點睡。」

他聽到莫妮卡深吸一口氣，打算說些什麼，於是趕緊飛快補上一句：

「親愛的，別生氣，我當然想和你見面，但我要是想升遷，就得專注工作。」

然而莫妮卡不接受這個安撫。她威脅說要和一個名叫路爾的體能教練約會後，便用力掛斷電話。史卡基對這個在他眼裡看來相當討厭的傢伙知之甚詳。路爾不僅帥得非比尋常，而且在大多數運動項目上，表現得都比史卡基出色，包括游泳。事實上，足球是史卡基唯一肯定能贏過對方的項目，他常夢想有朝一日能誘使這位先生到足球場上一見真章。一想到莫妮卡要跟這個自以為了不起的傢伙約會，他就氣得不得了，必須連灌兩杯牛奶才能稍微平復心情再打給她。

但他的手才碰到話筒，電話就先響起了。是最最可人的莫妮卡打來的。她充滿懊悔，求他原諒。在長談一個多小時後，他們決定相約隔天莫妮卡下課後在河岸村城見面，共進一頓稍晚的午餐。

週五早上，史卡基直接到他深愛的河岸村城，繼續「敲門行動」。他每天都在地圖上塗掉探訪過的地方，同時列出按門鈴時無人在家的住戶名單。外國人管理局給了一份涵蓋該區依住址登記在案的非斯堪地那維亞公民名單。他七點前就出發，希望能搶在大家出門上班前，趕到名單上的幾個地址，找到他還沒問過話的人。

九點時，名單上的名字已減掉一半，但這是他唯一的成就。

班尼．史卡基穿越河岸村城，走向當天選定要拜訪的住宅區。他走進一座公園，這公園斜斜往上通向山丘上一群高樓。公園沒有人工感，更像是一片原始坡地，顯見這地方在開發計劃中因為擘畫者罕有的慷慨，而得以留存。路徑兩旁的草葉色澤清新，綠意盎然，稍遠處，斜坡樹林裡的杉木間散落著滿地松針，灰色的花崗岩和覆蓋著青苔的石頭從松針下凸露出來。他腳下的路徑蜿蜒行經樺木與橡木叢間，這既不是柏油路，也沒有鋪砂石，而是被人踩踏走出來的一條路。陽光透過輕薄的樹葉，在乾硬的土徑及磨損的樹根上灑下發亮的光點。史卡基放緩腳步，突然注意到空氣中有松針香味，土徑因陽光照射顯得很溫暖，但這感覺只持續片刻。當他再度呼吸時，聞到的只有汽油廢氣，以及從底下街上的燒烤店傳來的變質炸油臭味。

史卡基想著莫妮卡。他們約了三點見面，他充滿期待。因為他們很少整整一週都沒見面。

第一棟建築裡，除了兩戶之外，各層每戶都有人在家。但是沒有人知道三月初是否曾有外國人入住，也沒聽過有人曾打給消防隊。下一棟建築住有兩個外國人，一個是芬蘭人，講的瑞典話很難懂，而且也不是桃樂絲・馬登森形容的那種口音。另一位是義大利人，三月七日他人還待在米蘭的家裡。史卡基還沒開口問他，他就把護照拿出來給他看上面蓋的日期戳章。問他們是否有外國朋友？有啊，很多，但又怎樣呢？

是啊，問得好。

史卡基訪問完斜坡更上面的建築物後，已近十二點，他也餓了。他走到一棟高聳建築一樓的咖啡館，點了一杯可可和起司三明治。那地方除了史卡基和女侍之外，空無一人。服務過後，女侍就回到櫃台，無聊地看著窗外。外頭是一個在斯德哥爾摩市郊大樓之間常見的方形廣場，但這樣的空間通常不稱為方形廣場，而稱為購物中心，甚至是義大利市場，這大概是城市規劃者企圖為這沉悶的石頭荒漠注入些許地中海風情的可悲嘗試吧。

門開了，一個男子充滿戒心地走進來。他戴著藍色天鵝絨無邊便帽，手提一只空尼龍繩袋。他皺著眉頭，慢慢走過，向史卡基投來一個狡詐的眼光。當他看到女侍時，棕色眼珠開始發亮，他伸出手臂以輕快的芬蘭腔瑞典語說：「啊，天哪，小姐，我今天宿醉得很嚴重。我常買的那個很棒的新飲料叫什麼來著？」

「湯姆可林。」女孩說。

「對對對，親愛的，馬上給我八罐。但要冰的，要冰得跟西藏深山裡的瀑布一樣才行。」

他把尼龍繩袋拿給她，她消失到後面。戴無邊帽的男子在皮夾裡摸索著，臉上露出煩惱的表情。史卡基聽到冰箱門關上的聲音，女侍提著袋子回來，袋裡裝滿飲料。

「應該不能賒帳對吧？」這男人問道。

「可以，沒關係，」女孩說，「先生，因為你住在這裡，所以……可以，應該沒問題。」

「應該可以。」她又重覆一次，似乎有些困惑。

那人收好皮夾，拿起袋子。

「好極了。至少今天也許不是個太壞的日子。」

他往門口走去。接著轉身說：

「小姐，你真是個天使。我星期一會拿錢過來。再見。」

史卡基將杯子挪到一旁，從內口袋拿出地圖。地圖因為使用頻繁，已經開始破損，他得在折疊處貼上透明膠帶。他劃掉地圖上廣場周圍的區域。他看看手錶，發現在和莫妮卡碰面之前還有時間到斜坡另一邊的建築物去。這樣他就可以涵蓋這地方一大片相連接的區域，因為他已經做完斜坡下沿著主要道路的舊建築物了。斜坡上的建築物較新，但沒有山丘上的建築物高。

兩點二十分時，史卡基已探訪過所有的建築，只剩下斜坡底下角落的那間還沒拜訪。在那角落就有一座還貼著地方消防隊電話號碼的電話亭。

有個人站在那棟建築物入口處喝著啤酒。他突然將瓶子推到史卡基鼻子下，喃喃說些讓人一時聽不懂的話。史卡基接著才恍然想到，這人是個挪威人，他說他正在慶祝五月十七日。史卡基向男子出示警察證件，以頗具權威的嚴厲口吻告訴他，當街喝酒是違法的。那人緊張地看著史卡基。史卡基說：「因為你不是瑞典人，這次就放你一馬。瓶子給我，然後滾開。」

那人把喝了一半的酒瓶遞給他，史卡基將剩下的啤酒倒進水溝。然後他走過街，將瓶子丟進垃圾桶。轉身時，他看到那個挪威男子消失在轉角，臨去前仍回首瞥看他的動靜，眼神空洞。

史卡基搭電梯到頂樓，輪番按下那層樓三個門戶的電鈴。都沒人應門，於是他將三個名字寫在名單上，留待下次再訪。接著他就到下面的樓層。

第一扇門開了，來開門的是一位染了紅髮、戴著綠色膠框眼鏡的女士。她的髮根透出灰白，年約六十上下。史卡基問了她兩次，她才搞懂他問的是什麼。

「噢，是的，」她說，「我把房間分租出去。不過，那是以前的事。你剛剛說外國人是嗎？三月初？我想想。有，我想那個法國人三月初是住在這裡沒錯。或許他是阿拉伯人？我不太記得了。」

這時，只要一根羽毛就能將史卡基擊昏。

「阿拉伯人？」他重覆一遍。「那麼，他說的是何種語言？」

「瑞典話呀，當然說得不是很好，不過已經能讓人聽懂。」

「你記得他住在這裡的正確時間嗎？」

史卡基敲門前沒有先看門上的名牌，現在他假藉擤鼻涕，將身子彎向一旁，然後飛快地瞥了一下郵箱上的姓氏名牌。在那女人將門開大之前，他瞥到「柏格」兩字。那女人說：

「請進。」

他走進客廳，將門在身後帶上。紅髮女士領著他走進屋內，指向一張靠窗、蓋有藍色絲絨布的沙發，史卡基就在那兒坐下。那女人走向書桌打開抽屜，取出一本紅棕色封面的帳簿。

「我很快就能告訴你是何時，」她邊翻著帳簿邊說，「我把租金全記在這帳本裡。那男人是那間房的最後一個房客，所以應該不難找……有了，這裡。三月四日，他預付了一整週的房租。但奇怪的是，他只住了四天就提早搬走了，就在八號那天，而且沒有要我退回後三天的租金。」

她拿著帳簿在沙發前的桌邊坐下。

「當時我覺得奇怪。你為何要找他？他做了什麼事嗎？」

「我們在找一個也許能幫我們釐清某件案情的人。」史卡基回道。「他叫什麼名字？」

「Alfonse Lasalle—阿爾凡塞・拉薩列。」

她把不該發音的 e 也唸了出來，因此史卡基推斷她的法語不怎麼靈光，雖然他自己也一樣。

「你怎麼會把房間租給他？」史卡基問。

「怎麼會租給他？呃，我跟你說過，我有一間房間在出租。不過那是在我先生生病、得在家休養之前的事。他不喜歡家裡有陌生人，所以我要仲介公司把我們從出租名單上拿掉，等日後有需要再通知他們。」

「所以你是透過仲介公司找房客的？那間仲介公司是？」

「西維仲介，就在西維爾路上。我們一九六二年買了這房子之後，他們就開始為我們介紹房客了。」

史卡基拿出紙筆記錄。那女人好奇地看著他寫字。

「他長什麼樣子？」史卡基問，握著筆，擺出隨時要記錄的姿態。

女人歪頭看著天花板思索。

「呃，該怎麼形容呢？」她說，「像地中海那邊的人種，深色皮膚，個子很小。一頭濃密黑髮蓋住前額和太陽穴。只比我高一點，我是五呎五吋。鼻子很大，有點鷹勾鼻，眉毛形狀又直又黑。看起來孔武有力，但不胖。」

「依你判斷，他大概幾歲？」

「呃，三十五左右吧，我想，也許四十。很難說。」

「關於他的外表，你還記得什麼？有什麼特別之處嗎？」

她想了一會兒，搖搖頭。

「好像沒有。你知道，他在這裡也沒待多久。很有禮貌，看來挺有教養的。穿著很整齊。」

「他說話怎麼樣？」

「你知道的，帶著外國腔。聽來挺有趣的。」

「能不能多形容一下他的腔調？有沒有什麼特別的字是你記得的？」

「呃……呃，不知道。像『小姐們』，他的發音是『Mizziz密期茲』而不是『Missis密西茲』，還有要說咖啡『coffee』卻說成了『café』之類的。都過那麼久了，我實在想不起來。而且，我不太會模仿別人的腔調。」

史卡基思索著接下來該問什麼。他咬著筆，看著對面的紅髮女士。

「他來這裡幹什麼？是來觀光還是工作？作息時間如何？」

「不太清楚，」柏格太太回道，「他沒有多少行李，只帶了一只皮箱。他通常一早出去，深夜才回來。當然，他自己有鑰匙，所以我未必知道他何時進門。這個人很安靜，舉止謹慎。」

「你平常會讓房客用你的電話嗎？他有沒有在這裡打過電話？」

「沒有，我是指讓他們用電話這件事。不過要是有必要，當然可以用。但據我所知，這位拉薩列先生從沒用過。」

「他會不會在你沒注意時用，比方說深夜時分？」

「不可能在深夜打。這客廳和臥室裡都有電話插孔，我晚上都會把電話移到臥房內。」

「你記得他三月七日什麼時候回來嗎？他在這裡的最後一晚。」

那女人拿下臉上那副非常不搭調的眼鏡，看著他，將眼鏡在裙子上擦一擦，又戴回去。

「最後那一晚，」她說，「我想我沒聽到他回來的聲音。我通常在十點半左右就寢，不過那一晚的事我沒辦法完全肯定。」

「柏格太太，請你再回想看看。我會再打電話問你是不是有想到其他的。」史卡基說。

「好的，當然，我會再想想。」

他將電話號碼抄在黑色筆記本上。

「柏格太太，你剛說過，拉薩列是你最後一個房客？」他說道。

「是呀，沒錯。他搬出去沒幾天，約瑟夫就病了，約瑟夫是我先生。所以我只好打給本來已經答應要租給他的房客。」

「我可以看看那間房嗎？」

「當然。」

她起身領他走往房間。通往房間的門就在客廳，正對著大門。房間大約十五平方呎，屋頂挑高。房裡有一張床、床邊小几、以及一座門上帶有橢圓形穿衣鏡的老式衣櫥。

「廁所就在旁邊。」女人說，「我先生跟我有我們自己的浴室，連著主臥房。」

史卡基點點頭，環目四望。這間房跟三等旅館的房間一樣毫無特色。扶手椅旁那張桌子上蓋著一塊格紋的亞麻桌布，桌上有一張滿是墨痕的吸墨紙，牆上掛著兩幅畫和一個人造花的花環。

地毯、床單和窗簾都薄薄的，而且因為經過多次清洗，已經褪色。

史卡基走向窗邊，這扇窗子面對著街道。他能看到街角的電話亭，以及他把那個挪威人的啤酒瓶扔進去的垃圾桶。順著街道再過去一點，某個修錶匠店門外的鐘正指著三點十分。他低頭看看自己的錶，也是三點十分。

班尼·史卡基趕緊向柏格太太道別，三步兩跳地衝下樓梯。到了大樓入口時，他突然想到什麼，於是衝進電梯又回到五樓。那女人驚訝地看著他，顯然沒料到他會這麼快又跑回來。

「柏格太太，你打掃過那房間嗎？」他上氣不接下氣地問。

「打掃？當然，我——」

「除塵？打光？所有家具都弄了？」

「呃——呃，我通常會等房客搬進來之前才打掃。在那之前徹底清理沒有意義。因為房間可能好幾天、甚至好幾個星期都空著，所以通常客人搬出去之後，我都只先撤掉床單，清菸灰缸，讓房間空氣流通。你的意思是？為什麼要問這些呢？」

「拜託別碰任何東西。我們得回來找找看有沒有任何線索，指紋什麼的。」

她答應不會再踏進那房間。史卡基跟她道別後又死命地衝下樓梯。

他一路跑去趕赴和莫妮卡的約會，同時也想著這樣是不是還算有點收穫。

等他衝到餐廳時，莫妮卡已經等了二十五分鐘。在他的想像中，他已經得到晉升，距離他成為警察局長的夢想也更近了。

•

但是在國王島街的警局裡，剛瓦德·拉森問道：

「他的穿著呢？」

十秒鐘後又問：

「他穿什麼樣的人衣？西裝呢？鞋子？襪子？領帶？他用不用髮油？牙齒長什麼樣子？抽不抽菸？抽的話，抽什麼牌子，抽的凶不凶？他穿什麼樣的睡衣？兩件式的還是一件式的？還有，她早上有沒有供給他咖啡？諸如此類的。」

再過了三十秒的沉默後：

「那個笨女人把房子租給外國人，怎麼沒照一般程序把註冊卡送往相關單位？她有沒有看他的護照？你有沒有適度嚇嚇她？」

史卡基挫敗地看了他一眼，轉身離去。

「等一會兒，拉基。」

「什麼事？」

「馬上叫採指紋的過來。」

史卡基轉身離開。

「笨蛋！」剛瓦德對著關上的門罵道。

他們在河岸村城的那間房裡找到幾枚指紋。過濾掉柏格太太和史卡基的指紋之後，剩下三個，其中一個留在厚厚的髮油當中，是大拇指的指紋。

五月二十一日，週二，他們將那枚指紋的副本送交國際刑警。不然他們還能做什麼？

25.

星期一，耶穌升天節後，馬丁．貝克撥了電話到馬爾摩，詢問事情有何進展。

因為哈瑪就站在離他六呎外，說：

「打去馬爾摩，問問事情進展得如何。」

他一聽到梅森的聲音就後悔了，因為他突然想到，這種同樣的白痴問題自己多年來也聽過無數次，不論是來自上頭的長官、報社、他太太、愚蠢的同事或是好奇的熟人。都是同一句話：事情進行得如何？

然而，他還是清清喉嚨，說：

「嗨，事情進展得如何？」

「呃——」梅森說，「有發現自然會通知你。」

這當然是他自作自受應得的答案。

「問他，大致說來，事情是不是有些進展？」哈瑪在一旁問道。

「大致說來，事情是不是有些進展？」馬丁・貝克照本宣科。

「關於歐洛佛森嗎？」

「是。」

「在旁邊囉嗦的是誰？」

「哈瑪。」

「噢，」梅森說，「原來如此啊。」

「問他有沒有將國際方面的因素列入考慮。」哈瑪又問。

「你有沒有將國際因素列入考慮？」馬丁・貝克問道。

「有，」梅森說，「已經都考慮進去了。」

然後是好一陣子的沉默。馬丁・貝克尷尬地咳嗽。哈瑪走出去，用力關上門。

「他走了嗎？」梅森問道。

「對。聽著，我並不是真的想——」

「嗯哼，」梅森說，「這種事我已經很習慣了。關於歐洛佛森……」

「怎樣？」

「這裡顯然沒幾個人認識他，不過還是有幾個上鉤。這幾個至少知道他是誰。他們都不喜歡他，說他就是一張大嘴巴，典型……」

梅森再度沉默。

「什麼？」

「典型自大到令人受不了的斯德哥爾摩人。」梅森強調的語氣透露出他也相當同意這樣的說法。

「他們知道他是幹什麼的嗎？」

「算知道，也算不知道。這些線民裡只有兩個知道他的名字，表示跟他見過幾次面。他們說他在走私毒品，但量不大。他不時會來馬爾摩，但他們只是偶爾碰頭。他們的印象是，他通常是從斯德哥爾摩直接過來，來的時候總是開新車，四處吹牛耍帥，但口袋裡其實沒幾個錢。他在馬爾摩很少停留一兩天以上，但偶爾會接連幾天都出現。最後一次來時，這些人似乎都沒跟他碰面。其中一個去年冬天就進了監獄，今年四月才放出來。」

沉默。馬丁・貝克一語不發。最後，梅森再度開口。

「總之，事情尚未明朗，就這麼些零星片段，沒什麼值得告訴你的。我手頭是有不少消息，但完全串不起來。有些來自那兩個線民，一些是我自己挖到的。」

「是的，我了解。」馬丁・貝克說。

「他常去波蘭，」梅森說，「這點可以確定。對了，他穿的西裝也來自波蘭。」

「這表示贓車也許就是在波蘭賣掉的？」

「是的，有可能。」梅森說，「問題是，知道這個對我們辦案有多少幫助？更重要的是……」他停下來。

「什麼？」

「似乎能肯定麥姆跟歐洛佛森曾多次在這裡碰頭。有人看到他們在一起。」

「哦，很好。」

「是的，但不是今年。這裡認得麥姆的人比較多，他們也比較喜歡他。我那兩個線民至少有一兩次是跟他們倆一起見面。他們的印象是這兩人是工作夥伴……呃，我不是要說這個，我是指，所謂重要的事。」

「這不重要嗎？」

「好幾點都事有蹊蹺，」梅森略為遲疑，「比如，歐洛佛森來這裡總得有地方落腳吧？租個房間或住在誰那裡。但我一直找不出他住哪裡，或跟誰住。」

「沒那麼容易。」

「噢，總之，我會找出來，希望啦，遲早吧。不過，我倒是知道麥姆過來時都去什麼地方。

他常待在城西的一家廉價旅館，你知道吧，就在西街及瓊斯爵士街附近。」

馬丁．貝克對馬爾摩不熟，這些地名對他毫無意義。

「很好。」他想不出更好的回答。

「噢，這很簡單，」梅森說，「而且我想那也不重要。反倒是另一件事比較重要。」

馬丁．貝克開始有點不耐煩。

「另一件什麼事？」

「呃，關於歐洛佛森住哪兒。」

「也許他只在路過時或跟麥姆碰頭時，會待上幾個鐘頭。」

「呃——」梅森說。「我不這麼認為。他有住處。但是在哪裡？」

「我怎麼知道？你又是怎麼知道的？」

「他在這裡有個老相好。」梅森說。

「什麼？女人？」

「是的，沒錯。好幾次都有人看到他們在一起，而且分別在極為不同的場合。第一次至少是在十八個月前，我知道的最後一次則是在聖誕節前不久。」

「我們得找到她。」

「我現在就是在找，」梅森說，「我知道一點關於她的事，像是她的長相什麼的，但我不知道她的姓名或住址。」

他停了一會兒後說：「很奇怪。」

「什麼很奇怪？」

「怎麼會找不到她。如果她就住在這裡，應該找得到才對。」

「可以想到許多解釋，」馬丁・貝克說，「也許她不住馬爾摩。比方說，她是蘇格蘭人，說不定她根本不是瑞典人。」

「呃——我想她是本地人。總之，再說吧，我會把人給找出來的。」梅森說。

「你有把握？」

「當然，但可能需要一點時間。對了，我六月要去度假。」

「噢，是嗎？」馬丁・貝克說。

「對。當然，回來之後我會繼續找，」梅森平靜地說，「一找到就通知你。目前就這樣。」

「再見。」馬丁・貝克機械式地說。

他就這樣握著話筒坐了許久，雖然另一端的人早就掛斷。他嘆了口氣後擤鼻涕。

顯然，梅森是那種你最好放他依照他的方法自由行事的人。

26.

六月一日，星期六，梅森跟妻子飛往羅馬尼亞。他先前已仔細標記了這三週的假期，一直到仲夏節過後，更正確點說，六月二十四日星期一，才又回來。

他一定是將這件沉屍案的所有資訊，連同他的想法，以及對於歐洛佛森的生活及其可悲行為的種種假設，全放進腦子裡一併帶走了。因為馬爾摩那邊之後大致就沒再有什麼消息，就算有，也都引不起馬丁．貝克的興趣。

在六月休假的絕非只有梅森。儘管隱約有來自各方的種種威脅，警告說警察最好等選舉過後再休假，警力還是減少了，至少上面那些負責指揮的人，閃得更是快。大選預計在九月舉行，可想而知，七、八月的勤務會十分勞累，因此大部分的警察都想盡辦法調動假期。米蘭德躲到瓦恩德的別墅，剛瓦德和隆恩悄然消失到阿耶普洛，享受午夜的陽光和夏夜垂釣之樂。

他們談的大多是河鱒和硬頭鱒，還有不同的假蚊鉤和魚餌。只是隆恩的臉上偶爾會突然籠罩一片烏雲，剛瓦德跟他說話時也得不到回答。那些時候，隆恩心裡想的都是那輛失蹤的消防車，但他從來不提。

哈瑪只想到自己就快退休了，在這之前絕對不能出事。

馬丁・貝克想的是，為何他對有沒有假期會這麼漠不關心。他坐鎮瓦斯貝加警局，整天只是忙著例行工作，閒暇時大多在盤算該如何躲掉和妻子及小舅子一起慶祝仲夏節。

柯柏成為代理刑事組長，又被調到斯德哥爾摩凶殺組；對於這兩件事，他都興致索然。他討厭熱得好似烤箱的國王島街警局，他不停流汗，不時咒罵，間歇的空檔則妄想著回家跟老婆膩在一起，這是現在唯一會讓他高興的事。

米蘭德在他的避暑別墅外砍著柴，甜蜜地想著他那長相平凡的太太。她正在茅房後頭，裸身躺在毯子上做日光浴。

在黑海畔的葉夫帕托利亞*，梅森百無聊賴地看著鴿灰色的波坦金地平線，想著這個連在樹蔭下都熱到華氏一〇四度，又沒有葡萄汁可喝的國家，為何竟能實行社會主義，並在三年內完成他們的五年計劃。

再往北一千八百哩處，剛瓦德・拉森正穿上靴子和休閒外套，不悅地看著隆恩那件難看的毛衣。那是機器織的，紅藍綠三色交雜，胸前有一隻糜鹿圖樣。

隆恩完全沒注意到剛瓦德正看著他，只是全神貫注地想著那輛消防車。

班尼·史卡基坐在辦公室裡檢查一篇剛寫好的報告。他心想，不知還要多久才能爬到警察局長的位置，屆時他又會在什麼地方。

每個人都想著自己的心事。

沒人想到麥姆、歐洛佛森，或是盾牌街那棟房子閣樓裡被活活燒死的十四歲女孩。

至少，表面上看似如此。

六月二十一日，星期五，仲夏夜，馬丁·貝克做了一件自覺形同犯罪的事。自從十五歲那年在病假單上偽造媽媽的簽名，翹課去看當時正在斯德哥爾摩展出的希特勒的袖珍戰艦後，他就不曾有過這樣的感覺。

他所做的其實微不足道，大多數人都會視之為理所當然。事實上，那根本稱不上犯罪，因為除非先前曾按著聖經發誓絕對不說謊，否則說謊哪算得上是犯法。

他只是簡單地告訴妻子，說因為上頭派了工作下來，他這個假日得加班，無法陪她和洛夫去度假了。

這是個不折不扣的謊言，但他說的時候聲音清晰響亮，而且直視太太的雙眼——就在這夏日

＊ 葉夫帕托利亞（Yevpatoria）是位在克里米亞半島西岸的一座港口城。

的陽光下，在這一年當中陽光最長、最美的日子。更糟的是，這個謊言還有共犯和預謀，而這個共犯答應，若是有人問起令人尷尬的問題，他會保持緘默。

這個共犯就是那位代理刑事組長。

他的全名是史汀・萊納・柯柏。他在這件事上扮演的顯然是唆使者角色。

本案背景大致可分成兩個部分陳述：首先，馬丁・貝克極度厭惡跟他太太和那個終日酒不離手的小舅子共度可怕的三天，尤其他女兒又到列寧格勒去上某種語言課程，無法在場緩衝他的情緒。其次，柯柏可以自由使用他的岳父母在瑟姆蘭的別墅，而且已經先載了相當數量的食物和提神飲料過去。

雖然有很好的藉口可合理化自己的行為，但馬丁・貝克卻對自己說了謊無法釋懷。他自認一向守法，因此非常不能適應這樣的狀況。許久之後，他才認知到，那一刻其實是他此生一個遲來的轉折的開端。這與他警察的身分無關，因為沒有證據顯示通常警察說謊的頻率比一般人少，或是瑞典警察比他國警察來得誠實。事實上，相關數據顯示的事實正好相反。

對馬丁・貝克來說，這完全是個人道德問題。他採取了一個立場，然後找藉口將之合理化，如此行為有違他的為人基本原則。在他的人生損益表上，這究竟是盈是虧，還有待日後的人生來釐清。

總之，馬丁・貝克這麼多年來首次有了一個愉快、幾無煩惱的週末長假。唯一令他煩惱的是他說了謊，但沒費太多力氣，他也就暫時將之遺忘在腦海一隅了。

柯柏不僅組織能力一流，也是頂尖的共謀者，邀來共度假期的夥伴也選得好。他們很少提到「警察」這個字眼，厭惡的日常工作也被摒除在眼前這歡樂的假日氣氛之外。

只有一次，當時馬丁・貝克跟烏莎・托瑞爾、柯柏以及其他人，在輕柔舒緩的黃昏下，欣賞著大家一起裝飾、豎立，甚至繞著跳舞的五月柱。大家都有點累了，也飽受蚊蚋叮咬，馬丁・貝克的思緒不期然地飄向他處。

「你想，我們有沒有可能找出河岸村城那傢伙的身分？」他說道。

柯柏斬釘截鐵回道：「不可能。」

接著烏莎・托瑞爾問道：「河岸村城的什麼人？」

她是個機伶的年輕女子，才華洋溢，對大多數事物充滿好奇。

柯柏突然說：「嗯——你知道我在想什麼嗎？我認為這案子會在我們眼前炸開，就像它當初炸開那樣。」他大大喝了一口酒，雙手一攤，說：「砰！就像這樣，跟它開始時一樣，然後一切就結束了。」

烏莎・托瑞爾說：

「噢，那個啊。現在我知道你們在說什麼了。當著誰的面炸開呀？」

「當然是我，」柯柏說，「我是唯一對這案子興趣缺缺的人。好了，要是你繼續談論警察的事，我就要把你給槍斃。」

事實上，烏莎・托瑞爾正要踏入警察這一行。

她在另一個場合和馬丁・貝克稍微討論到她想進入警界的動機。

他問：「關於進入警界，你是因為歐格被殺，才起了這樣的念頭嗎？」

她將菸在指間轉來轉去，沉思後說：

「呃，也不盡然。我只是想有一份不一樣的工作，一種新生活。而且，我覺得社會有這方面的需要。」

「什麼？女警嗎？」

「想當警察又通曉事理的人。」她說，「想想看，警界裡有多少笨蛋。」

然後她聳聳肩，輕快地微笑著走開了，一雙赤足迤邐踏過草地。

她有苗條的身材、棕色的大眼睛和一頭深色的短髮。

沒有特別有趣的事發生，馬丁・貝克在週日就回家了，他還有些宿醉，但心滿意足，良心也沒什麼不安。

將梅森從羅馬尼亞的康斯坦察那熱如烤爐般的機場，載到相較之下涼爽有風的馬爾摩的那架亮銀色飛機，是羅馬尼亞航空的渦輪螺旋槳伊流生十八型。由於東南方有強風，飛機繞了一大圈，越過鄂留申海峽之後才開始降低高度，最後平飛，在瑞典降落。那是一個晴朗的夏日，從靠窗座位可以清楚看到沙爾松和哥本哈根；馬爾摩往哥本哈根的忙碌航道上至少有五艘白浪伴隨的蒸氣遊輪，看來彷彿靜止不動。再一會兒，他看見工業港。將近三個月前，他就是在那兒撈起一輛內有死屍的舊車，但因為還不到返工上班的時間，梅森很快就不再多想。

他之所以全神灌注地看著窗外，主要是為了不想看到他太太。事實上，在共度愉快的最初幾天後，他再度愛上她；但在鎮日相處了三週後，他們又開始受不了對方。他強烈地想念自己在聯隊街上的單身公寓，懷念那些獨自叼根牙籤、手持一杯冰涼的吉本柏格調酒的夜晚。他甚至期待看到警局外面那片鋪了柏油的醜陋停車場。

馬爾摩不像在空中俯瞰時那般悠閒與安靜。恰恰相反，對梅森來說，回來上班的第一個星期簡直就像被捲進一股實實在在的漩渦裡，而這個漩渦是由罪案、花招百出的違法行為，包括政治騷動、持刀械鬥，到可怕的銀行劫案所構成。由於這起搶劫案是在馬爾摩計劃的，因此全國半數的警力都來到這裡，直到事情解決為止。

由於要處理的事務太多，梅森直到七月的第三個週一才又開始認真思考歐洛佛森一案。那天深夜，他把先前飛機降落馬爾摩時所見的景象整理出結論，也將一些在飛機上已不自覺朦朧成形的想法串聯起來。

一旦將這些想法串聯起來，事情就一目了然，顯得非常簡單了。

當時已是夜裡十一點半，他剛為自己調了一杯飲料。他想都沒想，就將手裡的飲料一飲而盡，起身離開扶手椅，上床睡覺。

他很篤定，很快就能解決在歐洛佛森一案中最令他頭痛的問題。

27.

七月的前半個月又濕又冷。許多人先前因為受到美麗的炎熱六月天鼓勵，決定留下來享受美好的瑞典夏日，沒有前往南歐度假，結果卻落得坐在帳蓬中或旅行拖車裡，一面夢想著地中海的海灘，一面盯著滴雨的篷緣和車門咒罵不已。但是到了假期第二週中間，炙熱的豔陽冉冉升上晴朗的藍天，雨水從芳香的泥土及植物中蒸散而出，大家不再咒罵這片土地和天氣，驕傲的瑞典人穿上明亮的休閒服，準備征服鄉間。發亮的車子在公路上前進，滿載露營用具、野餐盒、保溫瓶，以及成堆的食物。車內的人不時把車停在公路旁，一家子就在路旁的垃圾堆旁暫時休息。這些人在令人窒息的灰塵和廢氣中聽著收音機裡不停播放的吵鬧音樂，對過往車輛品頭論足，又看著道路對面蒙塵、凋萎的農作物，對那些必須留在城裡的可憐人大表同情。

馬丁．貝克無需任何人的同情。至少，不是為了他被迫得在七月留在斯德哥爾摩工作而同情他。七月反而是他最喜歡留在城裡的時節。他通常會避免在此時去度假，因為斯德哥爾摩儘管有許多不盡完美之處，他還是深愛著他出生的這個地方。他喜歡逛街時沒有壓力，不會被推擠，無須匆忙，他不喜歡交通越來越擁擠的威脅感，或吸聞廢氣的窒息感。他喜歡在炎熱七月的週日在空蕩蕩的市中心街頭閒蕩，也愛在涼爽的傍晚沿著碼頭散步，感受晚風中傳來梅拉倫*一帶某處草地的新割秣草香氣，或是來自島嶼的海洋及海藻氣味。

然而，七月十六日的這個星期二，他沒有進城，也沒有到碼頭散步；他穿著襯衫，百無聊賴地坐在瓦斯貝加警局辦公桌前。當天早上他剛處理完一件凶殺案，案情相當簡單，沒有疑點，事發動機卻毫無意義，令人悲傷。一個南斯拉夫人跟一個芬蘭人一起在露營區喝酒。兩人起了爭執，芬蘭人於是當著十多名目瞪口呆的目擊者面前，抽刀刺死了南斯拉夫人。儘管那個芬蘭人立刻逃逸，警方當晚還是在中央車站的某節空車廂中逮到人。他有一長串的犯罪記錄，在芬蘭跟瑞典都有，而且是非法入境瑞典，上個月才被遣送出境，依法兩年內不得入境。

處理完這個案件後，馬丁・貝克又完成了許多例行公事，現在正無精打采地看著窗外。柯柏還在國王島街警局的臨時辦公室裡當他的代理組長。史卡基正前往某個地方，是馬丁・貝克自己派他去的，現在他卻想不起來是派他去哪裡。他聽到外頭走廊上有人在走動，還有門的開關聲，鄰室也傳來打字機劈劈啪啪及交談的聲音。有那麼一會兒，他動了念，是不是該過去問有誰想出來喝杯咖啡，但他隨即放棄這個念頭，因為他根本就無意這麼做。

馬丁・貝克拿起記事簿，抽出壓在底下的備忘錄來看。其實他的記憶力很好，但他不久前察覺自己開始有記憶退化的跡象，因此決定將必須做、但不會立即動手的事都記下來。麻煩的是，他老是忘了有這份備忘錄，因此，它在這隱密的地方已經躺了許久。

單子上只有兩件事還沒進行，其餘的他雖然沒看備忘錄，卻也都處理完了。他拿起原子筆將備忘事項一一刪去，同時思索寫在單子最上頭的「恩司特・席古・卡爾森」這名字究竟是關於何事。單子最底下寫的則是薩克里森。薩克里森是個警察，馬丁・貝克想問他跟蹤麥姆的詳盡細節。負責跟蹤的另一人先前已做過詳細報告，但薩克里森只在火災剛過不久時被問過，現在又度假去了。

馬丁・貝克點起一根佛羅里達菸，往後朝椅背一靠，直直對著天花板吐出菸霧。

「恩司特・席古・卡爾森。」他挺大聲地自言自語。這時，他想起此人是誰了。一個他不認識的人，此人在舉槍自盡前，在便條紙上寫下馬丁・貝克的名字。馬丁・貝克到現在都還不知道原因。不過，陌生人認得他其實也不足為奇。身為刑事組組長及命案偵查者，他的名字常出現在報上，有幾次甚至還被迫在電視上現身。

他將單子放回記事簿底下，起身走到門口。喝杯茶應該還是不錯的，他心想。

---

* 梅拉倫湖（Mälaren）位在斯德哥爾摩東邊。

七月二十二日，星期一，薩克里森度假回來。馬丁・貝克當天早上就跟他聯絡。

他現在正坐在馬丁・貝克位於瓦斯貝加的辦公室裡，清清喉嚨後，以單調的聲音大聲唸著筆記簿裡的資料。當中的時間跟地點都很瑣碎。他不時抬起頭，補充一些他想起來的事情。

葛朗・麥姆人生最後十天只能以憂鬱及單調形容。大半時間，他都在鹿角街的兩間啤酒屋裡消磨，幾乎都是獨自在八點左右喝得半醉回家。有一兩次他買了酒，帶著妓女回去。他看來非常缺錢。歐洛佛森死後，他的收入顯然大受影響。麥姆死前一天，薩克里森看到他在常去的酒吧前站了將近一個鐘頭，向人乞討，好進去喝啤酒。

「所以他身無分文？」馬丁・貝克喃喃地問道。

「他死掉當天也去跟人借過錢，」薩克里森說，「我是這麼想啦。他去找住在……」他翻到筆記本的某頁，「三月七日九點四十分，他離開盾牌街，到卡爾維街四號。」

「卡爾維街……」馬丁・貝克自語道。

「是的，在國王島那邊。他搭電梯到四樓，一會兒又走出來。神色很緊張、怪異，所以我才猜想他是去那裡跟人借錢，結果對方不是不在，就是拒絕了。」

薩克里森看著馬丁・貝克，彷彿在等他稱讚，說他的推斷很有道理。但馬丁・貝克的目光越過他，說：

「卡爾維街四號，這住址我是在哪裡聽過？」他看著薩克里森，問道：「這你應該向誰報告過了，對嗎？」

薩克里森點點頭。

「至少向柯柏組長報告過了，因為他要我查出那棟建築裡每個人的姓名。」

「結果呢？」

薩克里森看著他的筆記。

「那裡沒住幾個人。」他說，「斯維德．布羅姆，A．史文生，恩司特．席古．卡爾森……」

卡爾維街是一條不太為人所知的短街，在北梅爾倫灘街和工匠街之間，非常靠近齊家廣場。馬丁．貝克搭車過去花了十分鐘。

他不知道自己能期待什麼，因為恩司特．席古．卡爾森四個半月前已經死了。

上了三層樓之後，兩扇門上果然分別有斯維德．布羅姆和史文生的名牌，但第三扇門上有一個新名牌，上面的名字是史闊格。馬丁．貝克按下門鈴，但是無人應門。所以他又去按了隔壁那一戶。

馬丁．貝克支開薩克里森之後，隨即打給恩司特．席古．卡爾森自殺當天早上到他公寓的警察。他從他們口中得知一些訊息，其中之一，就是報警者的名字。

斯維德・布羅姆上尉立刻請馬丁・貝克進門，並告訴他，聽到槍聲時，他正坐著玩一人撲克。他顯然非常高興能再敘說這個戲劇性的故事，所以各個細節都描述得相當仔細。馬丁・貝克聽完後問他：

「你對這個死者所知多少？平常會跟他說話嗎？」

「沒有。我們恰好碰上時會打個招呼，但僅止於此。他看來相當自閉。」

「你有見過他的任何朋友嗎？」

布羅姆上尉搖搖頭。

「他似乎沒有朋友。他家老是靜悄悄的，也沒見過有人來找他。不過，奇怪的是，同一天早上，有個他認識的人來找他，就是那個早上。一個形貌憔悴的矮個兒男人。當時我正要拿垃圾出去，救護車跟警察那時候都已經走了。那男人就站在那裡按門鈴。我問他要找誰，當我知道他跟我鄰居是很熟的朋友時，我就告訴他發生了什麼事，而且說，如果他想知道詳情，可以去找警察。」

「你有沒有告訴他卡爾森是自殺？」

「呃，呃……總之，我說他死了，而且警察也已經來過。」

回到瓦斯貝加後，馬丁．貝克就坐著抽菸，思考良久之後才打給哈瑪。

「這件事越來越混亂，」哈瑪說，「要是能讓我們找到一個還活著的涉案者，那就太棒了。這麼多線索是要怎樣釐清？那人自殺前又為何會寫下你的名字？」

「我認為卡爾森、歐洛佛森和麥姆都屬於同一個──呃，能姑且說是幫派嗎？為了某種理由，卡爾森想退出。他想打給警察，也許他聽說過我，所以才寫下我的名字。但是他後來改變主意。我不知道他在這幫派裡扮演何種角色。你認為這個推斷如何？」

「我覺得一團糟，像是在處理小學生打架的事。」哈瑪說，「有三個人死了，一個是被謀殺，一個既是自殺也是他殺，第三個則是單純的自殺。你要如何解釋這種自殺的精神錯亂？」

馬丁．貝克嘆了口氣。

「我的假設是，麥姆開始緊張，最後決定去找卡爾森，問他知不知道歐洛佛森的下落。當他得知卡爾森的死訊後，自己也被逼得走上絕路。」

一陣沉默。

「是，」哈瑪說，「事情是有可能像你說的那樣。但我沒遇過有這麼多假使、但是、可能、或許的案子。我們確定的事不多，得盡快找個時間來開會。我會再打電話敲時間。」

他掛下電話。

馬丁・貝克的手擱在話筒上，坐了一會兒，努力想像柯柏會說什麼。但是他還沒拿起話筒撥號，電話倒是自己先響了。

「中獎了！」是柯柏。

「什麼？」馬丁・貝克問道。

「國際刑警有消息回來。拉薩列的指紋。」

「噢，媽的！怎麼樣？」

「他們認出那個大拇指的指紋，不過，名字不叫阿爾凡塞・拉薩列。」

「那到底是誰的指紋？」

「拜託你也等一等好嗎？那指紋的主人有許多假名。單是法國警察知道的就有亞伯・柯比爾、阿馮斯・本涅特、薩米爾・利非、阿弗列得・拉費、奧古斯特・卡桑，以及奧古斯特・杜邦。他們隨後還會送更多名字過來。他們不知道此人究竟是誰，但認為他有黎巴嫩公民身分，而且近來多在法國跟北非活動。他們認為，他顯然曾是祕密軍事組織*的成員。他們懷疑他直接或間接涉及一連串的刑案，毒品走私、現金走私等等的，很多很多，甚至包括謀殺。」

「他有被逮捕過嗎？」

「顯然沒有。聽起來是一個非常狡猾的惡魔。他更換護照、姓名和國籍的次數，恐怕比換內褲還頻繁，他們至今還找不到能將他起訴的證據。」

「對他個人的描述呢？」

「呃，不是那麼清楚。他們是送了一份過來，但又說未必與本人吻合。他們還真是厲害。讓我看看。好，年紀大約三十五，身高五呎十，體重一百六十磅，黑髮，牙齒整齊，等一下……這是法文，我還沒時間翻譯……前額髮際呈直線，雙眉濃而直，鼻子略帶鷹勾，左邊鼻翼有一條四分之三吋長、但幾乎看不出來的疤痕。除此之外，沒有其他身體缺陷或特殊標記可辨認。」

「對，這與拉薩列的長相吻合。當然了，他們不知道他在哪裡，是吧？」

「不知道。我等會兒再打給你。我得找人把這個翻譯一下。」

馬丁・貝克握著無聲的話筒，就這麼坐著。放下聽筒時，他想到自己還沒告訴柯柏關於恩司特・席古・卡爾森的事。

＊祕密軍事組織（Organisation Armée Secrète，簡稱OAS），是阿爾及利亞戰爭期間的的法國右翼準軍事組織，該組織曾執行過暗殺、爆炸等恐怖襲擊，以阻止阿爾及利亞脫離法國殖民統治，並曾在一九六一至六二年間，在法國和阿爾及利亞造成近兩千人死傷。

28.

七月二十三日，週二早上，梅森動身前往哥本哈根。為了爭取時間，他選擇搭乘一種水翼船當渡船。這種船取名「飛魚」，橫渡海峽只要三十五分鐘。除此之外，搭乘這種船根本毫無樂趣可言。坐在抖動的飛機座椅中（水翼船可離開水面低度飛行），卻沒有窗位，連瞥見一點點水的機會都沒有。

就丹麥這地方來說，梅森在當地的跨國人脈可說是一流的。他跳過一般的障礙及國與國之間的瑣碎程序，直接去見一位名叫默根森的警探。

「你好，我在找一個女人。我不知道她的姓名。」

「你也好。」默根生說。「她長什麼樣子？」

「金色短鬈髮，藍眼。五官明顯，大嘴、一口美齒，下巴有個酒渦。身高大約一百六十公分。肩寬臀闊，腰很細，雙腿短壯，小腿線條很好。年約三十五歲，瑞典人。應該來自斯堪尼省，也許是馬爾摩。」

「聽起來挺可愛的。」默根生說。

「那我倒不確定。她通常穿深色的長版針織衫，搭配長褲或格紋短裙，就目前的季節來說，比較可能是後者。她繫寬版皮帶，在腰上束得很緊。很可能有吸毒習慣，跟藝術工作有點關聯，見過她的人說她手上老是沾著油彩什麼的。」

「好。」默根生說。

事情就這樣。

梅森跟此人的良好關係可回溯到許久之前。他們在大戰結束時就認識了，默根生當時是從德國來到特利堡。德國的蓋世太保在一九四四年九月十九日大進擊時，逮捕了大約兩千名警察，默根生是其中之一，之後他被送往德國的集中營。

他們從那時起就一直保持聯繫；他們的聯絡不算正式，但很實際，而且對雙方都有好處。梅森透過正常程序需要六個月才能找到的訊息，默根生一天就能辦到。而當默根生想要一些馬爾摩當地的特殊消息時，梅森往往幾小時就能找出來。雙方在辦事時間上的差異，是因為哥本哈根比馬爾摩要大上四倍。

說瑞典與丹麥的警察合作無間，泰半是基於斯堪地那維亞各國之間的友好關係。然而實情並非如此，當中一個主因就在於語言差異的溝通困難。

以為瑞典人跟丹麥人在語言上能輕易溝通，這是兩國高層之間多年來共同維護、珍惜的事實。但這個「事實」是有但書的，說嚴重點，就是一廂情願或幻覺，再嚴重些，坦白說，這其實是個謊言。

這些一廂情願的受害者，就包括哈瑪和丹麥一位著名的犯罪學家。他們相識多年，在數不清的國際會議裡並肩奮戰。他們是好友，兩個人常大聲對人說他們多麼容易就掌握了彼此的語言，說完總不忘諷刺地補上一句：這是其他正常的斯堪地那維亞人都辦得到的事。

由於十年來在眾多會議及高層集會上相處融洽，他們於是相約在哈瑪的鄉間別墅共度週末，結果卻發現雙方連最簡單的日常小事都無法溝通。那丹麥人開口要借地圖，哈瑪卻拿來一張自己的照片，於是一切就此完結。他們的宇宙坍了一角，而在可笑地彼此誤解下拘謹地狂歡慶祝一番後，他們改以英語交談，結果發現他們其實根本不喜歡對方。

而梅森和默根生保持良好關係的祕訣，在於他們確實真正了解對方。沒有人會冒昧地自認為憑空就能了解對方的語言，他們常以所謂的斯堪地那維亞語交談，那是他們自創的語言，大概只有他們倆才懂的混合語。此外，他們都是優秀的警察，具備不愛小題大做的個性。

下午兩點半，梅森回到哥本哈根波利提特維的警局，收到一張打有一個人名和住址的紙條。十五分鐘後，他站在列德街一整排的舊公寓前，比對著手中字條和一個狹窄陰暗的入口處一個褪色的號碼。穿過那道門後，他走上一道室外的木造樓梯，樓梯在他的體重下危險地下沉，最後，他到達一扇掉漆、沒有門牌的門前。

他敲門後，有個女人來應門。

她個子嬌小而結實，但身形比例勻稱，肩膀和臀部寬闊，腰圍纖細，雙腿美麗而結實。她年約三十五，金色鬈髮剪得短短的，嘴大而性感，藍眼睛，下巴有個酒渦。她光著雙腿和雙腳，身穿一件沾滿油彩的白色連身工作服。連身工作服底下是一件黑色套頭毛衣。其他的就看不見了，因為寬皮帶緊緊在腰部紮住那件工作服。在她身後，他只見到廚房，相當窄小且昏暗。

她帶著詢問的目光看他，接著以標準的馬爾摩人作風問道：

「你是什麼傢伙？」

梅森沒回答她的問題。

「你叫娜嘉・艾麗克森？」

「對。」

「你認識柏提・歐洛佛森嗎？」

「認識。」

她又重覆問了她的第一個問題。

「你是什麼傢伙？」

「抱歉，」梅森說，「我只是想確認我找對了地方。我叫梅森，為馬爾摩警局工作。」

「警察？瑞典警察來這裡幹嘛？你無權闖進我這裡。」

「是的，你說的是。我沒有搜索狀之類的東西，只是想跟你談一下。我只想告訴你我是誰。要是你不想談，我就離開。」

她盯著他看了一會兒，邊思索，邊用黃色鉛筆戳著耳朵。最後她說：

「你要什麼？」

「我剛說了，只是聊聊。」

「關於柏提？」

「是的。」

她以工作服的袖子擦拭額頭，咬著下唇。

「我不太喜歡警察。」

「你可以把我當成——」

「當成什麼？」她打斷他的話，「親密的朋友？還是鄰居的貓？」

「隨你喜歡。」梅森說。

她突然笑了起來，聲音沙啞。

「好吧，進來吧。」

她轉身穿過那個小小的廚房。梅森跟在她後面，注意到她的腳很髒。

廚房後面是一間有斜窗的大畫室，房間稱不上髒亂。圖、報紙、一管管的油彩、畫筆及畫布四處散放著。家具包括一張大桌、幾把木椅、兩個大櫥櫃及一張床。牆上掛著海報和圖畫，展示座上擺著雕塑品，其中幾樣以濕布包著，另外有一樣顯然是剛完成的新作品。床上躺著一位黑皮膚的年輕男子，身穿網眼內衣褲，胸口有黑色的鬈毛，頸上戴著銀色十字架項鍊。

梅森看著凌亂的周遭，這裡雖然不算整潔，卻很有住家的生活感。他對床上的人拋過詢問的一瞥。

「別管他，」女人說，「反正他也聽不懂我們在說什麼。我乾脆打發他走好了。」

「不必因為我這麼做。」梅森說。

「寶貝，你最好離開。」她說。

床上的年輕男子馬上起身，揀起地上的卡其褲，套上後離開。

「再見。」他說。

「他很怪。」女人說得俐落。

梅森膽怯地看著雕像。依他所見，這應該是一根挺立的陽具，以舊螺絲釘和生銹的小鐵片由四面八方插入。

「這只是模型，」她說，「最後成品應該有三百呎高。」她皺起眉頭。「很醜吧？」她說，「你覺得會有人想買嗎？」

梅森想到自己家鄉那些擺在公共場所的藝術品。

「會啊，怎麼不會？」他說。

「你對我知道多少？」她將另一片鐵片刺進雕塑裡，臉上流露出些許施虐者的喜悅。

「很少。」

「也沒什麼好了解的。我在這裡住了十年，就是做這個。但這輩子恐怕都出不了名。」

「你認識柏堤．歐洛佛森？」

「對，」她平靜地說，「認識。」

「你知道他死了嗎？」

「知道。前幾個月報紙有些報導。這就是你過來的原因嗎？」

梅森點點頭。

「你想知道什麼？」

「所有的事。」

「那還滿多的。」她說。

隨後是一陣沉默。她拿起一根短柄木棍，在雕塑上敲打幾下，但看不出有什麼效果。她搔搔金髮，站在那裡皺眉低頭看著自己的腳。她相當好看。身上散發著自信的成熟美，非常吸引梅森。

「你想跟我上床嗎？」她突然問道。

「好啊，」梅森回道，「有何不可？」

「很好，這樣事後談話會比較容易。你打開那邊的櫥櫃，最上層有兩條乾淨的床單。我去把外面的門鎖上，然後洗個澡，尤其是我的腳。髒床單就扔進那邊的袋子裡。」

梅森拿出新床單鋪好床，然後坐在床上，將他嚼過的牙籤扔到地上，開始解開襯衫釦子。

她穿著黑色木屐走過房間，肩上披著浴巾。就他所見，她的手臂、大腿都沒有疤痕，身上也沒有什麼特別的痕跡。

她邊淋浴邊唱著歌。

29.

七月二十六日，星期五，電話在八點零三分響起。時值仲夏，非常炎熱。馬丁．貝克一路脫下外衣，而且一進辦公室就開始捲起襯衫袖子。他拿起話筒說：

「你好，我是貝克。」

「我是梅森。嗨，我找到那女人了。」

「很好，你現在在哪裡？」

「在哥本哈根。」

「你是在那裡找到人的嗎？在丹麥？」

「對。」

「你發現什麼？」

「很多。比如說，歐洛佛森二月七日下午來過這裡。太多了，電話裡講不清。」

「那麼你最好來一趟。」

「對，我也這麼想。」

「能把那女人一起帶過來嗎？」

「我不認為她會去，而且也沒必要。不過，我還是問問她。」

「你是何時找到人的？」

「上週二。我的時間充裕，和她談了許多。我現在就去卡斯圖普，看能不能排到候補機位搭第一班到阿爾蘭達。」

「很好。」馬丁・貝克說完便掛上話筒。

他邊摸著下巴邊思索。梅森的語氣充滿自信，這點很奇怪，還主動說要來斯德哥爾摩。想必他確實發現了什麼。

梅森在將近下午一點時抵達國王島街警局，膚色曬成古銅色，平靜、愉悅，穿得很休閒，涼鞋，卡其褲，格紋襯衫沒紮進褲頭。

他沒有帶女伴，但帶來一台錄音機。他將錄音機放在桌上，接著環目四望，說：

「我的天，人真多……嗨！午安。」

由於他半個小時前已經先從阿爾蘭達來過電話，所以現場出席的探員非常踴躍。哈瑪、米蘭德、剛瓦德・拉森和隆恩，再加上協助辦案的瓦斯貝加團隊，像是馬丁・貝克、柯柏和史卡基，全都到齊了。

「大家不來點掌聲歡迎嗎？」

馬丁．貝克的自尊心嚴重受創。他不懂，這個梅森明明比他大上兩歲有餘，身材卻維持得這麼好，而且一副對生活心滿意足的樣子。

梅森的手擱在錄音機上，說：

「是這樣的，這個女人叫娜嘉．艾麗克森，三十七歲，雕刻家。在阿爾勒夫出生、長大，但在丹麥已經住了十年以上。阿爾勒夫這地方就在馬爾摩旁邊。現在，我們來聽聽她說了什麼。」

他打開錄音機。聽到自己在錄音機裡的聲音，覺得怪怪的。

「與安娜．德席蕊．艾麗克森的談話記錄。艾麗克森一九三一年五月六日生於馬爾摩，未婚，職業為雕刻家。一般人都稱她娜嘉。」

馬丁．貝克豎起耳朵。他是聽到隆恩的竊笑聲沒錯，但錄音帶裡的梅森怎麼好像也在偷笑？總之，他繼續說：「我們要不要把所有關於柏堤．歐洛佛森的事摘要下來？」

「好，當然。不過，等一下。」

那女人說話帶著斯堪尼省的口音，但不是那種從鼻腔發出的黏膩嗓音。她聲音低沉、清晰、而且圓潤。錄音帶裡傳出沙沙聲，接著娜嘉說：

「呃，我大約是在兩年前遇到他。第一次是在一九六六年九月，最後一次則是在今年二月初。他過來的時間很規律，通常月初來一次，停留個一、兩天，從不超過三天。他通常在五號左右來，七號或八號離開。他來哥本哈根時都住在我這兒，據我所知，他從沒在其他地方待過。」

「他為什麼這麼定期地過來這裡？」

「他有個必須遵守的行程表。他每次都是從國外過來，通常取道馬爾摩。他有時是搭飛機，有時搭歐洲大陸那邊過來的渡輪，然後待上幾天。他來這裡跟人碰頭……每個月只有空來一次。」

「歐洛佛森是做什麼的？」

「他自稱商人，從某種意義上來說倒也沒錯。賊也是種行業，可不是嗎？我認識他的前半年，他絕口不提自己在做什麼、從哪裡來，但後來就開始說了，他也是在那時才洩了底。他是那種藏不住話的人，愛吹牛。我不是喜歡打探的人，我想，也是因為我從來不過問什麼，所以他才忍不住說個不停。最後，因為我什麼都沒說，他就整個引爆了。我需要把那些細節……天哪，實在很熱……」

梅森用舌頭將牙籤翻了個身，毫不害臊地抓抓胯下，然後說：

「這裡有點短暫的干擾，技術問題。」

三十秒的死寂之後，那女人的聲音回來了：

「是的，柏堤是個可憐的混帳。他有種鄉下人的精明，但大抵還是相當愚蠢而且愛吹牛。我的了解是他根本是個得意忘形的人，是那種只要有一丁點的成就，例如賺了點錢，或自以為知道什麼祕密，就會樂得昏頭的人。他心裡總是在盤算著什麼大計畫，喋喋不休吹噓很快就會有什麼大突破。而且，他也高估了自己的才智，毫不謙虛。當他發現我多少知道他是在做啥、從事哪方面的生意時，立刻就把自己吹捧得像是黑幫大老，談的都是幾百萬上下的生意，還有用腳踏車鍊殺人的那些事。事實上，我剛才也說了，他根本沒什麼成就。」

「若根據他所說，我們可以假設……」

梅森將尾音吊在半空中，過了數秒後，她回答道：

「我想我知道他實際上在做什麼。他跟另外兩個人負責在斯德哥爾摩收集贓車。有些是他們偷的，有些則是以很低的價格向其他竊賊收購。他們接著會將車改頭換面，讓人認不出來，再將車開到歐陸，我想通常是波蘭。那邊收車的人付的不是現金，而是別的東西，大多是珠寶或散粒的珠寶鑽石之類的。我之所以知道，是因為去年秋天他以為自己就快成為百萬富翁了。為了炫耀，他居然送了我一顆。但這生意根本不是他們想出的點子，他們不過是底下的小嘍囉，他那家公司不過是一個在斯德哥爾摩的分部，這是那笨蛋自己說的。那也是他為何每個月得來哥本哈根一趟的原因。他必須把他用車換來的珠寶交給某人，那人再給他現金。帶錢過來的那個人同時也是負責傳話的，是從巴黎、馬德里還是什麼地方過來，這我不太清楚，因為我從沒見過那個人。連歐洛佛森都知道在這件事情上必須謹慎。他從來不讓我跟帶錢過來的那個人碰面，也從不對人透露他住在哪裡。這一點他非常小心，不讓我捲進他的事業。我想他是在為自己留個後路，一個除了他之外沒有人知道的居所。事實上，我也沒將柏堤介紹給誰認識。只要他在這裡，我是指哥本哈根這間公寓，我都不讓人進門。誰都不准，包括警——」

那聲音被切掉了。

「這錄音機有點怪呢，」梅森面不改色地說，「我跟那丹麥人借的。」

當那女人的聲音再度出現時，聲音聽起來不太一樣，不過很難說出是哪裡不同。

「方才我說到哪兒？對了，要不是柏堤硬拖著我跟他去了幾趟馬爾摩，警察也不可能有機會找到我。他得過去跟他的合夥人碰面，一個他喊做『吉爾』還是什麼的可憐傢伙。我想，他的名字應該是麥姆。他也開運贓車，從斯德哥爾摩、西達特，或特利堡開過來，越過國界。這中間他就在某地的車庫將車重新噴漆，配上假車牌。所以，馬爾摩我去了四、五次，泰半是出於好奇，但每次都無聊得要死。他們就在房裡喝酒、吹牛、跟不同的所謂生意夥伴打牌，我都坐在角落打哈欠。柏堤之所以要過去，據我推測，應該是麥姆沒錢了，回不了斯德哥爾摩。他會那麼蠢拖著我一起去，是因為他想不經意地在夥伴面前炫耀。你想……」

又是一陣停頓。梅森打了個哈欠，將牙籤換個位置。

「炫耀說他有女人？我的天！聽著，柏堤可不是那種……需要女人的人。說到女人，麥姆才是那個所謂分部裡唯一跟那一行有關的。我從沒見過第三個合夥人。他們叫他『席仔』。我想他是負責弄假證件的。」

席仔？馬丁·貝克心想，應該就是指恩司特·席古·卡爾森了。

又一陣沉默，但這次不是因為機械故障。那女人顯然在想事情，而梅森不論是在錄音帶裡或現在都不發一語，

「要知道，這只是我個人的想法。不過，我很確定事情應該就是這樣。柏堤那張嘴就是閉不起來，他跟麥姆談的事我也不可能聽錯。總之，打從去年夏天某個時候開始，每次我見到歐洛佛森，他的大頭症就變得更加嚴重。他開始說總部賺的利潤高得不得了，每次來都在說這個，說事情都是斯德哥爾摩分部在做，所有風險也都是他們在擔，總部卻拿走所有油水。但他連這個自己說個不停的總部位在哪裡都不知道。他說，如果他和另外兩個夥伴把生意捧過來，自己經營斯德哥爾摩這邊的業務，那可就賺翻了。我想，他最後確實就是這麼想的。接著，他在十二月時做了一件蠢到不可思議的事……」

「什麼事？」

剛瓦德問出聲來，語調驚奇萬分，就像一個七歲的孩子在看兒童電影時的反應。

「就我所知，他竟然跑去跟蹤那個拿錢給他的人。至於跟到哪裡我就不知道了，也許是巴黎或羅馬。我想他是先查出這個信使通常飛去哪兒，所以在跟他見過面後，就匆忙趕搭第一班飛機飛去那個地方等。等那信差出了機場，他就跟蹤對方。今年一月五號他過來我這兒的時候，整個人變得非常粗暴，說他已經調查過，得去一趟法國，對，他那次確實說了法國，但也有可能是在說謊。如果有意，他可是非常會說謊的。呃，總之，他要去歐陸搞清楚情況。他還說，他和麥姆還有第三個夥伴手上已經握有談判條件，他相信他們很快就會有三倍以上的收入。我想他的確跑了那一趟，因為他下次再來的時候神情非常緊張，說總部已經同意派人過來談判。他用詞遣字一向都是這樣，好像談的是一般生意。怪的是，他對我也這樣，雖然他明明知道我很清楚他在做什麼勾當。他二月六日過來當天至少出門十趟，去探看那個談判者是不是有到他的旅館找他。那是因為我這裡沒裝電話。他暗示說，這會是決定性的會談，麥姆正在馬爾摩等他的消息。隔天是週三，大約三點時，我記得那是他當天第三度出門，之後就沒回來了。一切就這麼停止，結束了。」

「嗯，也許我們也該談談你跟他的關係。」

那女子回答得毫無遲疑。

「好。我和他之間有協議。我有用藥習慣，有時會吸食大麻，但工作時我都固定服用西班牙的菲尼德靈錠片，或是辛帕提納和仙特迷樂。這兩種都很棒，而且完全無害。但現在因為禁毒禁瘋了，這些藥都很難到手，而且價錢都漲了五倍十倍的，我根本負擔不起。我是在很偶然的機緣下在尼黑宛認識歐洛佛森的，我就像平時問其他人那樣，問了他有沒有賣這些東西。結果他有貨源，而我也有他想要的——一個沒有人知道的落腳處，每個月兩晚。起先我很猶豫，因為他又不是什麼了不起的人物。但後來我發現他對女人完全沒興趣，所以事情就這麼說定。我們訂了協議：那天晚上他可以住我家，以後也可以每個月都來住，時間可以稍微久一點。他每次過來都會帶一個月份的藥量給我。後來他徹底消失，我就沒藥可吃了。我說過，黑市的價格實在太貴，結果我的工作品質一落千丈，效率越來越差。就這點而言，他被殺實在挺不幸的。」

梅森伸手關掉錄音機。

「嗯，」他說。「就這樣。」

「媽的，這算什麼？」柯柏說。「好像電台訪問。」

「極為高明的盤問，」哈瑪說，「你是怎能讓她這樣無所不談的？」

「噢，毫不困難。」梅森謙虛地回答。

「抱歉，我能否問一件事？」米蘭德用菸斗柄指著錄音機說。「那女人為何不主動聯繫警方？」

「她的記錄不是很乾淨，」梅森說，「雖然其實也不嚴重，所以丹麥警方根本懶得追究。此外，她對歐洛佛森毫不在意。」

「真是很棒的訊問。」哈瑪再度稱讚。

「那其實是摘要啦。」梅森說。

「這女人說的可信嗎？」剛瓦德問。

「絕對可信，」梅森說，「更重要的是……」

他住口不說，等到其他人也都安靜下來才又開口。

「更重要的是，我們現在已有證據證明，歐洛佛森於二月七日週三下午三點離開他與……在哥本哈根的臨時住所。他去和某人見面。這個人很可能以要去跟麥姆見面為由，帶他越過鄂留申海峽，將他殺死，然後放進舊車內，最後連車帶人推落海港。」

「對，」馬丁・貝克說，「接下來的問題自然是，歐洛佛森是如何到工業港去的？」

「沒錯，我們現在知道那輛福特Prefect不能開，因為引擎已經好幾年沒發動過。我們也知道有人看到它在那裡停了一、兩天，不過，因為現場到處都是廢車，沒人多想。那輛舊車就這樣停著。」

「是誰安排的？」

「我想我們大概知道是誰安排的，」梅森說，「是誰把車放在那裡則比較難確定。簡單說，很可能就是麥姆。他當時在馬爾摩，可以用電話聯絡上。」

「好，那歐洛佛森到底是如何去到工業港的？」哈瑪不耐煩地問道。

「搭車。」馬丁・貝克有點自言自語。

「完全正確。」梅森說，「如果他跟殺了他的人在哥本哈根見面，這表示他們一定是一起從哥本哈根前往馬爾摩，而這條路只能搭船，除非你昏了頭，或是個長距離的游泳選手。」

「或是被運過去的。」柯柏說。

「確實，但這似乎不可能，因為用那些船運送屍體是違法的，因此，歐洛佛森在渡過海峽時一定還活著，而且他們搭的一定是可以載車的船。就我們調查所知，殺害歐洛佛森的人，手邊一定有車可開，而且車子很可能是由哥本哈根帶過去的。」

「我沒聽懂。」剛瓦德說，「為何他一定要有車？」

「等等，」梅森說，「我會很快解釋一遍。事情其實很清楚，歐洛佛森跟那個殺了他的人在二月七日晚上一起從哥本哈根前往馬爾摩。我剛才是想說我如何發現這個事實。」

「你怎麼發現的？」剛瓦德問。

梅森不耐地看了他一眼：

「如果兇手不是在哥本哈根或在船上動手，那一定是在馬爾摩。馬爾摩的什麼地方？極可能是在工業港。他怎麼去到工業港？開車，因為天知道，除了開車，沒有別的方法可以到達那裡。至於開什麼車？當然是他從丹麥帶過來的車。為什麼？因為他要是笨到在馬爾摩搭計程車或別的車過去，一定會被我們查出來。」

屋裡又恢復寧靜，大家全都靜靜地看著梅森。他將整個節奏稍微減緩。

「因此我分兩頭進行。首先，我要兩個手下去查二月七日下午及晚上的渡輪。結果一個在鐵路渡輪『馬爾摩之家』工作的服務員，不但從相片認出了歐洛佛森，還能相當仔細地形容出同行者的樣貌。以此為起點，我這兩個手下又找出另外兩名證人，一是服務員，另一位則是負責安排車輛及火車車廂在船上停放的海員。所以我們非常確定，歐洛佛森今年二月七日確實從哥本哈根自由港搭上鐵路渡輪到馬爾摩。他搭的是當天最後一班，渡輪九點四十五分離開哥本哈根，十一點十五分抵達馬爾摩。這是每天都有的船班，而且行之有年。我們也知道歐洛佛森和某人同行，等會兒我再描述那人的長相。」

梅森慢慢將牙籤換個位置。他看著剛瓦德，說：

「我們還知道他們倆都搭頭等艙，在吸菸室裡喝了啤酒，吃下兩個夾冷牛肉和起司的三明治，這跟歐洛佛森胃裡剩下的些許殘留物吻合。」

「顯然他就是被那東西害死的，」柯柏咕噥道，「瑞典火車上的三明治。」

哈瑪對他投來肅殺的眼光。

「我們甚至知道他們坐在哪一桌。還有，他們開的是丹麥註冊的福特Taunus。進一步調查的結果，我們找到那輛車，車身是淡藍色。」

「怎麼可……」馬丁・貝克開口，隨即又閉上。「當然了，車子是租來的。」

「完全正確。跟歐洛佛森同行的那個人懶得從天知道什麼地方一路開到哥本哈根，所以，他飛到卡斯圖普後就去租車。他報給租車公司的姓名是克拉萬，出示的是法國駕照和法國護照。二月八日去還車時，他還謝謝他們，之後就由那裡飛走了。用什麼名字？飛去哪裡？我們都不知道。不過，我想我知道他在哪裡過夜。是一家位在尼黑宛的破舊小旅館。他在那裡出示的是黎巴嫩護照，名字是利飛——假如這是我們在找的同一個人。不過，就像我方才所說，我不是非常確定。總之，一個叫做利飛的人，二月六號到八號之間住在那裡。尼黑宛那邊的人不太喜歡警察。」

「結論是，」馬丁・貝克說，「這個人前往哥本哈根，準備除掉歐洛佛森。他們七日會面，當晚動身到馬爾摩，然後……你不是說你還調查了別的事嗎？」

「派人去查了，」梅森懶懶地說，「是的，再去檢查一下那輛車，我是說，那輛福特Prefect，看它是怎麼落水的。你們也知道，先知道要找什麼再去調查，總是比較容易找到答案。」

「什麼？」米蘭德問。

「痕跡啊。剛才我說了，那輛福特無法發動。那它是怎麼落水的？好，車放空檔，然後另一輛車以高速從後方將之撞進水裡，不然它的落水處不可能離碼頭那麼遠。由後面撞下去，保險桿撞保險桿，撞痕就留在上面。另一輛車上的痕跡也完全吻合。」

「可是，是誰將那輛福特運到那個叫什麼名字的鬼碼頭的？」剛瓦德問。

「一定是用拖車拖過去的，從某個廢車場。我個人認為是麥姆做的。他二月四日就到了，待在馬爾摩西邊他平常住的地方。」

「那也有可能是麥姆……」哈瑪才說了一半就住口。

「不可能。」梅森說，「麥姆比歐洛佛森更知道自保。他七號早上就火速離開馬爾摩，倉惶地逃回斯德哥爾摩，這點已獲得證實。我想，麥姆接到了命令，得將一輛無法辨認的車運到某個特定地點。命令是在哥本哈根透過電話下達的。打電話的就是那個叫做克拉萬或拉飛的人。麥姆照辦，但他同時也意識到他們捅了婁子，惹上殺身之禍了。對了，七號半夜，有個講著一口爛瑞典話的人打去旅館找麥姆，旅館的人告訴他麥姆已經走了。現在要不要聽聽關於那人外表的描述？我錄了一段摘要在這裡，什麼都包括在內了。」

他換了一卷錄音帶，按下撥放鍵。

「克拉萬或拉飛看來約在三十五到四十歲之間。身高至少五呎八，最多五呎十，體重顯然比一般那種身高的人重上許多，因為他身材壯碩，很結實的樣子。不過他不胖。頭髮是黑色的，眉毛也是，眼睛則是暗褐色。牙齒潔白健康。前額很低，髮線跟眉毛成兩條平行線。鷹勾鼻，鼻翼一邊好像有疤痕或抓傷，但現在可能已經看不到。他有個習慣，就是會一直以食指去摸那個疤痕或抓傷。他穿得很體面穩重：西裝、黑皮鞋、白襯衫、領帶、舉止安靜有禮。他的聲音低沉，至少會說三種語言：法語，這很可能是他的母語；英文說得很好，但略帶法國腔；還有瑞典話也說得相當好，但也有口音。」

錄音帶不再轉動。

「嗯哼，」梅森的語氣沉穩，「這說得夠清楚了吧？」

眾人彷彿都像見到鬼似地盯著他。

「好，目前事情就是這樣。你們有為我準備房間嗎？天哪，真熱，我失陪一下。」

他走出走廊。

隆恩起身跟著出去。因為除了歐洛佛森和他的共犯之外，席間他大部分時間都坐在那兒想著另一件事，也就是——這個梅森是個尋物專家。他追上梅森，跟他說：

「對了，裴爾，今晚能否賞個光，到我家吃飯？」

「當然好啊，」梅森說，「好極了。」

他看來很高興也很意外。

「很好。」隆恩說。

•

那輛消防車，隆恩買給馬茲的四歲生日禮物，已經消失三個多月了。雖然馬茲沒再問起，但隆恩卻是心心念念，常在想它怎麼會憑空消失。他不時仍會這邊找找、那邊看看，但也知道自己其實已經翻遍整個公寓了。

不久前，隆恩在第五十次掀開馬桶水箱蓋時，想起梅森說過一句話。那是大約六個月前的事。當時，有一份報告掉了相當重要的一頁，馬丁·貝克問說有人是尋物專家嗎。梅森當時從斯堪尼省過來參與調查一件集體謀殺案，他答說：「我很會找東西。有什麼東西不見，我都找得出來。」後來他果然找到了那頁報告。

所以，梅森真該感謝自己有如此才能，因此才有機會享受到溫妲・隆恩的一流廚藝，而不是獨自在廉價旅館裡孤單地吃些爛東西。梅森是個老饕，對食物也相當挑剔，懂得鑑賞用心準備的佳餚。

在吃過香脆的炸鹿肉片，搭配手藝不輸他的鬆軟炒蛋後，他心滿意足地嘆了口氣。接著，一盤金黃的松雞肉上桌了。他身體前傾，深深吸進一口香氣。

「這個太棒了。」他嘆道，「現在這季節哪來這麼棒的食物？」

「是我住在卡列蘇安多*的哥哥給的，」溫妲說，「他常去打獵，剛才那盤肉也是他打獵得來的。」

隆恩把雲莓果凍遞過來，說道：

「我們的冷凍櫃裡還有一整隻鹿呢，是去年秋天打獵的成果。」

「我想，應該不會連角一起煮吧？」梅森說。馬茲聽了大笑，這小孩事先一直拜託，他爸媽

---

* 卡列蘇安多（Karesuando），瑞典北方小鎮，鄰近與芬蘭交界的邊境。

才同意讓他上桌跟客人一起吃飯。這時，他笑著說：

「哈，哈！角不能吃，你得先把角剁掉。」

梅森用手攪亂小男孩的頭髮，說：

「好聰明。你長大要做什麼？」

「當消防隊員。」男孩回答。

他從座位跳下來，邊學消防車尖叫，邊跑出房間，消失不見。

隆恩抓住機會，向梅森說起玩具消防車失蹤的事。

「你有到那隻鹿的下面找過嗎？」梅森問。

「所有地方都找遍了，就是找不著。」

梅森擦擦嘴：「不可能。也許我們找得到。」

晚餐後，溫妲把大家趕出廚房，將咖啡拿到客廳。隆恩拿出一瓶白蘭地。

馬茲穿著睡衣躺在電視機前的地板上，興致勃勃地看電視裡一群表情嚴肅的人坐在半圓形的沙發上討論事情。一臉正經的年輕人說：

「我認為，有孩子的夫妻應該避免離婚，不然離婚條件應該要嚴格，因為單親帶大的小孩會比別的小孩沒安全感，而且容易酗酒和吸毒……」

他的話還沒說完，就隨著螢光幕一起消失了。電視是隆恩關掉的。

「鬼話連篇。」梅森說，「看看我的例子。我一直到四十多歲才見到我父親。我打從一歲起就由我媽獨力撫養，我可是沒有毛病，至少沒什麼大毛病。」

「這麼多年來，你有找過你父親嗎？」隆恩問他。

「老天爺，才沒有。」梅森回道，「找他幹嘛？沒找過，倒是意外在戴維斯廣場的酒行見到面。我那時還是個小隊長。」

「當時你有什麼感覺，」隆恩問道，「和你父親在這樣的情況下見面？」

「沒什麼特別的感覺。我站在那裡排隊，旁邊隊伍裡有個大個子，頭髮都白了，跟我一樣高。他過來跟我說：『你好，先生，我是你父親。我有好幾次在城裡見到你，都想跟你說話，但都沒有。』接著他說：『聽說你一切都很順利，先生。』」

「那你怎麼說？」

「我實在不知道該怎麼答話。然後，那老頭伸出手說：『我是雍松。』我則說：『我是梅森。』我們就握握手。」

「後來你們有沒有再見面？」隆恩問道。

「有，偶爾會碰到，他總是同樣客氣地跟我打招呼。」

溫妲過來抱起馬茲，他在隆恩膝上睡著了。一會兒後，她回來說：「他要你去跟他道晚安。」

他們走進他房間時，小男孩已經睡著了。梅森躡手躡腳走出房間、帶上房門前，以職業的眼光將房內掃視一番。

「我猜這裡你都看過了？」他問。

「看了，」隆恩說，「整個房間都翻過來了，其他房間也是。不過你可以再看看，說不定我有哪裡看漏。」

但他沒有遺漏任何地方。他們兩人將屋子全找過一遍，但沒有哪個裂縫是隆恩沒搜過好幾遍的。他們回到咖啡、白蘭地和溫妲身邊。

「很奇怪，對不對？」她說，「那消防車還滿大的呢。」

「約一呎長。」隆恩說。

「你說他收到消防車後好幾天都沒出門，」梅森說，「會不會是扔出窗外了？」

「不會，」溫妲說，「你也看到了，這兒每扇窗戶都有預防小孩打開的安全鍊，他沒辦法自己打開，何況馬茲在場時我們也從來不開窗戶。」

「就算打開了，因為安全鍊還在，開口很小，消防車也過不去。」隆恩說。

梅森的雙掌搓動著酒杯，問道：

「垃圾袋呢？會不會放進垃圾袋了？」

溫妲搖搖頭。

「不會的，垃圾袋跟肥皂粉之類的東西放在同一個櫥櫃，用栓子栓住，他打不開。」

「嗯。」梅森邊思索，邊啜飲著白蘭地。

「這裡有閣樓貯藏室嗎？」他問。

「沒有，只有地下室有貯藏室。」隆恩回答。「消防車不見後，你有拿東西到地下室放過嗎？」

隆恩看著他太太這麼問道，她搖搖頭。

「我也沒有。」隆恩說。

「想想有沒有把什麼東西拿出門？例如送去修理之類的？髒衣服呢？會不會混在送洗的髒衣服堆裡？」

「我都自己洗，」溫妲說，「這地下室有洗衣房。」

「會不會被他的朋友拿回家了？」

「不會，他先前感冒很久，所以那段時間完全沒人上門。」溫妲說。

他們沉默地坐了一會兒。

「有沒有任何人來過，把東西帶走了？」梅森再度發問。

「我有幾個朋友來過一兩次，」溫妲說，「但他們不會偷玩具。而且，東西在他們來訪之前就不見了。」

隆恩沮喪地點點頭。

「這跟被警察偵訊一樣慘呢。」溫妲笑出聲來。

「等他拿出棍棒開始拷問，你才知道厲害。」隆恩說。

「想想看，」梅森說，「有其他人來過嗎？來拿東西？查電錶、瓦斯錶的？鉛管工或是其他工人？」

「沒有，就我所知，都沒有。你是說，可能有人把東西偷走嗎？」隆恩問。

「對，不無可能。」梅森說，「人會偷的東西千奇百怪。我們在馬爾摩曾抓到一個偽裝成除蟲工人的賊，從他家中一只箱子裡起出一百十三條女用內褲。他只偷那東西。不過，我倒是認為消防車應該是被人誤拿了。」

「溫妲，你應該知道的，你白天都在家。」隆恩說。

「對，我就是在想這件事。我想不起來有什麼工人來過。那個來裝窗框的工人在那之前就來過，不是嗎？」

「對，」隆恩說，「那是二月的事。」

「對啊。」溫妲咬著食指關節沉思著。「啊，對了，管理員來過為暖氣機通氣，是在馬茲生日幾天過後，我肯定。」

「為暖氣機通氣？」隆恩說，「我不知道這件事。」

「我可能忘了告訴你。」溫妲說。

「他有帶工具嗎？」梅森問，「應該有帶螺旋鉗才對。你記不記得他有沒有帶工具箱？」

「有，好像有，」溫妲說，「不過我不太確定。」

「他就住在這棟大樓裡？」

「對，在一樓。他叫作史文生。」

梅森放下手上的白蘭地，站起來。

「埃拿，走吧，我們去拜訪這位管理員。」

史文生年約六十，個子小小的，肌肉發達。他穿著燙得筆挺的深色長褲和有袖箍的雪白襯衫。

梅森已經看到客廳鞋櫃旁放著一只工具箱。這時，管理員說道：

「晚安，隆恩先生。有什麼需要我效勞的嗎？」

隆恩不太知道該如何開口，但是梅森指著工具箱問道：

「史文生先生，那是你的工具箱嗎？」

「是的。」史文生驚訝地回道。

「上回你使用是多久之前？」

「呃，不太確定耶。好一陣子了。我入院住了好幾週，我不在時都是住十一號的博格在幫我處理事情。我可以問是什麼事嗎？」

「我們可以打開看看嗎？」

管理員拿起工具箱。

「請便，」他說道，「不過，為什麼……」

梅森將箱子打開，隆恩看到管理員伸長脖子探看，然後臉上露出未經掩飾、極為驚訝的表情。隆恩踏步上前，看到在眾多鎚子、起子、螺絲鉗等工具中，躺著一輛發亮的紅色消防車。

幾天後，更正確點說，是七月三十日，週二，馬丁．貝克和柯柏在瓦斯貝加警局喝著咖啡時，私下為這起案件做了個總結。

「梅森回去了嗎？」馬丁．貝克問道。

「走了，星期六走的。他對斯德哥爾摩沒什麼好印象，我想。」

「的確，我想去年冬天那件巴士謀殺案也真是夠他受的了。」

「這人辦案真是他媽的一流，」柯柏說，「看似溫吞，但真是令人跌破眼鏡。不過，我一直在懷疑……」

「懷疑什麼？」

柯柏搖搖頭。

「那個訊問有點怪。那個女的，你知道……」

「你怎麼會這麼想？」

「我也說不上來。總之，事情似乎都明朗了。歐洛佛森、麥姆跟那個幫他們偽造證件的卡爾森，想出來自立門戶……」

「對了，那個卡爾森，我們到他工作的保險公司看過。他用來製造假證件的工具全都在那裡。章、紙等等的，」馬丁．貝克說，「全放在櫃子裡。他的部門主管不知道那些東西是做什麼用的，就全收進箱子裡。如果想看，那箱子目前在國王島那邊。」

「他的偽造技術相當不錯。」柯柏說，「總之，那三個人知道太多了，所以上頭就派那個叫拉薩列、利飛、克拉萬還是什麼的來了。」

「乾脆叫他『啥大名』。」

「對，就叫他啥大名。他先到哥本哈根，再去馬爾摩，然後殺了歐洛佛森。但是麥姆很害怕，逃走了。接下來麥姆被警察捉到……」

「對，」馬丁・貝克說，「他跟卡爾森都斷了生計。他們大概知道歐洛佛森出了事。兩個人沒錢又絕望，最後麥姆想自己開車去賣，多少換點錢過生活，沒想到一下子就被逮到。」

「然後他被放出來，但這對他的處境完全沒有幫助。他跟卡爾森都只是在等那個啥大名或是別的殺手出現，好送他們上西天。其實他們都知道自己時日無多了。」

「那個啥大名的果然跟郵差送信一樣，準時出現。他們事先一定知道他來了，也許他還打過電話找他們，也許他在查對門牌號碼時被他們看到。總之，卡爾森徹底放棄了，開槍自殺，死前一度還神志清醒想打電話找你，但那念頭只是稍縱即逝。」

馬丁・貝克點點頭。

「麥姆怕得要死，因此，儘管他大概知道自己已被警方跟蹤，還是冒險現身去找卡爾森，結果竟聽到卡爾森的死訊。」

「所以他用僅剩的最後一點錢買了啤酒，回家後打開瓦斯。沒想到那個啥大名為了早點了結他的性命，已去過他房間，在他床上放了個精巧的小東西。這個啥大名隔天搭飛機飛去某處，留下我們這些警官跟警察身陷一團迷霧。想起來還真是蠢，我們這一群人，你、我、隆恩還有拉森，四處奔波了五個月，找的卻是一個早在開始查案前一個月就已經死掉的人，以及一個我們到現在連名字都不知道、而且一開始就跑得老遠的無影人。」

「也許他還會回來。」馬丁．貝克沉思著說。

「你還真是個樂觀主義者。」柯柏說，「他絕對不會再踏上這塊土地的。」

「嗯，」馬丁．貝克不表同意，「我可沒那麼確定。你可想過一件事？他具備一項在瑞典工作相當重要的資產——他會瑞典語。」

「是啊，究竟是在哪裡學的？」

「可能在這裡工作過一段時間，也可能是大戰期間以難民身分在這裡待過。總之，如果那個組織決定要在斯德哥爾摩重建分部，這個人必然非常重要。更何況，他不曉得我們已經知道他的存在，所以很可能會再來。」

柯柏偏著頭，一臉懷疑。

「你有沒有想過另一件事？」他問，「就算他真的回來了，甚至主動跑進警察局，我們也證明不了什麼；他去過河岸村城又不犯法。」

「是。我們是沒辦法把他跟那場火災串連起來，但馬爾摩那起案子他脫不了關係。」

「也是。但那件事輪不到我們頭痛。反正，他是絕對不會再回來這裡的啦。」

「我還是不這麼認為。我請國際刑警和法國警方注意此人。只要他一露面就通知我們。」

「你去辦吧。」柯柏邊打呵欠邊說。

30.

就在一個月後，柯柏正坐在他位於瓦斯貝加的辦公室裡傷腦筋，思索一個十七歲女孩的下落。常有人失蹤，尤其是女孩子，時間大多在夏天。這些失蹤者幾乎都會再出現，有的是一路搭便車去了尼泊爾，在那裡盤腿吸著鴉片；有的去為德國色情雜誌拍裸照，多賺幾個錢；還有跟朋友到鄉下度假，卻完全忘了打電話跟家人聯絡。但這一個似乎是真的失蹤了。眼前相片裡的那個女孩微笑著，柯柏卻沮喪地想著：也許她再出現時會是在水道外，或納卡國家公園的某個池塘裡，而且已不成人形。

馬丁·貝克在休假，史卡基不見人影，雖然他一定就在附近。

外頭下著雨，清新乾淨的夏雨，洗去葉上的灰塵，歡欣地拍打著窗戶。

柯柏喜歡雨，尤其是一場悶窒酷熱之後的清新雨水。他高興地看著厚厚的灰雲，雲層偶爾會敞開，透出些許陽光，他想到很快就可以下班回家了，最晚五點半離開；五點半已經相當晚了，因為那天是週六。

接著，當然了，電話就在這時響起。

「喂，我是史托葛林。」

「嗯哼。」

「我這兒收到電報，不過上面的東西我看不懂。」

「是什麼？」

「巴黎發過來的。剛翻譯好。上面說：『詢及的拉薩列可能正由布魯塞爾飛往斯德哥爾摩。加飛班機SN X3，預計十八時十五分抵達阿爾蘭達機場。名字是撒彌爾・馬嘉哈，持摩洛哥護照。』」

柯柏沒說話。

「電報是給貝克的，不過他在休假。我完全看不懂。你呢？」

「我懂，」柯柏說，「真倒楣。你那裡有多少人？」

「這裡嗎？沒人，就我一個。要不要我打到默斯塔分局？」

「不用麻煩了，」柯柏的語氣疲憊，「我會處理。你剛說六點十五是吧？」

「十八點十五分。上面是這麼說的。」

柯柏看看錶，剛過四點。時間大致還算充裕。

他掛斷電話，接著打回家。

「看來我得去阿爾蘭達一趟。」

「討厭。」葛恩說。

「完全同意。」

「什麼時候回來？」

「希望不會拖過八點。」

「快點回來喔。」

「當然，拜。」

「萊納。」

「什麼？」

「我愛你。拜。」

她掛得很快，所以他沒時間說些別的。他微笑著，起身到走廊上大叫：

「史卡基！」

但他只聽到雨聲，而且不知怎麼地，那雨聲聽在耳裡突然沒那麼悅耳了。

他幾乎走遍整層樓才找到一個人，一個警察。

「他媽的那個史卡基跑哪兒去了？」

「在踢足球。」

「什麼？足球？上班時間？」

「他說這場比賽很重要。五點半以前會回來。」

「他踢哪一隊？」

「警察隊。」

「在哪裡？」

「在仁肯斯丹。他五點半以前不必值班。」

這是事實，但於事無補。單槍匹馬到阿爾蘭達可不是什麼愉快的事，而且史卡基也是本案的團隊成員，只待柯柏一跟那位啥大名先生握手，史卡基就可以接管周邊狀況——如果事情會發展到那個階段的話。因此，他穿上雨衣，走到停車場，開車前往仁肯斯丹。

外頭的白色海報上以綠色字體寫著：「週六下午三點，警察運動俱樂部對雷瑪松運動俱樂部」。高坡教堂上方有一彎美麗的彩虹，綠色的體育場上方也只剩濛濛細雨在飄落。泥濘的運動場上只見二十二位全身濕透的球員，周邊則站著百來位觀眾。氣氛似乎很僵。

柯柏對運動毫無興趣，快速掃視過場內後，他走向他在對面看到的某位便衣。這個便衣警察獨自站在欄杆旁，緊張地搔著掌心。

「你是球隊經理還是什麼來著？」

那人點點頭，視線沒有離開球場內。

「立刻把那個穿橘色上衣的傢伙弄出場外，就是剛剛被球絆倒的那個。」

「不可能啊，我們第十二個人都下場了，絕對不可能。而且比賽再十分鐘就結束了。」

「比數怎樣？」

「三比二警察隊領先。我們要是贏了這場，就……」

「就怎樣？」

「就可以……不，噢，謝天謝地……進入第三組。」

再等十分鐘也不會是世界末日，何況這人看來痛苦難當，柯柏決定不要加重他的負擔。

「十分鐘不會是世界末日。」他和藹地說。

「十分鐘內可以發生許多事。」這人悲觀地說。

他說的對。綠上衣白短褲的那隊踢進兩球，贏了比賽，觀眾零零散散地拍著手。這些觀眾大多是老球員，有幾個是酒鬼。史卡基的腿被人踢了一腳，栽進泥坑。

柯柏找到他時，他頭髮上有泥巴，喘得跟上坡的老蒸汽引擎一樣。他看起來一副徹底被擊垮的模樣。

「動作快，」柯柏催促，「那個啥大名在六點十五分會抵達阿爾蘭達。我們得趕過去招呼他。」

史卡基疾如閃電地進了更衣室。

十五分鐘後，他已經沖完澡、頭髮梳得整齊，乾乾淨淨地坐在車裡，就在柯柏旁邊。

「那真不是人幹的，」柯柏說，「看你被整成那個樣子。」

「觀眾只幫對方加油，」史卡基說，「而且雷瑪松是足球聯盟裡最強的隊伍。我們要拿這個拉薩列怎麼辦？」

「我想，我們得先跟他談談。我們抓他到案的機會很小。如果把人帶走，他很可能會大鬧一場，吵到外交部來找我們的麻煩，最後我們不僅得連聲道歉，放了人還得跟他說謝謝。唯一可能，就是來個出奇不意，讓他倉惶失措露出底細。可是，如果他跟傳說的一樣精明，這招就行不通了。天知道這人是不是就是他。」

「是個危險人物吧？」史卡基問道。

「對，據說非常危險。但對我們應該不至於。」

「先跟蹤他，摸清他來的目的會不會好一些？你有這樣考慮過嗎？」

「我想過，」柯柏說，「但還是覺得這個方法比較好。他有點可能會自己洩底。不然，我們也有可能把他嚇走。」

他靜坐一會兒後說：「這個人很精明，又很殘忍，不過或許還沒聰明到哪兒去。我們的機會就在這當中。」

過了一會兒，他惡意地說：「當然，大多數警察也都不怎麼聰明啦，所以我看是半斤八兩。」

往北的交通很順暢，但因為時間充裕，柯柏就慢慢地開。史卡基始終坐立不安。柯柏懷疑地瞥了他一眼，問道：「你幹嘛？」

「我不喜歡這個肩帶式的槍套。」

「你帶了槍？」

「當然啦。」

「踢足球時帶槍？」

「比賽期間當然把槍鎖在櫃子裡啊。」

「笨蛋。」柯柏罵道。

柯柏自己不帶槍，他已經記不得自己多久沒帶槍了。他是主張警察應該完全不帶武器的人。

「剛瓦德有一種可以夾在腰帶上的夾子，不知道是去哪裡弄來的。」

「拉森先生搞不好還比較喜歡帶那種鍍鎳的史密斯&威生點四四連發手槍，槍柄還是雕花的虎斑木材質，槍管長達八又八分之三吋，還有鐫刻的銀色名牌。」

「有那樣的東西嗎？」

「哦，有啊，要價一千克朗以上，重量三磅左右。」

他們不發一語地繼續前進。史卡基緊張、僵硬地坐著，不時舔舔嘴唇。柯柏用手肘推他一下：「小伙子，放輕鬆點，不會有什麼特別的。你知道那人的外表，對吧？」

史卡基略維遲疑地點點頭，他帶點罪惡感地坐著，後續的路程都在喃喃自語。

飛機晚了十分鐘才降落，那是一架比利時航空公司的嘉拉維民航機。柯柏對阿爾蘭達機場和他那位熱誠的同事已經煩得要死，呵欠打到下巴都快脫臼了。

他們站在玻璃門兩邊，看著飛機滑向機場建築。柯柏就站在門邊，史卡基則在機場候機區五碼內。這是例行的安全守備，兩人不用商量就自動就定位。

旅客魚貫步出飛機，零落散漫的隊伍正朝出口走來。

柯柏對自己吹了聲口哨。這班加飛班機載的旅客顯然不是等閒之輩。第一個走進來的是一個微胖的黑髮男子，一身穿著無可挑剔：暗色西裝，雪白襯衫，還有擦得發亮的黑皮鞋。

此人是著名的俄國外交家。柯柏五年前在電視「正式訪問」節目上看過他，知道他目前正在巴黎、日內瓦還是什麼地方擔任舉足輕重的角色。在他身後兩碼處是他那美麗的夫人，而她身後四碼處則是撒彌爾・馬嘉哈，或是拉薩列或管他叫什麼名字的那個男子。至少他的外貌跟描述是吻合的。他頭戴氈毛帽，身穿藍色山東綢裁製的西裝。

柯柏讓那俄國人走過去，但不由自主地看著他的妻子。她真是漂亮，是塔季揚娜・薩莫洛娃和茱麗葉・葛蕊柯*這兩大美女，以及他太太葛恩・柯柏的混合體。

柯柏這一瞥是他這輩子犯下最嚴重的錯誤。

因為史卡基誤解了他眼神的意思。

柯柏很快就回過頭，看著這個被他們多方討論過的黎巴嫩人或什麼國籍的男子。他舉起右手碰了一下帽沿，向前踏出半步，以法文說：「對不起，馬嘉哈先生……」

那人停下腳步，露齒而笑，臉上帶著詢問的神情，同時也舉手在帽沿碰一下回禮。

就在那一瞬間，柯柏的眼角餘光瞥見一件匪夷所思的事，正在他身後對角線的地方發生。

史卡基踏前一步，擋住那位俄國外交高官的去路。那俄國人一再舉起右手將他推開，顯然以

---

* 塔季揚娜・薩莫洛娃（Tatiana Samojlova,1934-2014），俄羅斯演員，曾演出《安娜・卡列寧娜》電影。茱麗葉・葛蕊柯（Juliette Gréco, 1927-），法國演員及香頌歌手。

為他是無禮的新聞記者，因為當時捷克危機正鬧得沸沸揚揚。史卡基蹣跚後退了一下，右手伸入衣服內，抽出他的華瑟型七點六五手槍。

柯柏轉身大叫：「史卡基，別亂來！」

馬嘉哈一看到手槍，隨即變臉，露出緊張的神情，褐色的雙眼有一瞬間甚至流露出驚訝與恐懼。然後，他手裡瞬間多出一把刀。想必他是將刀藏在袖子內，柯柏還有時間思考，一把可怕的利器，刀刃至少九吋長，刃寬不及半吋。

柯柏真得感謝平日的訓練及迅速的應變能力，他馬上判斷出那人想割他的喉嚨，因此來得及伸出左手擋掉第一刀。但那人閃電般地迅速轉身，由下往上刺，柯柏腳步仍未站穩，注意力又擺錯方向，只覺刀刃由他左肋骨下的橫隔膜部位刺入。他心想，俗話說「猶如熱刀切過奶油」真的一點都沒錯，然後，他對著刀的方向彎下身，腦子還是很清楚自己在幹什麼，以及為何要這麼做。因為如此能稍稍延緩那人的再次攻擊。延緩多久？也許五、六秒。

這些事情發生的同時，史卡基始終在一旁站著，非常困惑，而且準備舉槍打開保險。

然後，馬嘉哈或管他叫誰的那男子將刀抽出，柯柏朝前跌倒，頭彎向前以保護頸動脈。刀再度揚起。就在這時，史卡基開槍了。

子彈正中拉薩列或管他叫誰的男子的胸口，將他猛烈地往後撞開。他摔躺在大理石地板上，手中的利刃飛離而出。

一切全都靜止不動。史卡基站在那裡，手臂前展，槍身在後座力衝擊下仍斜對著天花板；身著山東綢西裝的男子仰躺在地上，雙手前伸；柯柏蜷著身體側躺在兩人之間，雙手緊緊壓在左側橫隔膜上。其他人全都靜止不動地站著，甚至連尖叫的時間都沒有。

接著，史卡基跑向柯柏，蹲在他身邊。他手裡仍握著槍，屏息問道：

「還好嗎？」

「很糟。」

「你為什麼朝我眨眼？我還以為——」

「你差一點就要引爆第三次世界大戰了。」柯柏悄聲說道。

就像一般故事應有的發展，在所有狀況都發生過後，眾人才開始亂成一團，尖叫、四處亂跑。

但對柯柏來說，事情還沒過去。在搭上警鈴大響的救護車趕往孟比醫院的途中，他第一次在人生中畏懼死亡。然後，他看到那個身穿山東綢西裝的男子就併躺在只離他一碼之遙的擔架上。他的頭側向一邊，望著柯柏的那雙眼睛僵直，流露出痛苦、恐懼，還有逐漸趨近死亡的陰影。他想移動自己的手，也許是要比一個十字，但只能稍稍顫動一下。

「哈，你在接受最後儀式、還是管它叫什麼的東西之前就會死了。」柯柏幸災樂禍地想著。

他說的對。那男子在到達急診室之前就斷了氣。救護車才剛要減緩車速，他的下巴就已鬆脫，血及穢物開始汩汩流出。

柯柏還是非常害怕死亡。

在他失去知覺之前，他心想：

「不公平。我對這個案子始終沒興趣，而且葛恩還在等……」

「他會死嗎？」史卡基問。

「不會，」醫生說，「這種傷死不了。但他要過一、兩個月才有辦法跟你道謝。」

「道謝？」

史卡基搖搖頭，走向電話。

他要打的電話可多了。

馬丁．貝克 刑事檔案 05

失蹤的消防車

Brandbilen som försvann

作者	麥伊．荷瓦兒 Maj Sjöwall 及 培爾．法勒 Per Wahlöö
譯者	柯翠園
社長	陳蕙慧
副總編輯	林家任
行銷	陳雅雯、尹子麟、洪啟軒
封面設計	井十二設計研究室
地圖繪製	Emily Chan
排版	宸遠彩藝
印刷	通南彩色印刷股份有限公司

讀書共和國出版集團社長	郭重興
發行人兼出版總監	曾大福
出版	木馬文化事業股份有限公司
發行	遠足文化事業股份有限公司
地址	231 新北市新店區民權路 108-2 號 9 樓
電話	(02)2218-1417
傳真	(02)2218-0727
客服專線	0800-221-029
Email	service@bookrep.com.tw
法律顧問	華洋國際專利商標事務所　蘇文生律師

出版日期	2020 年 4 月　初版一刷
定價	360 元

國家圖書館出版品預行編目

失蹤的消防車 / 麥伊 . 荷瓦兒 (Maj Sjowall), 培爾 . 法勒 (Per Wahloo) 合著 ; 柯翠園譯 . -- 初版 . -- 新北市 : 木馬文化出版 : 遠足文化發行 , 2020.04

376 面 ; 14.8 X 21 公分 . -- (馬丁 . 貝克刑事檔案 ; 5)

譯自 : Brandbilen som försvann

ISBN 978-986-359-773-5(平裝)

881.357　　109002304